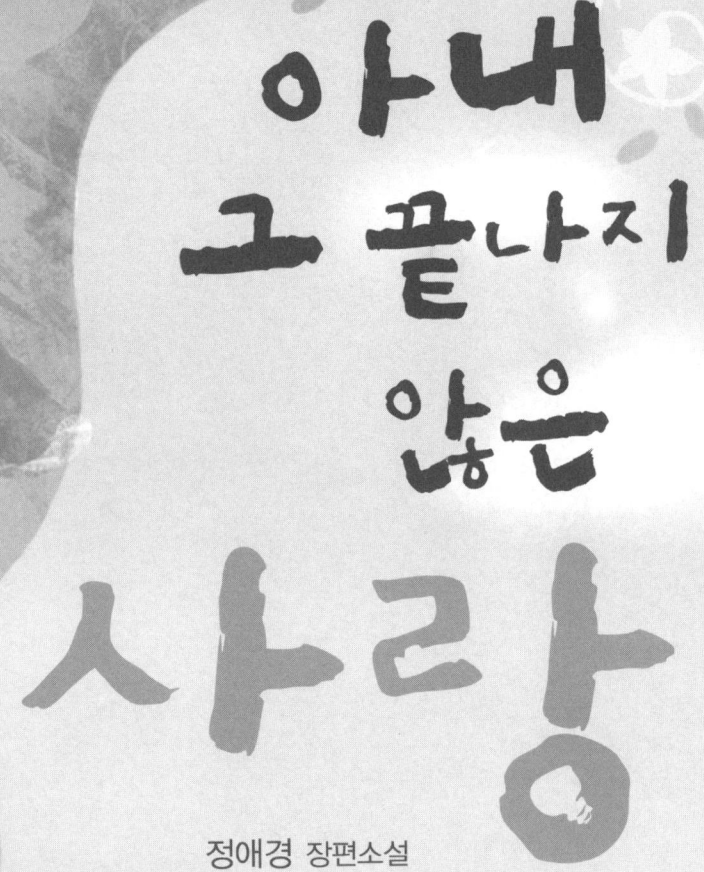

아내 그 끝나지 않은 사랑

정애경 장편소설

푸른
늘소나무

수레의 바퀴는 쉬지 않고 굴러 간다

짐은 무겁고 길은 멀고 험했습니다. 오직 님과 함께 나란히 걷는 길이기에 어떤 폭풍우가 거칠게 몰아쳐도 흔들리지 않았습니다. 수많은 장애물이 가로막고 가는 길을 훼방 놓을 지라도 능히 이기고 승리하리라는 믿었습니다.

인생 승리에 대한 확신은 각오와 인내, 그리고 집념으로 목적지를 향하여 전진하게 했습니다. 우리는 가족이란 수레에 실린 소박하고 애틋한 사랑과 희망으로 위협적으로 꿈틀거리는 비탈길을 쉬지 않고 걸어 앞으로, 앞으로 나아갔습니다.

수레의 바퀴는 쉬지 않고 굴러 가는데 가도 가도 산은 높고 길은 험하여 밀고 가는 우리는 먼지와 땀으로 뒤범벅이었습니다. 목이 마르고 현기증으로 쓰러질 것 같아도 멈출 수가 없었습니다. 수레가 낭떠러지로 굴러 떨어지지 않게 똑바로 갈 수 있게 밀어야 하는 것은 나의 운명이기 때문입니다. 기쁘게 받아들인 운명이기에 먼지와 땀으로 얼룩진 임의 얼굴을 사랑의 손수건으로 닦아 주는 것도 보람이었습니다.

임과 함께 하는 아름다운 미래를 생각하며 잡목으로 얽히고설킨 길도 즐거움으로 헤쳐 나갔습니다. 서로 다독이면서 우리들이 꿈에도 그리던 행복의 보금자리를 다듬어 나가려 새벽부터 밤늦게까지 정말 바쁘게 살았습니다. 그 바쁜 중에도 순간순간 가슴 벅차게 안기는 행복에 감사했습니다. 그러나 그 행복한 순간에 알 수 없는 불안감들이 스치고 지나갔습니다. 바쁘게 살아가는 생활 속에서 맛보는 행복을 영원히 지속되기 바라는 마음이 욕심이었던 것일까요.

이럴 수가 있을까? 가까스로 찾은 행복이 바로 눈앞에 환희 모습을 드러내고 있는데 그 행복을 순식간에 먹구름이 덮어 버렸습니다. 내 앞을 가로막는 수많은 장애물들을 헤치고 내 전 생애를 걸어 희망과 보람으로 알고 최선을 다해 밀어온 수레가 목적지를 바로 눈앞에 두고 낭떠러지에 굴러 떨어지고 말았습니다.

승리와 보람의 함성이 울리기 전, 수레와 함께 칠흑 같은 어두움 속에 빠져 허우적거리며 내가 밀고 온 수레바퀴의 흔적을 찾아 더듬거립니다.

아무리 애타게 더듬어 찾고 불러도 내 님은 간 곳이 없고 깊이 모를 허무만이 나를 에워쌉니다. 임이 나의 기쁨과 희망을 다 빼앗아 어디론가 흔적 없이 사라진 것만 같습니다. 아무리 몸부림쳐도 다시는 볼 수도 찾을 수도 없는 그 임은 잔디 봉분으로 앉아 내 쏟아지는 통곡을 묵묵히 다 듣고 있습니다.

　그토록 힘겹게 땀과 먼지로 얼룩지며 쌓아올린 소중했던 우리의 탑을 무너뜨리고 가슴을 치는 폭풍우로 잔인하게 휩쓸어 버린 임의 빈자리에서 나는 수도 없이 까무러칩니다.

　끝없는 고난이었던 내 운명의 동반자였던 임이 가시고 이렇게 남은 나는 눈물마저 추억처럼 풀어지는 긴긴 우리 생의 두루마리를 펼쳐봅니다. 지워버리고 싶거나 소중히 간직하고 싶은 그 모든 순간의 넘치는 눈물로 갈은 먹물에 붓을 적십니다. 임은 갔지만 내 맘 속 임은 여전히 나와 함께 있음을 확인해 봅니다.

저자 씀

차 례

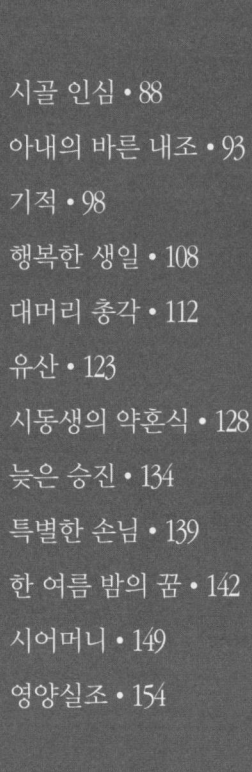

아내 그 끝나지 않은 사랑

아내의 길

아득한 세월 속에서도 뚜렷한 향기를 남기는 내 생애의 봄은 남편과 결혼을 하던 그때가 아니었나 생각한다. 약하고 가냘팠으나 한 알의 씨앗이 그렇듯, 달디 단 열매를 매단 큰 나무가 될 수 있다는 희망에 부풀어 피곤과 궁핍의 무게를 견뎌낼 수 있던 시간이었다.

남편이 공무원 시험에 합격을 하면서 드디어 우리의 작은 씨앗이 싹을 틔웠다는 생각도 잠시였다. 매달 봉급을 타는 공무원이지만 우리들의 형편은 늘 힘든 고개를 넘어야 했다. 시가의 어려운 사정에, 우리에게 의지하는 친척들이 많아 봉급만으로 생활이 힘들어 뜨개질과 삯바느질, 행상 등으로 힘든 살림을 꾸려가기 시작했다. 주변사람들이 쉽사리 갖는 의문은 세무공무원의 아내가 왜 그렇게 힘든 삶을 사느냐는 것이었다.

남편의 직책은 잠시만 눈 감고 좀 더 쉬운 길을 택하면 누리고 얻을 수 있는 것이 많은 자리였다. 잘 닦인 길로 금방 옮겨가는 사람들이 하는 방식대로 못 이기는 척하면 많은 것을 챙길 수 있는 자리였다.

그렇게 하면 편해 질 수 있었지만, 그러지 않는 남편이 좋았다. 물질적 유혹에 마음이 흔들리고 그 바람에 실려 둥실둥실 세상의 모양에 맞춰질 수 없는 사람, 업주가 주는 봉투를 사양한 날 '세리 주제에 고상한 척 한다' 며 피투성이가 되도록 뭇매를 맞고 와서도 내게 고맙다는 말을 하는 사람이 좋았다.

돈 봉투에 결심이 움직이거나 뜻을 바꾸지 않고, 비리에 정직함으로 맞서는 그 사람에게 가장 좋은 내조는 그를 지지하는 것, 가난에 패배하지 않을 수 있는 힘센 마음이라 생각했다.

마음은 한계가 없다. 넓이와 깊이가 무한정 늘어나고, 힘과 단단함 역시 끝이 없다.

남편을 응원하는 가장 큰 도구로 마음을 정한 나는 주변의 어려운 노인과 아이들에게는 넓고 깊은 마음을 내주었고, 남편이 곧은길을 갈 수 있도록, 짐을 나눠 들 견실한 마음을 먹었다. 그 힘센 마음은 처음 시집왔을 때의 약하고 가냘픈 새댁이 행상으로, 편물가게로, 하숙집운영으로 나날이 살림을 토실토실하게 살찌워, 열매를 맺도록 해 주었다.

수없는 많은 이사의 설움도 희망 하나로 버티던 우리 가족들이 이제 정말 내 집으로 들어 갈 수 있다는 생각에 기쁨의 눈물이 고였다.

이 무렵부터 시작된 시간들이 가장 빛나는 시간들이었다. 쉽게 내 것이라 여길 수 없었던 행복이라는 단어를 손안에 꼭 쥔 채 놓기 싫었던 순간이 아니었나 추억해 본다.

유리병 속의 알록달록 예쁜 사탕들을 한 개씩 꺼내 먹는 마음으로 지금도 소중하기만 한 추억사탕들을 꺼내보자면 소신과 열정으로 곧은길을 가던 남편이 공무원 상을 받게 되었고 승진도 이루게 되었을 때이다. 우리 예쁜 아들, 딸들도 바쁜 엄마의 부족한 손길에도 불구하고 너무 영특하게 잘 자라주었다. 그때도 가족들이 모두 함께 살진 못해 남편은 주말마다 집으로 왔지만 그럴 때마다 설렘이 가득한 나날들이었다.

그런 평범하지만 찬란한 시간들이 그물처럼 엮이고 그 그물 같은 주름을 서로 마주보며 훈장처럼 고마워하고, 회상하며 웃을 수 있다면 여한이 없었겠지만, 행복을 쥔 손에 힘을 준다고 그 시간까지 멈출 수 있는 것은 아니었다.

남편이 근무하던 의성에서 걸려온 한통의 전화는 우리가족을 아니 제겐 세상 전체를 부수는 시련이었다.
"…… 최계장님이 숨을 거두셨습니다……."
큰아이 재수시절, 둘째아이 중3, 막내 중1이 되던 해 일이었다.
남편의 죽음은 너무 갑작스러웠고 지나치게 많은 업무가 주어졌던 여건상 순직의 가능성이 컸다.
가족의 동의하에 부검할 준비가 마련됐다며 내 의견을 물었다. 벌써 매장을 한 시신에 부검이라니 가슴이 무너지는 심정이지만 너무 무거운 업무로 인한 죽음이었다면 밝혀야했기에 동의를 했다.
살아생전 그렇게도 귀하게 여기던 사람의 주검이 안장된 지

십일 만에 다시 파헤쳐졌고 그 주검 앞에서 난, 이 기구하고 죄 많은 여인의 운명이 결국 여기까지 오고 말았구나 라는 탄식을 했다. 그 탄식은 결심으로 바뀌어 남편의 순직을 밝혀내리라 마음먹었다.

끝까지 남편이 청렴하고 바르게 살아온 공무원이었음을 주장 하여 모든 사람들 앞에서 명예로운 국가 유공자임을 일깨워주는 일이 아내로서 마지막 길이라고 생각했다. 그 마음은 고스란히 탄원서에 담겼고 3년 반 동안의 고생이 헛되지 않게 승소할 수 있었다. 변호사 없이 소송에서 승리한다는 것이 어떤 어려움인 지 아는 분들은 모두 탄원서에 담긴 제 마음을 알아주셨다.

공직자의 길이, 나라의 일을 하는 사람의 모습이 어때야 하는 지 몸소 실천하며 올바른 모습으로만 살아간 남편이 있었기에 그의 삶과 죽음을 헛되지 않게 하겠다는 아내의 길 역시 있게 되었다.

아버지를 일찍 여읜 아이들이 쉽사리 눈물바람을 하지 않도록 단단한 마음을 길러주는 것, 남편 없이 아이들을 키우며 서러움 이 북받쳐 올 때마다 결심을 새로 다지는 것 역시 바람에 흔들리 지 않고 곧은 삶을 살다가 순직한 남편이 주고 간 선물이 아닐까 생각해본다.

아내의 길은 남편 곁에서만 이어지는 것이 아니라고 생각한 다. 올바른 길만 갔던 남편의 삶 안에서 남편을 믿고 따르던 아 내가 있었다면, 남편이 없는 세상에서도 그 뜻을 이정표 삼아 자 식들을 키우고 세상을 마주 대할 수 있는 아내의 길이 이어지는 것이다.

거울 속에서 백발이 내려앉고 잔 그물이 진 내 얼굴을 마주 대한다. 당신 아내로, 당신 아이들의 엄마로, 당신을 한 번도 만나보지 못한 당신 손주들의 할머니로 살아온 내 길, 아내의 길, 엄마의 길, 할머니의 길이 당신모습을 닮아 늘 바르고 정직한 길이길 소원해 본다.

신혼

내 모습을 돌아보면 아득한 지난날, 남편과 결혼을 하던 그때가 마치 내 생의 첫 페이지처럼 떠오른다. 가냘프고 애처롭던 나는 쪽진 머리로 희망과 설렘에 부풀어 있었다. 허리끈 졸라매고 구김살 없이 종종걸음 치는 무지몽매한 어린 아낙의 모습과 함께 익숙하면서도 낯선 첫 출발지가 무대처럼 환하게 모습을 드러낸다.

나의 부모님은 동방예의지국이라 예의범절을 으뜸으로 알면서 찢어질 듯한 가난도 슬기롭게 극복하는 선비의 미덕을 지닌 분이셨다. 선비이며 완고한 구학자의 딸로 태어난 나는 부모님의 엄명으로 생면부지의 한 남자와 중매로 결혼을 하게 되었다. 연지곤지 분단장 곱게 하고 비녀머리에 족두리 쓰고 가마를 탔었다. 교군들이 들고 가는 가마에 앉아 시집가는 나를 보고 사람들은 대처 가서 공부한 배운 신랑 만나 좋겠다고 부러운 시선을 보냈었다. 시집 잘 간다는 소문과 다르게 초가삼간 검게 그을린

지붕 처마 밑, 오막살이로 들어간 새색시는 삼일 만에 한 여인이 걸어야 할 엄청난 운명의 첫 발걸음을 내딛기 시작했다.

새색시가 된 나는 이른 새벽 어두움이 채 걷히기도 전에 하얗게 서리가 깔린 마당에 내려섰다. 마당 모퉁이 장작더미 곁에 쌓인 무더기에서 청솔가지를 한 아름 끌어안고 낯선 부엌으로 들어갔다. 지금까지 살았던 친정과는 다른 부엌, 구멍 난 무쇠 솥이 걸린 아궁이에 불을 지폈다.

신랑은 결혼한 지 일주일 만에 직장을 찾아 대구로 떠나고 홀로 시댁에 남아 연로하신 시부모님을 봉양하게 되었다. 나는 가난하고 어려울수록 인내가 필요하다고 하신 완고한 친정아버지의 가르침을 생각했다. 성심을 다해 시부모님을 봉양하리라 하고 부엌에 들어갔지만 얼마 안 가 양식은 동이 나고 고구마와 좁쌀 몇 되로 죽을 끓여 한 끼니라도 늘려야 했다. 아무리 잘 봉양하고 싶어도 없는 양식으로 끼니를 이어가는 것, 이것이야말로 고추 당초 맵기보다 더 맵다는 시집살이인가 싶었다. 자고로 여자는 출가외인으로 다만 시댁을 위하여서는 삼종지도와 삼강오륜을 잊지 말 것이며, 이를 실행하는 여성의 미덕을 다하라는 아버지 말씀이 가냘픈 허리에 행주치마끈 더 졸라매게 했다. 친정부모님께 누가 되지 않게 하기 위하여서 최선을 다하는 나는 시부모님의 사랑을 독차지하였다. 남편 없는 시댁에서 찢어지게 가난했던 부엌살림에 손톱여물을 썰어 가면서 가난을 이기려는 며느리가 시부모님은 안쓰러웠던 모양이다. 홀로 시부모님 곁에 남은 지 7개월 만에 나는 시아버님이 적극적인 권유로 등 떠밀어 남편을 찾아 대구로 왔다.

그런데 일자리를 구하려 내려온 남편은 하는 일 없이 친척집에서 얹혀살고 있었다. 결혼 1주일 만에 헤어졌던 아내가 찾아왔는데도 반가워할 겨를도 없이 화를 냈다.

"나도 일자리가 없어 친척집에 얹혀서 눈칫밥이나 얻어먹고 있는 처지에 이렇게 불쑥 찾아오면 어떻게 하란 거요?"

"내가 오고 싶다고 우겨 온 것이 아니에요. 아버님께서 자꾸 당신에게 가라고 하셨어요. 가난한 살림에 오물오물 온 식구가 하는 일 없이 천장만 쳐다보며 막연하게 지낼 수만도 없잖아요. 그래서 온 식구가 상의 끝에 앞으로 생활대책을 각자 세워보라고 해서 왔어요. 우선 친정집 큰오빠에게 벼 한 섬 값인 15,500원을 빚내 왔으니, 이것으로 무슨 장사라도 해 보도록 하셔요."

이리하여 우리는 우선 급히 두 사람이 기거할 방을 구했다. 계산동 계산서원 자리에 판자로 된 2층 마룻방을 세 얻었다. 아래층에 살고 있는 집안 동서네가 버리는 녹슨 군용침대 하나를 달랑 들여놓은 마루방에서 우리들의 첫 신혼살림이 시작됐다. 당장에 꼭 필요한 살림살이만 장만하고 나머지는 남편의 장사밑천으로 쓸 계획을 세우는 것으로 우리의 늦은 신혼 생활은 시작되었다.

눈발이 날리는 2월 초순, 우리는 불기 없는 낡은 마룻방에서 따사로운 마음을 나누었다. 새벽 4시 통행금지 시간이 해제만 되면 우리 두 사람은 일찍 일어나 남들이 잠자는 시간 외에 두 시간씩만 더 노력하자고 약속했다. 그이는 술도가에 가서 통술을 도매로 받아다가 포장마차, 참새구이집으로 다니면서 소매로 넘기는 장사를 했다. 나는 대구시 동산동 수창국민학교 뒤에 있는

'부부한복 제품집' 이라는 곳에 가서 삯바느질을 했다. 새벽부터 밤늦도록 재봉틀을 밟다가 집으로 돌아올 때면 걸음도 제대로 옮길 수 없을 정도로 오금이 저리고 발이 부었다. 발이 얼마나 붓는지 아침에 신고 간 신발이 퇴근하려고 신으면 작아서 들어가지 않았다.

그러나 나는 이 한 몸 가눌 수 없어 쓰러질지라도 몸으로 열심히 하는 수밖에 없었다. 시간을 금쪽같이 아끼면서 열심히 일한 것만큼 쌓이는 우리의 동전 무게도 점점 무거워졌다. 그때는 지금처럼 은행에 갈 줄도 모르고 시집 올 때 옷가지를 담아 왔던 대나무상자인 고리짝 밑바닥에 하루하루 벌어 온 돈을 모았다. 일 원짜리, 오 원짜리 동전들이 손에 들어오는 대로 고리짝 밑바닥 깊숙이 넣었다.

나는 도시 실정을 전혀 몰랐다. 내가 우리 부부의 생활비로 한 달에 쌀 닷 되와 참나무 숯 한 포만 있으면 된다는 예산을 하자 남편이 어린아이 달래듯이 한마디 했다.

"여보, 아무리 우리 생활을 알뜰히 꾸려 나간다 해도 쌀과 숯만으로 생활비가 될 수 있다는 것은 말도 안 돼요. 반찬이랑 이런저런 부식비도 있어야지."

"부식은 헐한 소금 좀 사다가 녹여서 간장삼아 먹고 무시래기나 이웃집에 가서 얻어다가 먹으면 되지 않을까요?"

남편은 나의 말에 어이가 없다는 듯이 서글서글한 큰 눈을 더 크게 뜨고 나를 바라보며 한참동안 할 말을 잃은 듯 있다가 입을 떼었다.

"아이고, 이 답답한 사람아. 지금이 어느 땐데 무시래기나 얻어먹고 살아요? 이 각박한 도시에서는 나물이파리 하나도 돈 안 주고는 맛볼 수 없다는 것을 알아야지."

"아니요, 두고 봐요. 도시도 사람 사는 곳 아닌가요. 내가 인정을 쓰면 그 인정이 돌아오게 돼요. 그러니 나는 내 몸으로 그만한 가치의 인정을 쓰고라도 돈 안 주고 부식을 구할 수 있도록 내가 알아서 할게요."

남편은 나와의 실랑이에 손을 들었다는 것 입을 다물었다.

우리 부부가 사는 아래층에는 같은 교회에 다니는 분들이 몇 집 살고 있었다. 그 집에 아이들이 셋인데 몹시 바빠 보여서 일요일 교회에 다녀와선 그 아이들을 돌봐 주었다. 그랬더니 아이들의 엄마가 몹시도 고마워했다.

"새댁이 아이들을 돌봐준 덕에 내가 일손을 덜었네. 뭘로 보답을 하지?"

"보답이라뇨. 멀쩡한 사람이 우두커니 놀면 뭐해요. 한 집에 사는데 당연히 내가 도와 줄 수 있는 것은 도와드려야지요. 이게 한 집에 사는 인정 아닌가요?"

"그거야 그렇지만 내가 고맙고 미안해서 그렇지. 뭐 먹을 것이라도 좀 줄까?"

"그럼 수돗가에 담가 놓은 김치 우거지 좀 주세요. 아이들은 매주일마다 제가 봐 드릴게요."

"아이쿠, 그럼 나야 좋지."

그날부터는 그 부인은 부식으로 반찬이 될 만한 것들을 두 사람 먹기에 부족함이 없을 정도로 이층 판자 계단으로 올려 주곤 했다.

아래층에는 모두 여섯 가구가 살고 있었다. 피아노 교실을 하고 있는 교회 집사님과 중국음식점 하는 사람, 나하고 같은 교회 다니는 이발관집 등이 세 들어 있었다.

"이제부터 이층 새댁이 정직하고 셈이 정확하니 세금을 좀 맡아서 처리해 줘요."

이렇게 말하며 다들 바쁘다고 내게 전기, 수도, 오물세 등 각종 공과금을 풀이 하는 책임을 지워 주었다.

나는 매월 한 번씩 모든 가구에 불평이 없도록 공평하게 풀이를 했다. 가끔 거스름돈이 남으면 모두들 한 자리에 모이게 해서 알리고 중국집 만두를 사서 나누어 먹곤 했다. 다들 도시 사람답지 않게 후한 인심으로 우리 부부를 대해 주었다.

젊은 부부가 이 추운 겨울에 불기 없는 마룻방에서 거처하는 것을 보니 대견하다 하면서, 밤늦게 일을 하고 집으로 돌아오면 번갈아 가면서 부추김치, 청국장 끓인 것 등을 갖다 주곤 하였다.

나는 그럴수록 더 열심히 일하여 돈을 벌면 나보다 가난한 사람을 도와주면서 살아야지 하는 각오를 했다. 한 집에 사는 사람들의 고마운 인정에 감동의 눈물을 삼키는데 같이 밥을 먹던 남편이 사랑이 가득한 눈길로 나를 보며 말했다.

"지성이면 감천이라더니 이 집이 요즘 달라졌어요. 집주인은 없고 모두 나그네들만 살고 있어 서로가 서먹했는데 당신이 온 후로는 아래층에 웃음소리가 그칠 날이 없으니 모두들 이상하다는 거야. 당신이 경상도지방 사투리를 유별나게 많이 쓰는 게 그렇게 우스운가 봐. 그래도 솔직하고 착한 당신 마음씨에 그분들이 감동을 했는지 무슨 자질구레한 일에도 당신을 꼭꼭 끼워주니 참 고마운 일이야."

이렇게 우리 두 사람은 가난하지만 힘 드는 줄 모르고 그날그날 바쁜 생활에도 만족을 느꼈다.

공무원 시험

어느 날, 새벽 4시에 낡은 자전거를 타고 그이가 나간 다음 문틈으로 신문배달원이 신문을 들이밀었다. 나는 뛰어나가 신문을 부탁하지도 않았고 볼 시간이 없다며 되돌려 주려고 그 신문배달원을 불렀다. 뒤돌아보는 그 신문배달원은 놀랍게도 나의 초등학교 동창인 고향사람이었다. 나도 친구도 너무 반가워서 어쩔 줄 몰랐다.

"이게 얼마만이고? 썰렁한 방이지만 좀 들어와서 잠시 이야기 좀 하자. 광래 네가 어떻게 여기 와서 신문배달을 하는 거고?"

"네 신랑인 선배님의 도움으로 신문사에 들어가 배달을 하게 되었어."

내 남편인 그이는 일찍이 외톨이로 대구에 와서 중학교, 고등학교, 대학을 고학했다. 신문배달, 관공서 급사, 건설현장 막노동과 가게점원 등 무슨 일이든지 닥치는 대로 하면서 열심히 공부해 대학까지 졸업을 했던 것이다. 공부를 끝마치고 군에 지원해서 복무를 마치고 나오니까 마땅하게 할 일이 기다리고 있는 것도 아닌 상태에서 결혼을 한 것이었다. 직장도 구하기 전에 내가 올라와 무엇이라도 해야겠다는 생각으로 학창시절에 알바로 일했던 동인동 삼정상회에 가서 통술을 떼어다가 소매를 하고 있었다. 그런 와중에 만나게 된 내 친구를 신문사에 취직을 시켰다는 것이다.

"그런데 어저께 5.16 군사혁명이 일어났잖아. 새벽부터 제대 군인들을 경찰이 불러들이고 있어. 두 주간 동안 재훈련을 받는다는 거야. 너무 걱정은 하지 마. 제대군인들은 다 겪는 거고. 군복무를 기피한 사람에 한해서 국토건설단으로 보낸다고 신문에 보도가 되었어. 별일은 없을 거야. 이 신문 읽어 보고. 군인들이 길을 메우고 있는 복잡한 거리에 나가지 말고 집에 들어앉아 있어. 이제 나, 갈게."

그렇게 신문을 두고 조광래가 가고 정신없이 혼자 빈 마룻방 바닥에 털썩 주저앉아 있으니까 아래층 아주머니들이 올라왔다.

"새댁, 너무 걱정하지 말고, 오늘은 바느질집에 나가지 말고 집에 가만히 있어요."

하면서 그이의 소식을 알아차리고 저마다 나를 위로하기에 바빴다.

"예, 잘 알겠습니다. 저도 아까부터 알고 있어요. 그런데 재훈련을 어디로 갔는지 알아야 마음을 놓겠는데 너무나 갑작스럽게 일어난 일이라 마음이 답답하네요."

"우리가 알아보니까 훈련소는 여기서 가까운 성서 50사단이라 안카나. 두 주는 금방 아이가. 그러니 참고 기다리제이."

한집사람들의 위로와 걱정 속에서 일각이 여삼추 같은 두 주가 지났다. 그이는 터덜터덜 텁수룩한 몰골로 이층 마룻바닥을 터벅거리고 들어와서는 국방색 모자를 벗어 던지면서 거적문을 스르륵 열고 들어섰다.

나는 생전 처음으로 혼자서 지내자니 적적함을 억지로 참고 지내던 차에 남편이 들어서자 반가움에 눈물이 왈칵 쏟아졌다. 그이도 나를 덥석 껴안으며 속삭였다.

"당신이 보고 싶어서 지난 주 토요일에 집에 오고 싶었어. 그러나 훈련을 아주 다 마치고 오려고 참고 참으며 훈련을 마치고 이제 왔소. 여보, 당신 사랑해."

그렇게 반가움과 기쁨의 시간이 지나자 은근히 현실적인 걱정이 되었다. 그동안 남편이 깔아 놓은 외상값들을 다 받을 수도 없게 된 것이다. 5.16혁명 이후로 포장마차 참새집들이 다 철거되고 없어졌기 때문이다. 우리 부부의 생활이 처음처럼 벽에 부딪치게 되었다.

나는 궁리 끝에 이 기회에 그이 보고 공부를 하라고 권유했다. 우리들 소원대로 공무원 채용시험에 응시할 준비를 하라고 했다. 대신 내가 두 사람 몫을 벌어야 했기에 밤낮 바느질하기에 눈코 뜰 사이 없었다. 그이는 사회에 봉사하고자 하던 과거의 소원대로 공무원 채용시험 응시준비에 몰두했다.

나는 아내의 의무와 도리를 감당하기에 고달프고 피곤함을 견디기 힘에 겨웠지만 그래도 희망에 부풀어 하루하루 남편 뒷바라지에 최선을 다했다.

거리에는 가로수들이 푸른 잎으로 한길을 메우니, 그토록 춥던 방안에도 훈기가 돌아 계절이 바뀌었다는 것을 실감나게 했다. 그것도 잠시 사람들이 아스팔트 위에 쏟아져 내리는 햇살에 더위를 피하여 가로수 그늘로 찾아들어 더위를 식혔다. 겨우 추위를 면한 우리들의 방은 거적 누더기같이 신문지로 발라 놓은 판자 구멍 사이에서 빈대들이 떼로 몰려와서 공격을 했다. 빈대들의 맹공격에 피곤한 몸이 쉴 겨를도 없이 밤마다 잠을 설치며 곤욕을 치러야 했다. 참다못해 불을 켜보면 극성스럽게 우리들의 피를 마냥 빨던 빈대들은 판자 틈 사이로 숨어 버리는 바람에 저녁마다 놈들과 실랑이를 하면서 밤을 지새워야 했다.

우리들의 결혼 첫 여름은 그 지겨운 빈대들의 등살도 희망과 사랑의 공간으로 아쉬운 꿈결처럼 지나갔다. 드디어 기다리던 가을과 함께 그이의 공무원 시험날이 되었다. 아침 일찍부터 그이는 대명동에 계시는 시이모님께 가서 인사를 드린 후 시험장에 가서 답안지를 모두 메우고 왔다. 며칠이 지난 후 합격통지서가 왔다. 그이의 소원이요, 나의 첫 보람이었다.

가난한 행복

1961년 10월 16일자로 그이는 대구 관재국에 근무하라는 발령이 났다. 그동안 나는 임신을 해 입덧이 심했지만 오직 남편 뒷바라지에 몰두하느라 하루 두 끼로 겨우 생계를 유지했다. 그런 몸으로 버틴 때문인지 남편이 발령을 받자 몸을 가눌 수가 없었다. 만삭이 되었는데 영양실조로 몸을 옴짝달싹도 못하고 집에 들어앉았다.

"이제는 내가 남편으로 도리를 다할 차례이니까 당신은 이제부터 집에서 몸이나 돌보면서 순산 하도록 해요."

자리에 누워 있는 나를 남편이 위로했다. 그로부터 한 달이 지나 그이는 첫 봉급으로 18,000원을 가지고 왔다. 그때 가격으로는 백미 한 가마니를 살 수 없는 금액이었지만 나는 대견하고도 소중해 그 월급봉투를 헐어서 쓰려고 하니 너무 아까웠다. 생전 처음 타보는 월급봉투에서 얼마를 뽑아서 덕산동 시장에 갔다. 시장으로 가는 길에 리어카에 남녀노소 아무나 입을 수 있는 옷들을 팔고 있었다. 나는 시장 안에 들어가 옷을 사려고 하면 단한 가지밖에 못 살 것 같기에 그곳에서 몇 가지 사기로 하고 옷들을 골랐다. 그이가 아무리 자립으로 고학을 했다 할지라도 낳아 준 시어머님의 속옷 하나와 버선 한 켤레를 맨 먼저 골랐다. 남편 출근 때 입게 하려고 나일론사 홑 잠바 하나를 사는데 남편의 봉급을 처음으로 지출했다.

집에 돌아와 남은 돈으로 예산을 짜보니 산월이 가까워 분만 준비까지 하기에는 역부족이었다. 아무리 무거운 몸이지만 막연하게 앉아서 남편이 가져다주는 적은 봉급만으로 살 수 없다는 것을 깨달았다. 나 스스로 고생을 각오한 바도 있어, 아래층 아주머니들께 부탁하여 편물 일감들을 집에 가지고 와서 뜨개질을 하기 시작했다.

큰돈은 아니지만 그런대로 알뜰하게 모아서 녹 반상기도 사고 손님들이 오신다 해도 신문지 깔고는 식사를 하지 않아도 될 호마이카 밥상도 하나 샀다. 그렇게 아주 소박하게나마 살림이 모양을 갖추자 우리도 노력만 하면 아무도 부럽지 않게 화목하게 살게 될 것이라는 믿음과 자부심이 생겼다.

예정일 하루 전 저녁부터 진통이 오기 시작했다. 영양부족으로 야윌 대로 야윈 까닭에 기력이 없어 진통은 오는데 도저히 자력으로는 분만할 수가 없었다. 이대로 두었다가는 산모의 생명까지 위태롭다 하면서 집안아주머니들이 남편에게 연락을 했다. 이대로 두었다가는 새댁이 죽을 것 같으니까 의사를 부르라는 아주머니들의 말에 겁에 질린 그이는 한걸음에 달려가서 약전골목 안에 있는 삼광산부인과의 의사 한 분을 모시고 왔다. 의사선

생님은 진찰할 겨를 없이 수술준비를 갖추고는 함께 온 간호사
와 하얀 가운차림에 고무장갑을 끼고는 산모인 나의 손발을 모
조리 꽁꽁 묶었다. 기진맥진하여 정신을 깜박 잃은 사이 강제분
만으로 해산을 했다. 의사선생님이 떠난 다음에야 나는 정신이
들었다. 눈을 떠 보니까 남편이 곁에서 내 손을 잡았다.

"여보, 이제 정신이 들어요? 고생했어요. 우리 아기도 무사해
요."

"……."

"세상에 나오기도 전에 가난한 모태에서 얼마나 고생을 했던
지 아기가 파랗게 질려서 잘 울지도 못했소."

남편은 옆에 눕혀 놓은 아기를 보여 주면서 나와 아기를 솜이
불로 다독거렸다. 아기는 내가 바라보자 신기하게도 까만 눈을
반짝이면서 두 발을 바동거렸다. 오, 깜찍스러운 우리 아기, 꼭
쥔 손을 입에 넣어 짝짝 쫄쫄 빨지를 않는가? 사랑스런 내 아기.
그토록 견디기 어렵도록 입덧을 하고 아기로 인하여 영양실조가
겹치고 정신을 잃을 정도로 아픔을 겪었던 일들은 순식간에 사
라졌다. 아기를 바라보는 순간 이렇게 성스러운 순간과 아늑한
행복을 부족한 우리 부부에게도 주시는 하나님께 눈감고 겸손하
게 감사의 기도를 드렸다. 그이도 나와 같은 생각을 하고 있었는
지 해산 뒷바라지를 하려고 달려온 친정어머니께 기쁨을 감추지
못하고 이야기하였다.

"빙모님, 아기가 누구를 닮았습니까? 오뚝한 코, 까만 눈동자,
고사리 같은 손과 발, 어디 한군데도 신기하지 않은 것이 없네
요."

남편은 아기를 보다가 내 손을 꼭 쥐고서 그윽하게 나를 바라봤다.

"여보, 당신 수고 많았어요. 우리 아기가 꼭 나를 닮았지?"

"그래, 그려. 자네를 꼭 빼닮았네. 원 쥐뿔도 없으면서 그렇게도 좋은가? 무어가 있어야 산모가 몸조리를 할 게 아닌가?"

어머니는 혀를 차면서도 가지고 오신 호박말랭이로 쌀뜨물을 받아 부어서 국을 끓였다.

"그저 애 낳은 산모는 많이 먹어야 하는데 미역 한 오리 없이 호박우거지로 몸조리를 해야 하는가? 최 서방은 어쩌다가 이렇게 내 딸 고생만 시키는가."

어머니의 푸념에도 눈치코치도 모르는 사람처럼 그이는 퇴근하기가 바쁘게 집으로 달려와서는 내 머리 맡에 앉아서 아기를 얼렀다.

"아가야, 까꿍, 까루루루루……. 오, 우리 아기가 나를 알아보네. 여보, 아기가 나를 아빠라고 알아봐."

기진한 몸으로 돌아누울 수도 없을 만큼이나 쇠약해져 솜털같이 풀어진 나에게 남편은 즐거움을 감추지 못했다. 한 시간이 멀다 하면서 연방 호박우거지국을 퍼다가는 나에게 먹어라 했다. 남편의 행복해 하는 모습에 나는 눈을 감고 누워 생각했다.

'그래, 아무리 가난하다 하더라도 이 순간 나는 행복하다. 우리들의 가난은 미래의 행복을 위한 뿌리가 될 거야. 까짓 미역 한 오리 못 사먹으면 어때. 호박우거지국을 먹어도 나의 마음은 즐겁기만 한 걸.'

"엄마, 너무 없다고 최 서방한테 불평하지 마요. 지금은 이렇게 살아도 앞으로는 엄마에게도 남부럽지 않게 잘 해줄게."

나의 위로에 친정어머니께서 돌아앉아 눈시울을 적시었다.

"아이고 불쌍한 것. 그래도 남들은 이렇게 쪼들리는 것도 모르고 네가 시집 잘 갔다고 얼마나 부러워하는지 모른다."

아기는 하루가 다르게 또록또록 잘 자랐다. 본래 우리들에게는 기본적인 여유가 없는데다가 아기가 태어나 한 식구로 늘었으니 더더욱 나는 놀고 지낼 수가 없었다. 아기를 데리고 방안에서라도 편물을 계속해야 살림에 보탬이 되겠기에 한 달 뒤부터 일어나 편물을 계속했다.

아기와 함께 한겨울이 가고 봄이 왔다. 어느 날 남편이 퇴근해서는 느닷없이 우리 아기를 고아원에 데려다 주자고 청천벽력같은 소리를 했다. 말도 안 되는 소리라 어안이 벙벙했다. 도무지 남편의 속셈을 알 길이 없어 우리 부부는 이 문제로 티격태격하는 갈등 속에서 지옥 같은 나날을 보내야 했다.

남편에게 이해하기 어려운 성격이 있었다. 그 원인은 다름 아닌 시댁식구들에게서부터 시작된 것 같았다. 그이의 친형님이신 시숙께서 그 댁의 장남으로서 재산의 대부분을 도박으로 탕진하자 시부모님들이 견디다 못하여 마지막 수단으로 내 남편과 시동생을 데리고 오두막 초가집으로 분가를 했다. 그이는 가난을 견디다 못해 집을 나와 객지에서 숱한 고생 끝에 학업을 마쳤건만 시댁의 장남인 시숙은 그런 동생은 아랑곳없이 밤낮 도박판에서만 세월을 보냈다.

시숙은 일곱 남매를 둔 가장으로서 도리를 다 못하던 차에 남편이 공무원이 되었다는 소식을 듣고는 초등학교 5학년짜리 둘째 조카를 데려다가 함께 살라고 했던 것이다.

남편은 인정에 약하고 정에 유별나서 어떻게 해야 할지 고민하던 끝에 아무것도 모르는 어린 내 자식을 고아원에 데려다 주자고 한 것이다. 형편이 어려우니 둘 다 키우기는 힘들고 형님의 아들인 조카를 우리 부부의 호적에 올리고 공부를 시키자고 했다. 나는 남편의 제안대로 할 수가 없어서 말도 안 된다고 반대하였다.

이 일로 인하여 우리 두 사람은 마주 앉기만 하면 입씨름을 하게 되었다. 설상가상 맏동서는 우리 의견이나 입장은 생각지도 않고 철모르는 조카를 보내오고 말았다.

기가 찼다. 방 한 칸 제대로 얻을 수 없는 처지라 겨울에 불기 없는 마룻바닥에서 서로의 체온으로 추위를 녹여야 하고, 여름에는 빈대들이 득실거리며 성화를 부리는 통에 단잠 한 번 제대로 못 이루는 집에 산다. 그래도 우리 부부는 오히려 그 덕분에 남들 잠잘 때 일어나서 열심히 일을 할 수 있다며 아무런 불평불만 짜증 없이 지내면서 아무쪼록 단층 온돌방 하나 얻을 때까지는 참고 견디자 했다.

비록 가난하지만 무엇이든지 절약하는 지혜로 어떤 고충도 마다 않고 어려운 현실을 극복하면서 겨우겨우 생계를 유지해 나갔다. 조카의 출현은 우리 부부 사이에 금이 생기려 하는 위험을 안겨주었다.

나는 난데없는 시련을 겪어야 했다. 쥐꼬리만 한 월급봉투이지만 한 푼도 축내지 않고 들고 오던 남편은 그때부터 타락한 사람처럼 빈 월급봉투만을 내밀었다. 조카만 데리고 다니면서 월급봉투를 고스란히 다 쓰고 월급봉투 껍데기만 주니 조카를 데리고 앞으로 살아나갈 일이 암담하였다. 아무리 생각해도 남편의 처사가 도무지 이해할 수 없었다.

이전까지는 그렇게도 생쥐 볼 가실 것 없을 만큼 가난해도 마음이 흔들리지도 비관하지 않았었다. 그러나 조카로 인하여 날이 갈수록 가정불화는 잦아지고 생활은 갈수록 쪼들리는데 남편은 난폭해지기 시작했다.

아래층에 살면서 우리를 지켜보던 제일교회 집사님 부부가 피아노 교실을 하고 있었는데 마침 자녀가 없어 우리 아기 병희를 입양하겠다고 제의하였다. 그러나 난 고개를 저었다. 말 못할 내 처지가 슬펐지만 아기 볼에다 얼굴을 대고 비비며 마음을 다잡았다.

"참자. 참다가 보면 아빠의 마음이 돌아오리라는 것을 나는 믿는다."

나는 눈물의 나날들로 지새우는데 남편은 조카만 싸고돌면서 아예 아기는 젖도 못 먹이게 하고, 내가 아기를 안고 있으면 빼앗아서 집어던지기 일쑤였다. 한집에 사는 아주머니들이 보다 못하여 저마다 번갈아 가면서 아기를 데려다가 연유를 한 통씩을 사다가 먹였다. 이런 이웃 사랑 덕분인지 엄마 아빠의 갈등에도 불구하고 아기는 탐스럽게 무럭무럭 잘 자라 돌보는 이들의 사랑을 받았다.

나는 남편 때문에 아기에게 먹일 수 없어 불은 젖을 짜서 굴뚝에 부어 버리면서도 남편이 보는 데서는 아기에게 젖을 물릴 수가 없었다. 아기에게 먹을 젖을 버려야 하는 이런 슬픈 광경이 또 어디 있을까. 나중에서야 남편의 그 본의 아닌 행동에 대한 모든 사연을 알았지만 그 당시 한 집에서 살던 분들은 하나같이 나에게 충고 했다.

"아직 스물한두 살밖에 안 된 새댁이니 어디 가서 무엇을 하여도 지금 같은 마음고생이야 하겠나?"

"그래도 시골에서는 범절을 갖춘 집안 교육을 받은 것 같은데, 이렇게 많은 고통을 겪는 것을 부모님들이 알면 얼마나 마음 아파 하시겠노?"

나를 측은하게 여기는 이들이 모두 한마디씩 했다. 남편이 아무리 공부를 많이 하고 직장이 좋으면 무엇 하나? 자기 앞길도 제대로 못 챙기면서 어디다 내놔도 부족함 없을 아내와 아들은 거들떠도 안 본다고 혀를 찼다. 그 꼴난 조카가 무슨 소용이 있다고 밤낮 안고 도는 것은 정신 이상이나 성격 결함이 아닐까? 새댁 신세가 말이 아니니 일찌감치 이혼을 하라는 권유에 눈앞이 캄캄해졌다.

그래서 생각 끝에 내가 다니는 대구 성남교회 우리 구역 권사님과 권찰님들과 의논하려고 교회로 찾아갔다. 나의 이 말 못할 사연을 죄다 이야기했다. 이럴 때는 신앙을 지키면서 살아가는 한 남자의 아내로서 어떻게 처신해야 할지 바르게 판단하려고 경험 많은 어른들의 의견을 듣고 싶었다. 이 분들도 한 집에 사는 사람들과 똑같이 아이가 하나뿐일 때 남편과 갈라서라고 충고를 했다. 그래도 참고 견디려는 나를 답답하고 융통성 없는 여자라고까지 했다.

하지만 생각하면 생각할수록 나 자신 보다 남편이 불쌍했다. 남편의 언행은 진심이 아닌 것 같아 더 견딜 수가 없었다. 이런 때일수록 나 자신은 내가 다스려야 한다고 다부지게 마음을 다져먹고 용기를 냈다. 조카를 부모님이 있는 고향 큰집으로 돌려보내는 것이 급선무였다. 나 혼자서 시댁 식구들에게서 원망을 다 뒤집어쓰는 한이 있더라도 지금까지 외톨이로 외롭게 살아온 남편과는 절대로 헤어질 수는 없다고 생각했다. 지금까지 그이가 어떻게 살아왔는가를 생각하니 가슴이 아팠다. 부모나 형제가 있다 해도 어느 누구가 알뜰하게 다독거려 주는 이 없었다. 허허벌판 같은 세상에 홀로 춥게만 살아온 남편을 나라도 따뜻하게 감싸주는 것이 진실한 아내의 도리라고 생각했다. 마음의 결심을 굳힌 다음, 남편이 출근한 뒤에 가방을 챙겨 조카를 집으로 돌려보냈다. 그 다음 닥쳐올 문제들은 닥치는 대로 수습하자고 마음 먹었다.

예상했던 대로 시골에서 온갖 전갈이 전하여 왔다. 내 주장하는 여자는 그대로 살게 둘 수가 없다고 하는 말도 들려왔다. 맏동서는 계획대로 일이 되지 않자 온갖 협박과 공갈로 나를 괴롭혔다. 어떤 때는 도저히 고통을 감당하기도 어려워 죽는 것이 더 낫겠다고 남편에게 수면제를 구해 오라고 했다. 고지식한 남편은 곧이곧대로 수면제를 사왔다. 그래서 둘이서 약을 나누어 갖고서 말했다.

"이렇게 구차하게 살아가면서 남에게 도움도 줄 수 없을 뿐 아니라 도리어 악평을 듣고 살 바에는 죽음을 선택하는 것이 더 낫겠어요."

"우리들의 이런 사정을 몰라주는 형님댁이 원망스럽소. 나는 당신 없이는 하루도 살아갈 수가 없으니 당신 생각이 정 그렇다면 당신 뜻에 따르겠소."

이리하여 우리 부부는 수면제를 나누어 먹었다. 그리고는 아물아물 잠 속으로 빠져들었다.

아래층에 사는 아주머니가 계속 울어대는 우리 아기 울음소리를 듣고 올라와 우리들을 영원한 긴 잠에서 깨워 일으켜 주었다.

이 일 이후 우리는 서로 이 일을 부끄럽게 생각하면서 다짐을 했다. 앞으로는 우리 아기를 생각해서라도 열심히 살자고.

며칠이 지나 남편의 심상치 않는 눈치를 느낄 수 있었다. 조카를 돌려보낸 데 대하여 고향으로부터 원망을 들은 것이 분명했다. 나는 아기를 업고 시댁에 찾아가 시아버님께 자초지종 이야기를 드렸다. 시부모님은 묵묵히 내 말을 다 들어 주셨다.

"부모로서 도리도 못하고 너희들을 맨주먹으로 내보냈는데 너희들이 말없이 잘 살아 주기만 바랄 뿐이다."

그 후로 나는 남편을 위하는 일이라면 나의 전부를 바쳐서라도 어떤 고충도 참고 견디리라 다짐했다.

그렇게 일 년이 더 지나 드디어 우리도 아래층에 온돌방 하나 얻을 돈을 마련하게 되었다. 나는 기쁨으로 떨리는 목소리로 남편에게 말했다.

"여보, 우리도 이제는 아래층 온돌방으로 내려가입시더."

2년 동안이나 마룻방에서 또 빈대들에게 시달리면서 잘 참아온 덕분이었다. 이제 아기까지 있는데 그 생활을 계속한다는 것은 생각만으로도 소름이 끼쳤다. 이런 희망이 있었기에 그동안 숱한 고생도 참아낼 수 있었다. 이제 우리도 말 못하는 어린 것, 천진난만한 우리 아기, 맑고 깨끗한 아기의 피를 부모의 가난 탓에 빈대들에게 물리게 하고 싶지 않았다. 그렇다고 방 한 칸 얻을 돈이 다 준비되었다고 하면 혹시나 남편이 조카가 왔을 때처럼 흥청망청 할까봐 일부 방 얻을 돈을 빌렸다고 하였다. 그리고는 이층이 아닌 아래층 함석지붕의 온돌방 하나를 얻었다. 작은 방 한 칸이지만 온돌방을 얻고 보니 어느새 부자가 된 듯한 기분이었다.

막상 방을 얻고 보니 방안에 놓을 가구가 없었다. 궤짝 하나라도 들여놓아야겠다는 생각으로 칠성시장에 가서 노상에서 사과 궤짝으로 만들어 놓은 궤짝 하나를 샀다. 그때 가격으로 1,300원을 주고 사다가 들여놓고는 차곡차곡 옷가지를 정리해 넣고는 그 위에는 이불을 예쁘게 개켜서 포개 놓았다. 궁색하나마 나름대로 살림이 모양을 갖추고, 우리의 아기 병희는 걸음마를 배우기 시작했고 뱃속에선 둘째아이가 놀았다.

이 작은 단칸방의 평화도 잠시 손님이 끊이지 않았다. 남편이 공무원이라고 고향 친척들과 시가, 친가 친척들이 줄을 잇다시피 찾아와 손님 접대하기가 바빴다. 아무리 먹을 것 먹지 않고, 입을 것 입지 않고 우리 식구끼리는 궁색함도 아끼는 마음으로 참아 가지만 내 집에 찾아오는 친척들에게까지 그런 내색을 할수가 없었다. 더구나 돌아갈 때는 차비라도 드려서 보내야 하겠기에 남편의 짜증이 점점 늘어 갔다. 특히 농사철이 지난 늦가을부터는 시골에서 사람들이 단칸방이거나 말거나 찾아와서는 몇

날 며칠씩 기거하기가 일쑤였다. 됫박으로 쌀을 사다 끼니를 이어가는 우리 생활 형편에 손님 접대는 큰 부담이었다.

어떤 때는 손님을 대접하고 나면 우리 부부는 누룽지나 숭늉을 마시는 것으로 끼니를 넘겨야 했다. 이럼에도 불구하고 손님들은 겨울 동안 우리 사정은 알은 체도 않고 지내다가 봄이 되어 농사철이라 고향으로 내려갈 때는 각종 가용이나 농비라도 보태 주었으면 하는 눈치였다. 이 난처하고 딱한 처지를 어떻게 말로는 설명키도 어려웠다. 게다가 시댁의 집안 조카가 막연하게 공부하러 왔다면서 고향에는 돌아갈 생각도 않고 우리의 단칸방에 계속 눌러 있었다. 엎친 데 덮친 격으로 나는 둘째아이의 임신으로 입덧이 심해 영양실조로 몸은 바람에 날아갈 정도로 쇠약할 대로 쇠약해졌다. 그럴수록 남편의 짜증은 더욱 더해 갔기에 나의 하루하루는 살얼음판을 걷는 것처럼 불안했다.

우리의 삶과는 상관없이 겨울이 지나고 봄이 왔다. 만물이 소생하여 산기슭 양지바른 비탈에서는 개나리, 진달래꽃이 피어 겨우내 메마르고 삭막했던 땅에 생기가 되살아났다. 싱그러운 새싹의 냄새는 겨우내 얼어붙은 내 마음도 노크하며 녹여 줄 것 같은데, 야속하게도 남편은 자기가 가장 아끼고 사랑한다는 나와 우리 아기를 괴롭히기만 하니 그저 답답하고 괴로울 뿐이었다.

여윈 내 몸 하나도 제대로 굴신하기도 힘든데 집안 조카들까지 찾아와 얹혀살고 있으니 우리 세 식구는 불편하기가 이루 말할 수 없었다. 기거가 불편하고 잠자리가 편치 않을수록 그이의 짜증은 나에게로 더욱 집중 되어 퍼부어졌지만 이런저런 답답한 심정을 토로할 길이 없었다.

이런 와중인데 친정에서 부모님이 모처럼 우리 모자도 보실 겸해서 오셨다. 그날따라 남편이 출근하였다가 낮에 집에 들어와서는 사소한 일로 시작된 언쟁이 폭력으로 변해 급기야 남편이 나를 폭행하는 사태까지 되었다. 코피가 터져 유혈이 낭자하며 온몸을 가눌 수도 없게 된 광경을 하필이면 친정 부모님들이 목격하게 되었다. 부모님은 아무 말씀 없이 다녀가셨지만 속마음이야 얼마나 아프셨을까? 그때의 마음을 털어놓듯 얼마 후 친정엘 갔을 때 아버님께서 말씀하셨다.

"내가 사위를 잘못 선택하여서 너를 그토록 고생 시키는구나. 세상에 그런 법이 어디 있단 말이냐? 홀몸도 아닌 지 아내를 그처럼 완력으로 폭행하니 당치도 않다. 많이 생각해 봤는데 내가 직접 그 행위를 알고도 계속 같이 살게 하고 싶지 않구나. 두 사람 갈라 서거라."

삼종지도의 법도를 생명처럼 여기시는 아버지가 오죽하였으면 그러셨을까? 나는 마음이 몹시 아팠다. 또 한편 그이가 불쌍하고 측은하다는 생각이 들었다.

한 지붕 아래서 살아온 옆방의 아주머니들까지도 계절에 따라 남편이 더 난폭해지면서 나와 아이를 괴롭히니까 숙덕숙덕 쯧쯧 혀를 차며 내게 동정의 눈길을 보냈다.

그런 와중에도 남편은 내가 주변 사람들의 권유로 이혼이라도 하자 할까 두려워했다. 우리의 사정을 모르는 곳에 가서 마음 편하게 살아보겠다는 생각에서 남편은 자신의 임지를 김천 출장소로 자진 이동하기를 희망하자 곧바로 전근발령이 났다.

헛간방에 찾아온 절망

그이는 우선 이곳을 떠난다는 생각 한 가지만으로 몹시 즐거워했지만 나는 앞으로의 일이 막막하였다. 아무것도 없이 겨우 생활을 지탱해 가는 처지에 둘째아이 출산일은 가까워지고, 낯선 곳에 가서 임시로라도 들어앉을 방을 얻어야 하는 것이 걱정되었다. 이 생각 저 생각 끝에 우선 남편을 발령지 김천출장소로 출근하도록 하고, 무거운 몸을 억지로 움직여 이삿짐을 챙기기 시작했다.

출산 예정일 20일이 남았으나 이삿짐을 싸는 동안 진통이 왔다. 옆방 아주머니들이 내 신음 소리를 듣고 방안으로 들어왔다. 조산이었다. 아들인데 아기가 울지도 않고 숨소리도 들리지 않는다고 걱정스러워 했다. 지칠 대로 지친 나는 아기가 죽을까봐 조바심을 치면서도 또 한편으로는 오히려 그 편이 다행으로 여길 만큼 그때의 생활이 형편없이 절박했었다.

남편은 밤늦게야 통근열차를 타고 김천에서 대구로 귀가했다.

집에 온 남편은 한 시가 급하다면서 김천으로 이사를 가야 한다고 다그쳤다. 보다 못한 옆방 아주머니들은 참견을 하고 나섰다.

"아무리 사산이라도 산모는 산후 조리를 하고 나서 이사를 가더라도 가야지, 이런 몸으로 무리를 하다간 산모까지 잃을 수도 있는 위험을 자초할 생각이오."

말은 그렇게 했지만 다들 힘들고, 집에 아무것도 없는데 따뜻한 미역국을 끓여 먹고 몸조리할 형편은 아니었다. 미역국을 먹을 수는 없었지만 때마침 공무원들에게 배급으로 나온 밀가루가 한 포대 있었다. 사흘 동안 이 밀가루로 수제비국을 끓여서 먹으며 몸조리를 했다. 말이 몸조리지 겨우 몸을 일으켜 광복절 공휴일을 이용해서 남편과 나는 보따리 하나씩을 들고 어린 병희를 등에 업었다. 이렇게 공무원의 아내로서 유랑생활의 첫 발을 내딛었다.

김천시 황금동에 그이가 월 3,000원의 셋방을 부탁해 두었다고 하여 믿고 찾아갔다. 그러나 힘들게 찾아 간 그 방은 남편이 선불을 주지 않아서 이미 다른 사람이 들어가 있었다.

어디로 가야 하나? 오갈 데 없는 우리는 보따리 하나씩을 들고는 길섶 노상에 주저앉아 오가며 유심히 쳐다보는 뭇 시선들을 피하느라 애를 써야 했다. 지나가던 아주머니들이 애기 엄마가 너무 안쓰럽다며 다가왔다.

핏기 없이 창백하게 햇빛바랜 모습으로 주저앉아 있는 나를 부축해 일으켜 주면서 임시로 할머니 혼자서 사는 오두막집 헛간 방에라도 있으라고 권했다. 서글프기 이루 말할 수 없는 집이요 헛간이었으나 당장 갈 곳 막연했던 우리에게는 그것만이라도 천만다행이라 감사하게 여겨졌다.

몸조리를 하고 누워있어야 할 딸이 이사를 한다니까 친정어머니가 도와준다고 동행을 했었다. 짐 보따리를 옮기고 묵은 먼지를 털어내고 닦는 어머니는 눈물을 흘리며 연신 한숨을 내쉬었다. 맨흙바닥에다가 시멘트 포대의 속 종이를 깔아 주었다. 나는 몸을 가누지 못해 겨우 흙벽에 머리 기대고 앉았다. 오랫동안 그곳에 주인이었던 듯 곰팡이 냄새가 나를 에워쌌다. 곰팡이 냄새와 함께 습하고 찬 기운이 전신을 훑었다. 그러나 조산으로 아이를 잃은 산모인 나는 다른 곳으로 옮겨 갈 여력은커녕 촌보도 옮길 수 없이 지쳐 쓰러졌다.

그렇게 쓰러져 누운 뒤로 나는 일어나지 못하고 신음하게 되었다. 백약이 무효라더니 아무 약도 차도가 없어 결국 위독한 상태까지 이르렀다. 그이의 직장인 김천 출장소 직원들이 어떻게 알았던지 번갈아 가면서 문병을 와서 남편과 환자인 나를 위로해 주었다.

병원비가 없어서 고스란히 남의 헛간 방에서 신음하며 죽어가는 딸의 모습에 친정어머니는 흐느껴 울기만 할뿐별 대책이 없었다. 철모르는 어린 병희는 엄마가 사경에 이른 줄도 모르고 바깥에 나가 종일 뒹굴며 놀다가 와서는 가슴에 파고들어 젖을 빨았다. 돈이 없어 약 한 첩 제대로 못 써보고 아내가 죽게 되는구나 생각하니 그이도 다급하였던지 염치불구하고 병원으로 달려가서 딱한 사정을 이야기했다.

남편의 말을 자세히 듣던 김천 민의원 원장님은 우선 환자를 병원으로 옮기라고 했다. 병원으로 옮기는 것을 보는 이들은 이제는 살았다고 하나같이 기뻐해 주었다. 들것에 실려 병원으로 가 진찰을 받은 결과는 극심한 영양실조로 탈진상태에 이른 것이라고 했다. 민의원 의사선생님이나 간호사들은 최선을 다해 주었다. 그러나 날이 가도 나의 몸은 차도가 조금도 나타나지 않았다.

이제는 별수 없이 죽는 날만 기다려야 하는가? 원장님이나 간호사들의 정성을 쏟은 보람도 없이 눈을 뜨지 못하고 숨소리조차 사그라져 가는 상태로 나는 하얀 침대 위에 죽은 듯이 누워 있었다. 남편은 근무를 마치고 퇴근하면 나의 모습을 보며 걱정이 가득한 얼굴로 소리 없이 눈물만 흘렸다. 뜬눈으로 병실에서 밤을 지새우고는 아침이 되면 직장으로 출근하여 자기 할 일 감당해야 할 남편의 처지도 말 못할 노릇이었다.

친정어머니는 미음이라도 먹여 보여보고 싶지만 미음 끓일 쌀 한 톨 없다며 가슴을 치셨다.

"생쥐 볼 가실 건덕지도 없다."

"……."

"병희야 네 애비한테 가서 돈 좀 달래서 가져 오너라."

생각다 못한 어머니는 어린 아들을 남편의 사무실로 들여보냈다. 그이의 호주머니에 돈이 있을 리가 없었다. 중환자나 다름없는 아내를 데리고 이사 비용 한 푼도 없이 생소한 이곳에 이사 온 데다 봉급날도 되지 않아 돈이 있을 수가 없었다. 어린 병희는 사무실에 들어가 외할머니가 시키는 대로 아빠 테이블을 찾아가서 말했다.

"아빠, 할매가 돈 얻어 오라 카드라. 병원에 있는 엄마 죽 끓여 준다고."

입장이 난처한 남편이 당황해 하자 그 사정을 눈치 챈 직장동료들이 저마다 각자 호주머니에 있는 대로 추렴을 해서 어린 병희 손에 들려주었다.

"이거 할머니 갖다 드리고 빨리 엄마 병이 나아서 일어나게 해 드리라고 해라, 응."

어린 병희의 등을 쓰다듬으며 한마디씩 위로의 말을 했다.

한편 나의 병세가 조금도 호전되지 않자. 민의원 원장님은 사람을 보내어 남편 사무실에 통보를 했다. 환자의 병세는 산후에 과도하게 무리한 탓으로 기력을 회복하기에는 너무 늦은데다가 영양을 처방대로 공급할 수 없는 특이체질이라서 더 이상 병원에서는 손을 쓸 수가 없다고 했다. 집으로 데리고 가서 방이나 뜨뜻하게 해주고 마지막으로 한약 탕제를 한번 써보라고 했다.

며느리 사랑

그 소리를 들은 친정어머님은 "나는 내 두 눈으로 내 딸 죽는 꼴 못 본다." 하시고는 친정집으로 가버리시고 말았다. 하는 수 없이 그이는 죽더라도 집으로 데리고 가는 수밖에 없다면서 나를 데리고 퀴퀴한 곰팡이 냄새로 가득한 헛간 방으로 돌아왔다. 앞일이 막연한 그이는 멍청히 앉아서 담배연기만 내뿜고 있는데 직장동료들이 문병 차 모여와서는 김천 지리가 익숙한 직원으로부터 소개받은 한의원에 가서 손을 써보란다.

"고맙지만 빈손으로 염치없이 어떻게 약을 지어 달라고 갈 수가 있겠소."

남편의 침통한 말에 직원들이 보증을 서주기로 하고 탕제 한 약을 지어 왔다. 그 약 역시 효험이 없었다. 나는 내 기력으로는 돌아눕지도 못할 만큼 약해져서 남편이 용변 수발까지 해 주느라 남편의 일과는 여념이 없었다. 환자를 일으켜 주고 눕혀 주고 하느라 출근도 제때 하기 어려운 처지였지만 나는 한사코 시간

맞춰 출근하도록 독촉했다.

그렇게 남편이 출근한 뒤 혼자 누워 '내가 어서 죽어야지' 생각하고 있는데 출근한 남편이 뒤돌아 와서는 방에 들어오자마자 탁 하고 쓰러졌다. 남편의 손에 든 종이를 빼앗아 펼쳐 보니 시아버님이 별세하셨다는 전보였다. 설상가상이라더니 그이는 너무도 기가 막혀서 쓰러져 말문을 열지도 못하고 있었다.

뒤따라 온 직원 몇 분이 들어오면서 위로를 했다.

"사모님은 우리들이 번갈아 가면서 돌보아 드릴 테니 최 주사님 혼자서라도 아무 걱정 마시고 고향에 다녀오십시오."

"안 돼요. 절대로 안 될 말입니다. 아버님이야말로 며느리인 저를 얼마나 아껴 주시고 위해 주셨던 어른이신데 제가 안 가다니요."

나는 벌떡 일어났다. 모두들 놀랐다. 나도 모를 기적 같은 힘이 나를 일으켜 세웠다. 흰 옷을 찾아 소복을 하고 어린 병희를 들쳐 업고 그이보다 앞장서서 집을 나섰다. 바람에 쓰러질 것 같은 뼈뿐인 몸으로 언제 몸져누웠더냐는 듯이 고향을 향해 30리 길을 거뜬히 걸어갔던 것이다.

그토록 가난에 쪼들리면서도 시아버님은 내 남편인 그이 걱정만 해주셨다. 우리 부부가 티격태격 싸운다는 소문을 들으신 아버님은 며느리인 나를 한번 다녀가라고 호출을 하셨다. 그때 아버님의 부름을 받고 찾아뵈었을 때 시아버님은 나에게 남편에 대한 이야기를 자세히 말씀해 주셨다. 모든 시댁식구들은 하나같이 쉬쉬하며 숨겨 둔 사실을 숨김없이 말씀해 주셨던 것이다.

나는 그때 시아버님을 찾아뵙고는 내가 느낀 것을 사실대로 말씀드렸다.

"아버님, 도령님의 형은 평소에 무엇엔가 쫓기는 듯한 불안으로 사는 사람 같았습니다. 그러다가 못마땅한 일이 있을 때는 아내인 제게 화풀이를 하면서 가끔 세상을 비관하는 식으로 수심에 차 있는 듯하니 어떻게 된 영문일까요? 모르고 지나면 그만이겠지만 아내인 제가 이런 증상의 원인을 확실히 알아야만 약을 써도 쓸 것이 아니겠습니까?"

"오냐, 아가. 그렇잖아도 내가 한번 짬을 내서 너에게 이야기해 주려고 생각했었는데 이래저래 늦었구나. 그 원인은 모두 이집의 가문이 기울려고 그런지 글쎄 그놈이 그만 공부를 너무 골똘히 하려고 하는데다가 이 애비가 뒷받침을 제대로 못해 주니까 그만 신경을 너무 지나치게 쓴 탓으로 그렇게 됐을 것이다. 그러니 부디 아가야, 이제 나는 너만 믿을 것이니까 니 남편 배반하지 말고 잘 살아 주기만 바랄 뿐이다."

그렇게 항상 나를 믿고 아끼시던 아버님이 돌아가시다니 나로서는 큰 충격이 아닐 수 없었다. 내 사정을 이해하여 주실 가장 든든한 아버님이 가셨다고 생각하니 더욱더 슬픔이 복받쳐 왔다.

계절은 팔월 추석 전날로 시아버님 장례식을 마치고 온 집안 식구들이 모여 앉아 서로간의 안부들을 묻다가 시누이들이 이구동성으로 한마디씩 하였다.

"그토록 우리 아버지가 오매불망 대구 있는 둘째며느리만 사랑하시더니만 결국은 죽어 가는 며느리를 살려 놓고 대신 가셨는가 보네. 그렇게도 정정하시던 분이 갑자기 돌아가시다니 그 깟 아카시아 가시에 좀 찔렸다고 돌아가신다는 게 말이 돼?"

내가 생각해도 그런 것 같았다. 돌아눕지도 못하고 오늘 내일 할 만큼 중환자가 되어 고통을 겪다가 시아버님 별세 소식과 함께 꾀병같이 털고 일어나서 거뜬히 고향을 찾아갔으니 나는 물론 온 집안 식구들은 신기하다 했다. 아직도 움직이는 것이 신기할 만큼 병색 짙은 나를 보면서 다행이라고 했다. 그렇게 장례 후 하루를 쉬고 삼일 째 삼우제를 지낸 후 우리는 김천으로 돌아왔다.

아버님의 장례 이후로는 건강을 조금씩 되찾게 되었고, 가정의 생활도 조금은 안정이 되는 듯했다.

5개월이 꿈같이 지나갔다. 1963년 12월 17일자로 대구 관재국과 함께 김천출장소가 폐지됨과 동시에 그이는 영주세무서로 전근 발령이 났다. 또 눈앞이 캄캄하였다.

영주는 지난여름 폭우와 홍수로 인한 수해 복구지역이었다. 그렇기 때문에 방세도 몹시 비쌌고 인심 또한 각박하다는데 우리 같은 가난뱅이는 살기가 무척 힘이 들 것이라는 것을 생각하면서 발령지인 영주로 가는 길에 고향에 들렀다. 농사도 그런 대로 풍작이었고 아버님께서 남편 몫으로 800평의 논을 유산으로 남겨 주셨으니 쌀이라도 몇 말 얻어서 갈까 해서 갔다.

시어머님과 남편의 형제들은 곡간마다 나락이 가득히 채워져 있는데도 우리 사정 이야기는 들은 척도 하지 않아 야속하기만 했다. 우리는 하는 수 없이 쓸쓸히 무거운 발길로 고향을 떠나왔다. 오곡이 집집마다 가득한 가을이지만 우리 내외는 공허한 마음으로 새 발령지 영주에 당도해 남편의 사촌누나 집을 찾았다. 우리가 거처할 방을 부탁하기 위해서였다.

물어 물어서 가다가 보니까 국토건설단들이 산을 자르고 폭포를 만들어 놓은 재민루라는 정자가 나왔다. 그 옆 산기슭의 느티나무 언덕 위에 칠순 노인이신 그이의 사촌자형 되시는 분과 어린 남매와 네 식구가 가난하게 살고 있었다. 우리들에게 있어서는 무척이나 반가운 분들이었다. 남편의 사촌 누님 되시는 분은 사촌동생이 영주세무서로 오게 됐다는 말을 듣고는 반가워 어쩔 줄을 몰라 했다.

"이 지역에서 외롭던 우리도 이제는 사촌동생이 세무서에 다니니까 남에게 큰소리 좀 치고, 또 동생의 도움도 좀 받지 않겠는가?"

우리는 사촌시누님이 소개해 준 평산 김씨 종가 댁이라는 거창한 대청이 있는 집의 옆방을 얻어서 이삿짐을 풀었다. 우리가 세든 이 댁은 층층시하 4대가 한집안에 살고 있는 대가족을 이룬 집이었다. 방세는 봉급을 받아서 주기로 하고 화물로 부쳐 온 짐꾸러미들을 풀어 하나하나 정돈해 놓았다. 살림살이 하고는 볼품이 없는 것들이나 정성껏 정리해 놓자 이 집의 상 어른격인 노할머니가 보시고 핀잔을 했다.

"젊은 내외도 아이도 삼동 같고, 아 아바이 직장도 그만하면 반듯한데 그놈의 살림이 그기 머꼬. 아이들 돈두까리(소꿉놀이) 살림도 그것보다는 더 낫겠다."

우리는 그렇지 않아도 부끄러움을 무릅쓰고 간신히 짐 보따리를 다독거리려 하다가 이사한 첫날부터 집주인 노 할머니의 핀잔에 사기가 팍 죽었다.

맨주먹이지만 내 생활은 내가 말없이 개척해 나갈 것이라는 다짐을 수없이 하였다. 이사 간 이튿날 아침 일찍부터 언덕바지에 있는 사촌시누님 집으로 올라갔다. 그 집 역시 가난을 극복하기 위하여서 일찍부터 정미소에 가서 현미를 내고 허풍기 밖으로 나간 겨를 몇 부대씩 담아다가 키로 까불어서 키 안으로 들어오는 싸라기를 절구방아에 찧어서 공들여 이리고 건져서 싸라기 떡국을 만들어 끼니를 때우는 처지임을 알고, 나도 시누님에게 부탁하여 남편 몰래 시누님과 함께 그 싸라기 떡국을 만들기까지 함께 거들어 주고는 싸라기 떡가래를 얻어 와서 끼니를 이으며 구멍 난 가게를 메워 보았다.

이 일마저도 오래 계속할 수는 없었다. 벼 찧는 일이 끝났기 때문이다. 이른 봄이 지나면 집집마다 벼를 담아 둔 뒤주바닥이 들어나기 때문이다. 이제 또 무엇인가 생활에 보탬이 될 만한 일을 찾아야했기에 아직은 낯선 거리지만 아침에 남편 출근한 뒤에는 어린 병희를 앞세우고 영주읍내 일대를 헤매고 다니면서 일거리를 찾았다.

마침 어느 한 곳에 가보니 아이를 키워 가면서 할 수 있는 일거리가 있었다. 곧 닥쳐올 여름을 대비하기 위하여 맥고모자(밀집모자)를 만드는 재료였는데 봉화, 춘양에서 미루나무를 얇게 깎아서 그것을 손으로 길게 접어 내는 일이었다. 열심히만 하면 하루에 보리쌀 한 되박은 살 수가 있었기 때문에 아침마다 먼동이 트기가 바쁘게 아빠와 병희의 아침밥상을 들여놓아 주고는 으레 동동 걸음으로 그 재료 집으로 가서 산더미같이 욕심대로 재료를 이고 와서는 아빠를 재촉해서 출근케 하고 열심히 맥고모자의 재료를 땋아 나갔다. 그런데 바깥에 놀러 나간 병희는 연방 동네 아이들에게 두들겨 맞고 울면서 들어오기가 일수였다.

하루는 집주인 할머니가 우리 방에 들어오셔서는 엄명을 내렸다.

"도대체 이 집 아바이는 그 좋은 직장에서 돈 벌어서는 뭐하고 아 어마이(애멈마)가 아 키우기도 바쁜데 그까짓 돈 몇 푼이나 번다고 아를 노상 밖에다가 혼자 내놓노 말이다. 앞으로는 아를 방에다가 가두어 놓고서 일을 하든지 말든지 하그래이."

나는 몸 둘 바를 모르고 앞으로는 알아서 조심할 것을 약속하고 나니 가슴이 메는 것 같은 서러움이 복받쳤다. 땋고 있는 밀집모자 재료 위에 깡마른 손등 위로 눈물은 하염없이 떨어졌다.

엄마의 난처한 형편을 알 리 없는 어린 병희는 막무가내 자꾸만 바깥으로 나가기를 좋아하는 철부지였다. 나가려는 아이를 가두어 놓기가 너무나 안쓰러워서 나는 하던 일을 방 한구석으로 밀쳐서 쌓아 놓고는 병희를 데리고 호미와 보자기를 챙겨 들고는 들로 나갔다. 부식으로 남편 밥상에 올릴 수 있는 나물들을 캐려고 논둑으로 밭둑으로 휘이휘이 다녔다. 큰 수해가 스쳐간 들판이라 들나물들이 그런 대로 많았다. 지나생이, 구시디, 나락나물, 씀바귀, 꽃따지, 쑥 등 골고루 앞치마에 뜯어 넣어서 집으로 들어오기에는 아직 해가 반나절밖에 되지 않았기에, 나물 보따리를 논두렁에 얹어 놓고는 정강이에 옷을 걷어붙이고는 무논으로 들어갔다.

올모심기 궁논(항상 물이 고여 있는 논배미)에는 겨우내 물들을 가득가득 가두어 놓았는데 거기에는 아빠 밥상에 올리면 일등 반찬이 될 만한 논 골뱅이가 많았다. 무논에 들어가기 전에 어린 병희는 젖을 먹으려고 마구 가슴을 파고든다. 조산으로 인해 사산으로 태어났던 아기의 젖은 병희에게 빨게 하였었다. 실컷 먹고는 이내 잠을 청한다. 논두렁 마른 잔디 위에 어린것을 재워 놓고는 무논으로 들어갔다.

아직 봄기운이 완전히 가시지 않아 물은 꽤 차가웠다. 그러나 골뱅이가 많아서 골뱅이 잡기에 차가운 것도 잊고 무논 바닥을 헤매다가 산그늘이 들 가운데로 들어오는 것을 보고는, 나물 보따리에 골뱅이를 싸가지고 병희를 업고 집으로 돌아와서 저녁 밥상을 들여놓으니까 애들 아빠는 "웬 일이냐?" 하며 놀랐다.

푸짐한 밥반찬이 입맛을 돋운다며 맛있게 저녁을 먹었다. 밥상을 물리고는 아빠에게 병희를 부탁하고는 밤이 이슥하도록 낮에 못한 모자 재료를 땋았다. 아침에는 또 갖다주고 일거리를 또 가져오고 이렇게 하다보니까 어느덧 작업량 기재장부에는 돈 액수가 두둑하게 쌓여 갔다. 신이 나서 더욱더 부지런을 떨며 일했다.

이 작업도 그럭저럭 여름철이 다 가고 제철이 지나자 또 일거리가 끝이 났다. 재료 집에서 계산을 해주시겠다면서 돈 찾으러 오라는 연락이 와서 두근대는 가슴으로 기대를 걸고 갔다. 온 여름내 밤잠 안자고 내가 한 일의 대가가 얼마나 되며, 또 돈을 찾으면 무엇부터 할까 하고 온갖 유쾌한 상상들을 해보았다. 돈을 받고 보니, 생각보다도 훨씬 많았다. 내가 제일 하고 싶어 했던 것을 할 수 있었다.

남편은 결혼하고 아이 아빠가 된 지금까지 양복 한 벌, 구두 한 켤레 없었다. 겨울에도 홑 잠바에 낡은 구두가 고작인 남편에게 양복을 맞추어 주고 싶은 마음이 제일 간절했다.

"여보 당신이 알고 있는 양복점이 어디에 있어요?"

"퇴근하는 사람에게 당신 무슨 뚱딴지같은 소리요?"

그러나 나는 무조건 남편이 잘 아는 양복점이 어딘지 거기를 함께 가보자고 졸랐다. 남편은 못이긴 체하며 앞장서서 나를 데리고 영주읍내로 가자했다. 남편을 따라간 양복점의 간판을 보니 영주 형제양복점이었다. 주인에게 보란 듯이 남편의 양복을 한 벌 맞추어 달라고 하는 순간 무척 감격해 하는 남편을 보니 날개가 있어 하늘로 훨훨 날아가는 듯한 기분이었다.

남들처럼 하얀 와이셔츠에 체크무늬 넥타이 매고 신사양복 입고 출근하는 그이를 보고 싶었기 때문이었다. 내가 이런 생각이 드는데 본인은 동료직원들의 양복 정장차림을 보고 얼마나 부러워하였을까 싶었다. 그이는 어깨를 으쓱하면서 재단사 앞에 가서 몸의 치수를 쟀다. 마음이 들뜬 나는 어린 병희 손을 잡고는 엉덩이를 툭툭 쳤다.

"병희야, 아빠도 이제는 양복차림으로 출근하시겠다, 그치?"

옷을 맞추고 집으로 오는 길에 잡화점으로 가서 넥타이와 와이셔츠도 샀다. 시계는 중고품으로 사기로 하고 구두를 한 켤레 맞추었다. 들뜬 그이는 소년처럼 기뻐서 어쩔 줄을 몰라 하며 흥분했다.

"여보, 고마워요. 난생 처음 겪는 일이라서 얼마나 기쁜지 모르오. 나는 일찍부터 부모형제를 그리워하며 혼자서 외롭게 살아온 터였기에 그 누구에게도 이런 배려를 받아본 일이 없소. 한 푼이라도 쪼들리는 생활에 보태야 할 텐데. 그 많은 돈을 나에게 다 쓴 것이 아니요?"

"아니에요. 아직도 보리쌀 한 말 값은 남아 있으니까 아무 걱정 마세요. 그리고 당신 봉급은 타서 주인집 방세나 깨끗이 갚아주기로 해요. 앞으로 나는 시간이 나는 대로 나물을 뜯어다가 당신 반찬으로 하고 연료는 뒷산에 가서 솔 갈비나 솔방울 주워 불을 때면 되니까, 쌀 몇 됫박만 있으면 보리밥 위에 얹어서 당신 도시락을 싸면 되고요."

착복식

우리는 계획을 세워 한 치도 어김없이 살아야 했다. 일 원짜리 하나라도 차질이 있어서는 세워 놓은 예산에 구멍이 날 것 같아서, 이른 아침부터 어린 병희를 데리고 뒷산으로 갔다. 솔갈비며 솔방울을 주워 와야 연료로 불을 땔 수가 있기 때문이었다. 나뭇짐을 부려놓고는 부랴부랴 저녁밥을 지어놔야 했기 때문에 마음이 바빴다.

마침 직장에서 귀가한 남편은 조심스럽게 한마디 하려다 말고 뒤통수만 긁적거리면서 차마 이야기를 못하겠다는 듯 망설이다 입을 열었다.

"당신 보기에 미안해서 입이 떨어지지 않는군, 여보."

"뭔데 그래요. 어서 말씀해 봐요. 그러고 있으니까 더 궁금하잖아요."

"글쎄, 오늘 아침 내가 새 양복을 입고 출근했더니만 온 직원들이 마구 함성을 지르면서 박수를 치지 않겠어. 무슨 일인가 하고 고개를 들어보니 나에게 축하 박수를 보내는 거야. 얼마나 무안하든지 얼굴을 붉히고 앉아서 '남들이 입지 않은 양복을 입은 것 같군요' 하는데 직원들 하는 말이 '최 주사님이 새 양복을 입으시니까 진짜 양복 가치가 더욱 돋보입니다. 우리들은 평상시에도 항상 양복을 입으니까 아무것도 아닌 것 같은데' 하면서들 착복식을 하자는 거야. 그래서 나 오늘은 좀 더 일찍 들어왔어요. 세무서가 바로 집 앞인 국토건설국 옆에 있다가 보니까 모두들 퇴근 후 읍내로 들어가지 않고 바로 이리로 오기로 했는데 당신 괜찮겠소? 모두들 결혼을 안 한 처녀총각들이 돼나서…… 그래서 내가 저녁식사는 우리 집에 와서 하자고 했는데 어떻게 하지?"

그이는 걱정이 태산인 얼굴이었다. 나 역시 기가 막혀서 할 말을 잃고 가만히 서 있으니까 남편이 또 놀라 물었다.

"여보, 왜 그래. 당신 어디 아파요?"

"아프긴요. 모두들 우리 집에 오시는 것은 좋은데 우리가 생활하는 것을 보면 서글퍼서 실망이 클 건데 어떻게 하지요?"

이러고만 있을 수가 없다 싶어서 저녁 준비를 하려니 달리 아무것도 없었다. 곰곰 생각해보니 지난 가을에 친정엘 가서 찹쌀 한 되와 동부 팥, 논둑 콩을 한 줌씩 얻어다 놓은 것이 있었다. 오는 정월보름에 오곡밥을 해먹으려고 궤짝 깊숙이 넣어 두었었다. 나중에야 어떻게 되든지 간에 그것들을 끄집어냈다. 모두들 처녀총각이라 객지에 와서 하숙이나 자취를 하는 실정이고 보면 찹쌀밥을 쉽게 해먹을 수가 없을 것이니까 얼마나 귀한 음식이겠는가? 또, 돈도 없는데 반찬값 안 들어서 다행이라는 생각이

들었다.

"여보, 돈 들여 시장에 가지 않아도 좋은 수가 있어요. 우리 오늘 저녁에 찰밥 해서 직원들에게 저녁 대접해요. 모두들 객지에 나와서 생활하니까 찰밥이라면 얼마나 오랜만에 먹어 보는 음식이겠어요?"

"여보, 당신! 그것 참 잘 생각했어요. 그렇지만 반주로 술도 있어야 할 텐데……."

"아, 그것도 걱정 없어요. 내가 얼마 전에 옆집 종례 엄마 따라서 문수 뒷산에 나무하러 갔다가 참 머루(산포도)를 좀 따가지고 왔는데 당신 줄려고 술을 담아 둔 것이 있어요. 지금쯤 맛이 들었을 텐데. 우리 식구 안 먹고 오늘 저녁 직원들 대접하면 되잖아요. 그렇게 하면 당신 착복식은 충분하겠죠."

저녁 준비가 거의 다 되어 가는데 밖에서 훤칠한 양복차림 청년들 대여섯 명이 아가씨 한 명과 차례로 들어왔다.

"실례합니다. 최 주사님 여기 사십니까?"

능청스럽게 인사하는 남편의 직장 동료들에게 나는 한복 허리에 두른 하얀 옥양목 앞치마에 젖은 손을 닦으면서 약간의 수줍음으로 그들을 맞았다.

"어서들 오십시오. 이렇게 누추하고 보잘것없는 우리 집을 찾아주셔서 고마워요. 어서 방으로 들어들 가요. 여보, 좀 나와 봐요. 모두들 오셨어요."

"아, 어서 와요 권 주사, 이 주사, 그리고 서 양도 어서 들어오고요."

부엌에 들어가 하던 일을 하려니 서 양이 부엌으로 들어와 "사모님, 제가 좀 거들어 드릴까요?"했다.

그때 방에서 그이가 부른다.

"여보, 어서 술상부터 먼저 들여놓고 당신도 잠깐 들어와요."

"사모님, 들어오십시오. 소인들이 문안드리겠습니다."

서 양과 함께 술상을 봐가지고 방에 들어갔더니만 모두들 일어서서들 인사할 준비를 하고 있어 다 함께 둘러서서 합동으로 한꺼번에 맞절하는 걸로 인사가 끝났다. 인사가 끝나자 술잔이 돌았다.

"야! 술맛이 끝내주는데요. 세상에 이런 술도 있었던가요? 최 주사님 드리려고 사모님이 깊숙이 숨겨 났던 것을 우리가 다 먹는 것 아닙니까?"

하면서 즐겁게들 마신다. 서 양도 부담 없이 한 잔 마시는 걸 보니 머루주를 집에서 담길 잘했다는 생각이 들었다. 저녁상을 봐서 방으로 들어갔다.

"와, 얼마 만에 먹어 보는 찰밥인지. 이 밥을 보니까 고향에 계시는 어머님 생각이 납니다. 어쩌다가 몇 달 만에 고향에 가면 한 끼를 먹고 오더라도 어김없이 어머님은 한 번은 꼭 찰밥을 해주십니다. 꼭 고향 어머니 방에 있는 기분입니다."

다들 맛있게 먹으며 고개를 끄덕이는 것이 찰밥에 대한 감개가 깊은 모양이었다. 밥을 먹고 나자 그이는 술을 더 가져오라 했다. 술은 이미 바닥이 났는데 더 가져오라 하니 입장이 난처했다. 도리 없이 맹물을 술 단지에 부어서 보충해 가지고 산머루 건더기를 마구 주물렀다. 꼭 짜서 주전자에 담아 들여놓았더니 술을 마시던 직원들이 알아차리고 "최 주사님, 아까 것보다 더

맛이 좋으네요." 했다. 부엌에서 마음을 졸이고 있는 나는 또 술 더 가져오라 할까 봐 조바심이 났다.

"최 주사님, 오늘 착복식을 잘 하셔서 잘 먹고 갑니다."

하는 직원들의 소리가 들려서 후유 하고 숨을 내리쉬며 안도하려는데 그이가 부른다.

"여보, 술 좀 더 가지고 와요."

나는 참으로 딱하였다. 막무가내로 더 가지고 오라는 남편이 야속하기만 했다. 술을 더 가져다 줄 수 없는 것을 너무 잘 알 터인데 적당한 때 마무리를 해주었으면 얼마나 좋을까? 남편의 고지식한 처사가 한없이 딱했다. 없는 술을 갑자기 만들 수도 없고 해서 무조건 시간을 끌었다 한참 동안 부엌에 있자니까 더 마시고 가라고 붙드는 남편을 뿌리치고 직원들이 하나씩 하나씩 빠져나간다. 나는 직원들이 일어설 때 마음속으로 고맙다는 인사를 보냈고 또 '어서 빨리 일어나 주세요, 제발.' 하는 심정이었다.

이런 내 맘을 알기라도 하듯 얼큰하게 취기가 도는 직원들은 밖으로 나가면서 한마디씩 남기고 갔다.

"사모님, 잘 먹고 갑니다. 시집 안 간 친구 있거든 저희 총각들 노총각신세 좀 면하게 해주십시오. 맵시 좋고 음식 솜씨 좋은 아가씨로 말입니다."

그들이 가고 조마조마하게 맘 졸인 것이 속상해 그이에게 좀 따지려고 서슬을 세워서 방에 들어갔다. 그이는 시치미를 뚝 떼고는 코를 드르렁드르렁 골면서 자는 척 하고 있지 않는가? 할 수 없이 나도 자리를 정돈하고 그이 곁에서 누워 내일을 위해서라도 참자 마음을 다지며 끓어오르는 분통을 억지로 가라앉혔다.

입덧

웬만하면 그저 꾹 눌러 참자, 또 참자 잠을 청하는데 갑자기 구토증이 났다. 셋째 아이를 갖게 된 소식이었다. 이렇게 시작된 입덧은 몹시 심하여 좀처럼 식사를 할 수가 없고 노곤한 몸을 가눌 수가 없었다. 피로에 지쳐 몸을 옴짝달싹도 못하고 방에만 드러누워 있으니 어린 병희가 갑갑하여 말이 아니다. 한창 나풀대면서 뛰놀고 싶어 할 어린아이를 붙잡아 둘 수도 없고 해서 혼자라도 놀고 오라고 밖으로 내보내 놓고 방에 맥을 놓고 누워 있자니 주인 할머니와 아주머니의 성화가 서릿발 같았다. 그 철부지 어린아이에게 니 애비는 어떻고 니 어미는 어떻고 나무랐다. 아이가 마음 놓고 놀 수도 없으리만큼 아빠, 엄마의 허물을 들춰 가면서 가난하게 산다는 이유로 우리를 업신여겼다.

아이를 가져도 여느 사람들은 입덧 없이도 잘도 넘기는데 나는 어찌 그리 입덧이 심한지 도저히 내 손으로 만든 음식이라고는 좀처럼 입에 델 수도 없었다. 야속하게도 남의 음식냄새는 약간만 나도 먹고 싶어서 견디기가 힘이 들었다. 풋과일이 또 그렇게 먹고 싶어 꼭지만 떨어진 것이라도 사가지고 왔으면 하고 바라는 심정이었다.

"열 번이고 스무 번이고 심부름을 시켜서 무엇이든지 사다 먹고 참을 수가 있다면 얼마나 좋으련만, 이웃집에서 시큼한 된장찌개 냄새만 풍겨 와도 그것을 먹고 싶어 하니 무슨 까닭인지 모르겠네."

하면서 남편이 직접 내가 먹고 싶어 하는 모든 음식 만들기에 나섰다.

"여보, 당신이 그렇게 먹고 싶어 하던 된장찌개 내가 끓여 줄게."

하면서 온갖 정성 다하여 남편이 손수 밥을 지을 때가 많았다. 그것도 부족하였던지 하루는 밤을 지새우며 고통을 겪어야 하는 나 자신을 내가 미워하기도 하였다. 옆에서 곤히 자는 남편마저 잠도 못 자게 괴롭혔던 그 날의 기억은 평생 잊을 수 없다.

주인집에서 저녁준비로 칼국수를 끓이는 모양이었다. 그 구수한 냄새가 그렇게 좋을 수가 없었다. 냄새만 풍기고는 자기네들끼리 저녁을 먹고 남은 국수를 백철 양재기에 퍼 담아서 하필이면 우리방 앞 장독대 장독 위에다 얹어 놓지 않는가? 인심이 고약하다고 소문난 주인집이니만큼 옆방 새댁이 입덧이 심하니 이거라도 먹어 보라며 한 젓가락 줄 리도 없었다. 밤새 국수를 가져다 먹고픈 충동으로 잠을 못 자고 우리 부부는 꼬박 뜬눈으로 그 밤을 새웠다.

이 이야기를 언덕바지 사시는 시누님이 남편에게서 들었는지 이튿날 어떤 식당으로 우리를 데리고 가셨다. 임신 중에 먹고 싶은 것은 먹어야 태어날 아이 눈이 짝지지 않는다면서 칼국수를 실컷 먹으라시며 양재기 그릇으로 사 주시지 않는가? 그런데도 주인집에서 끓이던 그 국수 생각만 날뿐 그다지 먹지를 못하였다. 이처럼 별난 입덧으로 지겨운 몇 달이 지났다.

까다로운 주인집의 성화를 더 이상 버텨 나갈 자신이 없어, 같은 동네 아주 빈곤한 가정이지만 방이 한 칸 있다 하여 그 집으로 이사를 하기로 하고 결정을 했다.

이사 갈 집은 길갓집으로 슬레이트지붕의 불록벽돌로 담을 쌓은 집이었다. 뱃집 모양의 그 집은 울타리도 담장도 없었지만 아이들이 간섭받지 않고 마음껏 놀게 할 수 있을 것 같았다. 또 우리의 가난한 생활이 누구에게도 구애받지 않을 것 같아 이웃에 사는 아가씨들의 도움으로 이사를 했다. 다행히 아궁이는 연탄아궁이지만 전기시설이 안 돼 있어 호롱불을 켜야 했다.

마침 길가에 있는 집이라 부엌으로 사용하는 공간에는 조그만 구멍가게를 차려 놓아도 될 것 같았다. 짐을 다 옮겨 정돈하기 바쁘게 '신영주교회'에 다니는 집사님이 '영주상회'라는 큰 가게를 하고 있다는 것을 알았다. 배는 불러 동산만하여 몸가누기도 힘들었지만 병희를 데리고 영주상회를 찾아 갔다. 구멍가게에 벌려 놓을 물건들을 주섬주섬 골라 한보따리 샀다.

본래 부엌이기에 가게시설이 돼 있는 것도 아니었다. 가게라고 벌였지만 겨우 부엌바닥에 사과 궤짝을 양쪽으로 고이고 함석판 문짝을 걸쳐 놓고 그 위에다 물건들을 진열해 놓은 것이 다였다. 이런 초라한 가게로 시작했지만 지역이 읍내 번화가와 떨어져 있었기 때문에 장사가 쏠쏠하게 잘 됐다. 한쪽 모퉁이에는 만화책들을 곁들여 펼쳐놓으니 병희는 몰려오는 또래들에게 자랑이 늘어졌다. 눈깔사탕 하나도 잘 안 사주다가 엄마가 과자장사를 한답시고 과자 나부랭이를 죽 늘여 놓은 것이 무척 자랑스러웠던가 보다.

연방 동네아이들 불러다 놓고는 사탕이랑 과자를 무한정 갖다 나른다. 동난 물건 사러 읍내 가는 사이 집에 남아 있는 동안에 동네아이들을 데려다가 마냥 집어 나눠 주곤했다. 이렇게 하다가는 안 되겠다 싶었다.

적은 수입으로 가계에 조금이라도 보탬이 되기는커녕 밑 빠진 항아리 물 새듯 빠져 나가는 밑천으로 해서 남편의 봉급마저 가게 물건값으로 사라질 것 같아 내가 없는 때에는 잠시 문을 닫고 병희를 데리고 다녔다. 적은 밑천으로 시작한 장사인지라 금방 금방 바닥나는 물건들 구해 오랴, 혼자서 해내기에는 나름대로 몹시 바빴다.

그러던 어느 날 셋째 아이 해산달이었는데 몸을 가눌 수가 없어 가게 문을 닫고 방에 들어앉자마자 진통이 오기 시작했다. 마침 토요일이었기에 남편이 일찍 퇴근하였다.

오후 1시 45분 아기를 낳자 당황한 남편은 아기의 태 갈이를 할 줄 몰라서 옆집 아주머니를 데리러 가는데 급한 나머지 문을 힘껏 닫는 바람에 문고리가 안으로 걸리고 말았다. 산모를 방안에 둔 채 밖에서는 안에서 걸린 문을 열 수가 없어서 곡괭이로 문꼴(문설주)을 빼내는 소동까지 일어났다. 겨우 안으로 들어온 옆집 아주머니가 아기 목욕을 시켜주고 돌아간 후 남편이 산후 첫 국밥을 지어 와서는 내 옆에 눕혀 놓은 아기를 들여다본다. 그 들여다보는 순간 남편의 얼굴에 수심이 어렸다. 이상하게 여긴 내가 물었다.

"여보, 왜 그래요? 아기에게 무슨 일이 있어요?"

"여보, 놀라지 말아요. 우리 아기가 장님인가 봐요. 울면서도 눈을 뜨지 않으니 이상해요."

"여보, 어떻게 해요. 당신이나 내가 어느 누구에게도 나쁜 일은 하지 않았는데 왜 우리가 장님 아이를 낳아야 해요. 당신이 혀로 눈을 한번 핥아 보아요. 혹시 눈을 뜰지 모르잖아요."

"그래, 내가 혀로 핥아 볼게. 아무 이상 없을 테니 걱정 말아요."

남편이 아기의 눈을 조심조심 정성껏 혀로 핥아 보았지만 아기는 눈을 뜨지 않았다. 우리 부부는 서로 손을 붙들고 간절한 기도로 울부짖었다.

'아무쪼록 우리 아기 눈을 뜨게 해주옵소서.'

저녁이 되어 어둠이 덮이자 성냥불을 그어 호롱에 불을 밝혔다. 방안에 불빛이 환하자 아기가 반짝 눈을 떴다. 세상에 이렇게도 반가울 수가 있겠는가? 남편은 뛸 듯이 기뻐하며 소리쳤다.

"여보, 아기가 눈을 떴어요. 진작 호롱불을 켤 걸. 방이 어두우니까 엄마 뱃속인 줄 알았던 모양이야."

우리 부부는 그제야 한시름 놓고는 긴장을 풀고 몸조리를 하는데 산모인 나는 몸에서 좀처럼 땀이 나질 않고 전신에 통증이 오면서 혼수상태에 빠지곤 했다. 남편이 이런 형편을 직장에 가서 이야기를 하자 온 직원이 함께 걱정을 하다가 궁리 끝에 직원 권경현 씨가 자기 부인을 우리 집에 보냈다. 그 부인은 인정이 많아서 자상하게 산모인 나에게 다독거려 주고 몸조리를 잘하라면서 도와주다가 돌아갔다.

다음날은 안동이 고향이라는 권택만 씨가 왔다. 병희에게 주려고 비스킷을 사가지고 와서는 남편과 함께 한 잔 하자면서 두 사람이 권커니 자커니 하면서 신세타령을 한다. 술이 거나하자 서로 손을 맞잡고 눈물을 흘리면서 권 주사가 한마디 한다.

"최 주사님은 아무 걱정 마십시오. 요렇게 똘똘한 병희가 있잖아요. 우리 집사람은 임신중독증이 심하여서 그만 알토란같은 아들을 둘씩이나 놓쳤다오."

"권 주사, 말마시오. 나도 생각하면 눈물이 납니다. 우리 집사람 저렇게 영양실조로 몸이 약하여도 영양제 한 통 못 사주고 고생만 죽도록 시키는 것 생각하면 가슴이 찢어지게 아픕니다."

동변상련에 두 사람은 서로 안고 뒹굴면서 밤새워 넋두리를 하다가, 다음날 새벽 일찍 냉수로 해장들을 하고는 권 주사는 집으로 돌아갔다.

남편이 나를 보살펴 주기 위하여 한 주간 연가를 내어서 집에 머물면서 산후 조리를 했다. 빨래를 하다가도 아기 울음소리가 나면 비누거품 묻은 손으로 방으로 뛰어 들어왔다.

"아가야, 부디 잘 자라거라. 엄마 뱃속에서부터 유별나게 이 아빠에게 심부름을 많이도 시키더니만 세상에 나오자마자 자꾸 심부름을 시키네."

"여보, 제발 그 어설픈 산후 빨래는 그대로 둬요. 다음에 내가 일어나면 할게요."

"천만에 말씀. 나는 당신이 아들보다 딸인 공주를 낳아 주니 얼마나 더 기쁜지 몰라요. 그러니 당신은 몸조리나 잘해요. 그리고 참 우리 아기 이름을 뭐라 지을까? 어서 이름 지어서 출생신고를 해야 직장에서 분만비 보조금이 나올 텐데. 그러니 뭐라 짓지? 당신 이름 한자를 따서 구슬옥 경자 들어가도록 이름을 지어 봐요"

"음, 경아라고 하면 어떨까요?"

"그 이름은 영화배우 엄앵란의 딸이 우리 아기와 한날 났는데 이름을 경아라 지었다고 신문에 났더라고. 그럼 우리 아기는 경희라고 지으면 어떨까?"

"그럼 됐어요. 아빠가 지은 이름 경희로 해요."

이리하여 이튿날 남편은 고향으로 아기의 출생신고를 하러 갔다.

나는 그이에게 간곡하게 부탁했다. 우리 앞으로 시아버님께서 물려주신 논 800평에 대하여 지금까지 갖은 곤란을 겪으면서도 쌀 한 톨 얻어 온 일 없으니, 모처럼 이야기를 해보면 고향의 시어머님이 들어주실 것 같아서 고향으로 출발하는 남편에게 부디 쌀 한 가마니만 얻어 오라고 거듭 당부를 했다.

"그래, 걱정 말아요. 이번에는 내가 어떡하든지 쌀 한 가마니 얻어 올게. 내가 다녀올 동안 당신 몸 생각이나 하고 있어요."

그러나 남편은 털레털레 빈손으로 돌아왔다. 해산바라지를 하러 와 있던 친정어머니가 의아해서 물었다.

"최 서방! 고향 가서 얻은 쌀은 화물로 부치고 왔는가? 왜 쌀가마니가 안 보이노. 날래 쌀을 찾아오게나. 애 낳은 애미가 까짓 보리밥이나 먹으니 젖이 나야 말이지. 쌀밥이라도 지어 먹여야 젖이 잘 나서 저 어린것 젖을 물릴 게 아닌가?"

"쌀 한 가마니 값으로 돈을 6,100원 얻기는 했는데 마침 형수가 셋째 조카 중학교 등록금 걱정을 많이 하길래 그만 내주고 왔습니다. 집에 오면 이렇게 곤란당할 줄 알았지만 쌀값 받은 거 있는 줄 알고 형수님이 뒤따라 나오면서 계속 등록금 걱정을 하는데 못 들은 척 뿌리칠 수 없어서 주고 왔습니다. 빙모님 정말 죄송합니다."

"세상에 사람도 아닐세. 손아래 동서가 객지에서 몸을 풀었다는 소식 들었으면 미역 한 오래기라도 사가지고 와서 몸조리 시켜 주지는 못할망정 그 돈을 빼앗다니……."

이렇게 장모에게서 핀잔만 잔뜩 듣고 사무실에 갔던 남편이 헐레벌떡 집으로 달려왔다.

"여보, 나왔어요. 우리 아기 분만비가……."

남편은 상기된 얼굴로 일금 3,000원을 내놓았다. 나는 금방 부자가 된 기분이었다. 그래서 그 돈으로 애기 카시미론 누비포대기를 하나 사고 남은 돈으로 쌀이랑 생활비에 보태 썼다.

삼칠일이 지나자 그럭저럭 몸이 견딜 만했다. 다시 가게 문을 열고 물건들을 채워 넣고 장사를 시작했다. 하루하루를 열심히 살았다. 아이들 남매도 건강하고 예쁘게 무럭무럭 자라 주었다.

봄은 왔는데

세월은 붙들어 둘 사이 없이 지나 내가 늘 걱정하는 봄이 닥쳐왔다. 문 앞 들판에서는 아지랑이가 아물거리고 잔디들은 속잎들이 파릇파릇 깨어 일어났다.

길섶에 무르익는 봄과 함께 남편은 하루하루가 다르게 노곤하다며 자기 몸 처신을 잘하지 못하고 집에만 들어오면 짜증을 내고, 괴로워하여 매사를 비관적으로 생각하면서 의욕을 잃어갔다.

봄만 되면 남편의 이런 증상 때문에 나도 덩달아 고통을 겪는다. 이 봄에도 두 아이를 데리고 장사까지 하면서 남편의 봄부터 가을까지 계속되는 병을 어떻게 수습하며 넘기나 생각하니 눈앞이 캄캄하였다. 남편의 병은 이 봄에도 어김없이 시작되어 남편의 모든 히스테리를 받는 나는 절로 한숨이 나고 걱정이 태산 같았다.

그래서 궁리 끝에 남편을 설득시키려 애원을 했다. 해마다 이른 봄부터 가을까지는 본의 아니게 자신도 모르게 생트집을 일삼다 그래도 마음이 안정이 안 되면 폭력을 휘두르는 남편을 상대하면서 맞서 같이 싸울 수도 없고, 도대체 왜 봄이 되기만 하면 심경의 변화가 올까? 그 원인을 한번 밝혀 보자 생각하고 남편을 설득하기 시작했다.

"여보, 제발 신경질 내는 걸 대수인 양 생각하지 마시고 당신이 그 괴로워해야 하는 원인을 좀 이야기 해보셔요. 연년이 당신의 그 변하는 성격으로 해서 지금까지는 남모르는 곤욕을 혼자만 감수하여 왔지만 이제는 그 고통의 근원이 어디서 무엇 때문인지 알아봅시다. 당신의 신체 어느 부분에 이상이 있는 것인지 알아보고 거기에 합당한 처방을 하고 몸과 마음이 좀 너그럽게 처신하는 것을 보고 싶어요."

"여보, 나도 어쩔 수 없어. 당신을 몹시 괴롭히는 줄 알면서도 내가 나를 이기지 못하여 비관하게 되고 보니 가끔 당신 앞에서 이렇게 추태를 부리는 것 같소. 여보, 모든 일에 흥미가 없고 매사에 자신이 없으며 신체적으로도 소변 배설이 마음대로 되지 않으니 내 병은 고칠 수 없는 병인가 봐."

남편은 큰 한숨을 내쉬면서 마음대로 되지 않는 자기 자신을 안타까워했다. 그러는 그이가 보기에 너무 측은했다.

"여보, 걱정 말아요. 당신이 설사 어떤 말 못할 병이나 고민거리가 있다 하더라도 내가 발 벗고 나서서 당신을 누구 못지않은 건강한 남편으로 만들어 줄게요."

하면서 가슴깊이 저며 오는 아픔을 참으며 가게 문을 닫았다. 무엇보다 남편을 치료하는 것이 먼저이기에 치료하는 방법과 약을 찾아 나서기로 했다.

소백산 줄기, 차도 다니지 않는 깊은 산길에서 7년 간 생식을 하며 조약(민간요법의 처방으로 조제되는 약)만 연구하는 도사가 있다고 했다. 나는 병희를 앞세우고 경희는 업고 물어물어 깊은 산길을 발이 부르트도록 종일을 걸어 산기슭 오두막에 살고 있는 노인을 찾았다.

그분에게 남편의 증세에 대하여 자초지종 이야기를 했다. 그 노인은 병증세가 '오줌소태'라면서 조약을 처방해 주었다. 감정대와 물춤뿌리, 대사리뿌리, 볏짚마디 없이 한 줌을 쌀뜨물로 다려서 마시게 하라고 했다. 나는 부리나케 집으로 와서 부르튼 발로 절름거리면서 시골동네를 다니면서 감정대를 구했다. 나머지 약초들도 들판으로 야산으로 다니면서 구해 정성껏 달여서 남편에게 권했다.

그 약에 효험이 있었던지 남편은 한 때도 거르지 않고 기분 좋은 얼굴로 약을 달라고 해서 마셨다. 그렇게 나의 정성을 받아들이는 남편이 말할 수 없이 고마웠다.

"여보, 고마워요. 하찮은 약이지만 함께 정성을 모으면 그 약에 효력이 있다더니만 당신이 말없이 약을 마셔 주는 덕분에 당신 병이 나았잖아요."

그렇게 약을 먹고 거뜬히 기력을 회복한 남편은 전과 다름없이 너그러워진 모습을 보니 기뻐서 눈물이 났다.

비로소 나는 마음을 놓고 가게 문을 열었다.

남편의 봉급으로는 도저히 우리의 생활 유지가 힘겨워서 나는 온갖 힘든 일, 고된 일 가리지 않고 우리 가계에 보탬이 된다면 열심히 노력해야 하는 것만이 최선인 줄 알았다. 그러나 다른 사람들은 그 남편이 국가공무원으로 그것도 세무서에 다닌다는데 왜 그 아낙은 어린것들 데리고 저렇게 악착스레 설치는지 의문스러워 했다.

한번은 아이들을 데리고 읍내에 가서 장사할 물건을 보따리, 보따리 이고, 들고 오다가 점심식사를 하고 나오는 세무서 직원들과 마주쳤다. 박 계장이라는 분과 낯익은 몇몇 총각직원들이었다.

"참, 최 주사님도 어지간하지. 왜 주변머리 없이 저렇게 약한 부인을 고생을 시키는지 몰라. 아이들 키우기도 힘겨울 텐데. 어지간히만 요령을 부리면 서로가 좋으련만 한 가지만 알지 두 가지는 몰라. 그렇게 혼자서 충실하게 하면 누가 표창장이라도 주는 줄 아는 모양이지. 참 답답하고 변통머리 없는 사람이야."

모두들 부정을 모르고 정직하게만 일하는 남편을 두고 입방아를 찧지 않는가? 나는 그럴수록 더 열심히 해야겠다는 생각이 들었다.

그런데 그날따라 퇴근한 남편이 집에 오자마자 괴로운 표정으로 소릴 질렀다.

"가게를 당장에 집어치워요!"

"……."

"없으면 없는 대로 지내지 장사는 무슨 얼어 죽을 장사야?"

결혼 후 지금껏 나는 한시도 놀지 않고 돈 버는 일이라면 힘들고 어려운 일 가리지 않고 했다. 남편도 자기 봉급으로는 터무니없어 워낙 가난에 쪼들리다 보니까 그만두라는 말 한마디 못했다. 그런데 사무실에서 직원들에게 무슨 소리를 들었는지 이제부터는 아무것도 하지 말라고 했다.

"딴 직원 부인도 당신같이 하는가? 남들이 보면 나를 뭐라고 하겠소?"

"……."

"다 같은 직장에 다니는데도 김 주사나 이 주사 부인들이 당신은 부럽지도 않소?"

나는 그이를 설득시켰다.

"여보, 남들 사는 것 넘겨다 볼 것 없이 우리보다 더 못한 사람들을 내려다보고 살아요. 두 사람이 합심하여서 아이들 어릴 때 부지런히 해야 우리들도 남들처럼 잘 살 수 있지 않겠어요? 남들 의식하지 말고 우리 살아요."

모두들 세무공무원이라면 무조건 잘 살 것이라는 생각을 하고 있는데 나는 아무리 생각해도 그 이유를 알 수가 없었다.

남편 봉급은 겨우 백미 두 가마니 값이 안 되는 8,361원인데 그것만 쳐다보면서 나마저 놀고 있다면 무슨 재주로 남들같이 잘 살 수 있겠는가? 남들이야 뭐라 하든지 나만이라도 열심히 노력하면서 남편 보필함을 인륜법도에 으뜸으로 생각하고 살아왔다.

그렇지 않아도 궁색한 살림살이 앞뒤 견주어 보면서 꾸려 나가기도 힘에 벅찬데 손님들이 끊이지 않았다. 손님 접대 하느라 남편 섬김은 오히려 소홀히 하여 그이의 오해는 물론이요 부부간이라 하지만 마음 놓고 오붓하게 잠자리 한번 제대로 할 수가 없고 보니 그이의 짜증은 당연하겠다는 생각을 할 수밖에 없었다.

그 와중에도 양가 대소 길흉사가 있을 때는 또한 빠질 수 없이 참석해야 하겠기에 그 해도 친정아버님 생신일 음력 8월 스무나흘 날에 아이들을 데리고 친정엘 갔다.

빈궁한 살림이지만 성심껏 생선 꾸러미와 정종 한 병을 준비해 가서 보니 기쁘고 즐거움은 간 곳 없고 온 집안 식구들이 초상난 집같이 근심이 가득했다. 근심의 근원은 작은오빠였다. 6.25 직후에 큰오빠, 작은오빠는 군에 입대하여 큰오빠는 5년 만에 제대해 가난한 가세를 꾸려 나가고 작은오빠는 군 장기복무를 했다.

그 작은오빠가 일선 전방의 군대생활에서 급성폐결핵으로 제대를 해 식구들이 모두 고향으로 내려와서 남의 집 곁방살이를 하고 있다고 했다. 집안에 돈이 될 만한 물건은 다 팔아서 약값으로 하고, 고기가 될 만한 가축 짐승들은 병아리 한 마리 없이 다 잡아서 작은오빠의 몸보신을 했는데도 오빠의 병세는 악화되어 갈 뿐이었다. 작은오빠를 금방이라도 잃을 것만 같아 친정에 온 언니의 손을 잡고 울었다.

"언니, 우리들이 무슨 수를 써서라도 작은오빠를 살려야 되지 않겠어. 만약에 이대로 두다가는 오빠는 죽고 말 것 같아."

"그러니 우리가 어떻게 할 방도가 있겠나. 너나 나나 이미 남의 식구가 된 출가외인인데 별도리가 없지 않나?"

나는 막무가내 앞뒤 가릴 여가도 없이 내가 우리가 사는 영주로 오게 해서라도 작은오빠의 병을 완쾌되도록 해야겠다고 생각했다.

친정 집안에서는 그렇잖아도 적당한 휴양처가 있으면 가족들과 별거하면서 치료를 했으면 하였으나 마땅한 곳이 없었던 터였다. 마침 내가 우리 집으로 오빠를 오라 하자 모두들 반가워하였다. 결정은 그렇게 나 혼자 했지만 사실 상 걱정은 태산 같았다. 우리 식구 살기에도 비좁은 방에서 살아가기 힘겨워 겨우겨우 꾸려 나가는 처지에 친정 작은오빠 사정이 딱하다 해서 선뜻 내가 오빠의 간병을 자청하고 나섰다. 그러나 이 일을 남편에게 무슨 방법으로 설득을 시키고 납득하게 할까 생각하니 무척 난감한 일이 아닐 수 없었다.

더구나 폐결핵 환자라면 모두들 꺼려하는데 뒷수발할 생각도 은근히 염려스러웠다. 아이들을 데리고 집으로 오자 그동안 며칠 동안이라도 떨어져 있었다고 그이는 퇴근하고 집에 들자마자 반가워하면서 처가 안부를 물었다.

"여보, 처가댁에는 모두들 편안하시지?"

대답 대신에 이것저것 내가 겪고 본 일이 너무 커서 펑펑 울기만 했다. 남편은 영문을 몰라 궁금해 하며 무슨 일인지 차근차근 이야기를 해보라며 나를 달랬다. 나는 울음을 그치고 작은오빠가 급성폐결핵으로 곧 죽게 될 지경인데 우리 집에라도 좀 오시게 하면 어떻겠느냐고 했다. 나의 말에 남편은 사색이 되어 가지고 오히려 나에게 사정을 했다.

"여보, 그렇잖아도 고향손님들이 그칠 날 없는데 더군다나 처남은 결핵으로 객혈까지 하는 상태라면서 이 비좁은 방에서 불편해서 어떻게 기거하려고 그래요? 이 어린 아이들은 또 어떻게 하려고……. 여보, 당신 아니라도 처가댁에는 큰처남도 계시고 그 외에도 처남을 돌볼 분들이 얼마든지 있잖소."

그이는 거의 울상이 되어서 애원을 했다. 나는 생사가 어떻게 될지 모르는 작은오빠기에 만류하는 남편을 아랑곳하지 않았다.

며칠 후 작은오빠는 창백한 몰골로 우리 집에 왔다. 나는 고된 줄도 모르고 아이들은 오빠에게 맡겨 놓고 열심히 구멍가게를 꾸려 나갔다. 가게에서 파는 물건이랍시고 남편과 아이들에게는 구워 주지 않던 계란이며, 시장에 가서 염소 뼈를 사다가 고아 드리며 정성껏 오빠의 간병을 했다. 식사 때마다 한자리에서 식사하면서도 염소곰국은 으레 오빠만 줬다. 남편에게 어쩌다 한 그릇 주면 극구 사양하면서 처남에게 한 그릇이라도 더 드리도록 하라는 남편이 너무 고마웠다.

그때는 그이의 고마움을 알지 못했지만 뒤늦게 마음 깊이 깨달았다. 남편은 풍기 쪽으로 가끔 출장을 가는 일이 있었는데 오빠에게 달여 드리라면서 검사필 풍기인삼을 한 상자씩 구해 가지고 왔다. 그것마저도 그이와 아이들에게는 털뿌리 하나 줄줄 모르고 오직 오빠에게만 정성껏 보양해 드렸다. 그렇게 하기를 근 달포를 하고 나니까 오빠의 핏기 없는 얼굴에 화색이 돌고 건강을 많이 회복하게 되니까 집이 궁금하다면서 집으로 가시겠다고 했다. 나는 내 모든 정성을 다하여 간병하여 드려서 이만큼 회복된 오빠의 병세가 아직은 걱정스러워 먹다 남은 인삼을 싸고, 마지막으로 염소 곰국을 큰 주전자에 담아서 가지고 가시게 했다. 그런데도 오빠의 건강에 대한 염려가 놓이지 않았다. 오빠가 집으로 돌아가자 소심한 그이는 온 식구들을 보건소로 데리고 가서 결핵예방 접종을 하자고 했다.

작은오빠와 시숙

그때부터 남편은 집에만 오면 피가 마를 정도로 사사건건 나를 괴롭히기 시작했다. "이렇게 궁색한 살림을 면치 못할 바에는 이까짓 장사는 무엇이고 가게는 무슨 얼어 죽을 가게야! 바람만 불어도 훅 날아갈 것 같은 깡마른 당신만 골병을 들인다고 직장에서 무능한 남편으로 손가락질 당하며 살아야 하는가 말이야?"

남편은 가게에 진열해 놓은 소주며 맥주를 있는 대로 마구 집어다 마셨다. 나는 하는 수 없이 가게 문을 닫고 김천에서 이사 온 같은 직원에게 남편 몰래 돈을 얼마간 빌려서 그런대로 괜찮다는 방 하나를 얻어서 이사를 하기로 했다.

이사를 하고 그이의 기분이 약간은 풀린 것 같았다. 막상 조금 더 나은 방을 얻어서 들어앉고 보니 방세 빌린 돈이며 가계를 남편 마음 거슬리지 않게 말없이 꾸려 나가기란 여간 힘이 드는 일이 아니었다.

생각다 못해 모든 부끄러움을 무릅쓰고 반장댁을 찾아갔다. 신작로에 자갈 까는 부역이 있을 때 며칠이라도 좋으니 나도 함께 취로사업에 나갈 수 있도록 전표를 좀 얻어 달라고 부탁을 했다. 나의 형편 이야기를 들은 반장님은 오히려 반가워했다.

"그렇잖아도 농번기라 농사일 때문에 일 나갈 사람이 없어서 걱정이었는데 마침 잘됐다."

부역은 한 달에 한 주간씩 나가라고 했다. 나는 일할 자리를 얻은데 대해서 다행으로 생각하고 며칠 후 몇몇 아주머니들을 따라서 어린 경희를 업고 괭이랑 삽을 챙겨 가지고 사람들을 따라나섰다. 지루한 장마로 무너지고 파인 신작로 찻길을 다듬는 일인데 돌을 져다 부어가면서 메우고 다져 가면서 손을 모아 일을 하자니 그리 힘은 들지 않았다.

그럭저럭 일주일 만에 타게 된 목돈으로 보리쌀 한 말 값은 되니까 적은 수입은 아니었다. 그이 몰래 다니면서 한 일인데 남편이 그만 알게 되었으니 그놈의 잠꼬대가 이 비밀을 탄로케 했다. 잠을 자면서 온 삭신이 저리고 아파서 잠결에도 신음하면서 괴로워하는 바람에 남편이 놀라 일어났다.

남편이 잠에 취한 나를 흔들어 깨우려 하는데 옆에서 누워 있던 병희가 아는 척했다.

"아빠, 나는 안다. 내가 말해 줄까?"

"……."

"우리 엄마가 옆집 춘희 엄마랑 같이 도로 부역하러 다닌다. 그래서 보리쌀 많이 타다가 양철통에 부어 놓았어요."

"여보, 내가 죽일 놈이지. 나는 당신이 집에서 그런 일을 하는

것도 모르고 당신 손이 거칠어진 것만 이상하다 생각했으
니……."

남편은 얼굴을 잠결에 있는 내 얼굴에 얼굴을 대고 비비면서
괴로워했다.

"너무 무리는 하지 말아요. 빈혈로 자주 쓰러지는 당신을 볼
때마다 가슴이 아파요. 게다가 그렇게 무리를 하면서 절약을 하
다 보면 당신 멀지 않아 또 영양실조로 자리에 눕게 될 거요."

"그렇지가 않아요. 항상 긴장 속에서도 정신력만 강인하면 이
기고 버틸 수가 있어요."

우리 식구끼리 다독거리면서 지내는 기간이 얼마간 짧은 듯
아쉽게 지나갔다.

날씨가 뜨르르 하더니 썰렁하게 가을바람이 일자 친정의 작은
오빠가 왔다. 이제는 건강을 회복하셨는데 고향에서는 남부끄럽
고 하니 이곳에서 무슨 장사라도 하고 싶다면서 오랫동안 기거
할 준비로 옷가지며 군용담요까지 싸들고 오지 않았는가! 우리
부부는 식구들만이 서로 다정하게 쓰다듬으며 살 수 있는 공간
이 몹시 필요하건만 이렇게 불쑥 찾아오니 당황스러웠다. 그러
나 우선은 오빠가 건강해진 모습이라 여간 반갑지 않았다.

호구지책이 막연하여 찾아온 오빠인지라 무슨 적당한 장사를
하게 할까 하고 생각 끝에 낙하산 실로 짠(나이론실) 양말 직매점
으로 갔다. 가서 막상 물건을 구입하려고 하니 오빠는 장사할 밑
천이 없어 돈이 한 푼도 없으니 우리가 물건을 좀 얻어 주도록
주선해 달라고 하셨다. 하는 수 없이 남편이 보증을 서고 남편의

월급을 담보로 하고 얼마간 행상을 할 수 있을 만큼의 양말을 얻어 주었다.

그로부터 행상을 하는 오빠는 제법 수입이 괜찮다면서 장사에 재미를 붙이고 돈도 버는 것 같았다. 오빠가 다시 건강을 찾아서 함께 지내면서 장사를 하실 수 있게 했으니 기쁘기는 말할 수 없지만 이제는 내 형편이 말이 아니었다.

단칸방에서 젊은 부부 생활의 달콤한 즐거움 같은 것은 생각도 할 수 없이 가난을 이기며 살아야 하는 우리 가정에 객인이 함께 지내게 되고 보니 불편하고 답답한 심사가 오죽했으랴. 말은 못하고 참으며 지내는 남편이 또 어느 한때처럼 월급을 타서는 술 마시는 데 다 탕진을 하고 한 푼도 갖다 주지를 않았다. 그렇다고 오빠가 있는 데서 돈 문제로 부부가 싸울 수도 없고 연명하며 생활을 해야겠기에 남편 모르게 내가 차고 있는 손목시계를 팔기도 했다. 소중하게 지녔던 시계였지만 팔아서 식량도 사고 연탄도 사고 가용에 썼다.

그 다음 달도 남편은 봉급을 타서 나에게 줄 생각을 하지 않았다. 생활이 다급해진 나머지 하루저녁은 남편을 붙들고 하소연을 했다.

"번번이 봉급을 타서 한 푼도 안 주면 아이들과 나는 어떻게 살아요?"

나는 이야기하는 중에 이런저런 생각에 서러워져서 마구 흐느껴 울고 말았다. 단칸방에서 아이들이 둘씩이나 딸린 젊은 동생 부부들에게 얹혀서 장사를 하자니 오빠의 심정인들 얼마나 답답하고 눈치가 보일까. 내심하지 않으나 불편해 하는 남편 보기에도 죄인같이 지내야 할 처지이고 보니 울어도 울어도 끝이 없었다. 보기에 딱했던지 오빠가 한마디 했다.

"매부, 정신 차리게. 왜 저녁마다 술을 마시고 들어와서는 동생을 괴롭히는가?"

"처남, 내가 왜 이러는지 몰라서 묻습니까? 모르시겠지요. 누구도 내 입장, 당해 보지 않고는 알 수가 없겠지요."

그토록 호인 같은 남편이 술기운을 빙자해서 그 애꿎은 아리랑 성냥통을 방바닥에 다 팽개치면서 큰 소리를 했다. 오빠 또한 흐트러진 성냥갑을 주워 다시 들고 치면서 목소릴 높였다.

"나는 도저히 이해가 가지 않네. 왜 매부가 저녁마다 술을 마시고 와서 그러는지 맑은 정신으로는 좀 이야기할 수 없는가? 그것도 월급은 한 푼도 집에 갖다 주지 않고……."

처남 매부지간에 언쟁을 하는 것을 보고 내가 소리쳤다.

"왜 이러셔요. 그만들 하세요!"

중년이 넘은 주인집 아주머니와 옆집 춘희 엄마와 몇몇 이웃 아주머니들이 모여서 수군거리다 내가 뛰쳐나가자 모두들 위로를 했다.

"새댁, 저러는 신랑만 못 나무래요. 동생 집에 잠시 다녀가는 것 말이지. 어떻게 병희 외삼촌이 자기 장사 하면서 그것도 한방 기거를 하면서 저토록 오랫동안 함께 있을 수가 있어요. 객이 있으니 마누라 손인들 한번 마음 놓고 잡아 볼 수 있나. 어느 남자도 이런 상황에 가만히 있을 수 없을 끼다. 새댁 친정오라바이 댁은 단 열흘도 못 참아서 눈살을 찌푸릴 끼다. 그러니 혼자만 속 썩이지 말고 친정에 가서 이야기를 해요. 말 안 하면 이렇게 딱한 새댁 사정을 누가 알겠나? 우리는 한집에서 보니까 너무 딱해서 이러는 거지. 부디 신랑입장을 생각해야 돼요. 저러다가 바람이라도 나면 그때는 무슨 수로 막을 끼고, 이 철부지 새댁아!"

나라고 어찌 그이의 심정을 모를 것인가. 그저 이러지도 저러지도 못하고 친정 오빠가 건강하게 지낼 수 있는 점만 기쁘게 여기다 보니 그만 내 처지와 우리 가정 형편이 말이 아니게 되었다.

다시 서러움이 복받쳐 두 손으로 얼굴을 감싸고 방천 둑 폭포 위 재민루 정자 뒤 풀밭으로 뛰어갔다. 혼자서 곰곰이 생각에 잠겨 앉아 있는데 그이가 한숨을 푹푹 쉬면서 언덕으로 올라오지 않는가. 그이는 말없이 내 곁에 앉더니 내 어깨를 감싸 주었다. 우리 두 사람은 참으로 오랜만에 포근히 뜨겁게 안아 주는 시간을 가졌다. 남편은 아내를 안아 주고 싶은 생각이 간절할 때마다 이곳에 혼자 와서 앉아 아내가 올라오지 않나 기다려 보기도 했다고 한다.

"여보, 앞으로 처남이 있는 동안에는 우리 이곳에서 가끔 만나요. 사실은 처남이 있으니까 만만치가 않아서."

"그렇지만 여태까지 참고 지내 왔는데 왜 오늘은 그렇게 심하게 하셨어요. 지금껏 우리가 오빠를 위하여 공들인 갖은 정성은 간 곳 없잖아요. 이 길로 내려가서 오빠한테 사과드려요. 술 바람에 실수를 했다고요."

우리 두 사람은 자정이 가까워지는 밤 이슥한 경에 산언덕을 내려왔다.

도저히 이대로 가다가는 우리 부부의 금슬에 문제가 생길 것 같아서 집에서는 아무 내색도 않고 친정엘 갔다. 쓰러질 것 같이 말라빠진 내 몰골을 본 온 집안 식구들이 깜짝 놀라지 않는가? 특히 친정아버님께서 더 염려를 하셨다.

"니가 해가지고 있는 꼬락서니를 보아하니 니 적은오래비가 너의 집에 가서 있기 때문일 끼다. 그놈 저는 농사 꺼리도 있고 한데 몸이 그만하면 집에 있도록 하지, 왜 너의 집에 가서 너도 못 살게 만드노. 몰골이 다 죽게 됐구나."

마침 해질 무렵이라 들에서 돌아오신 큰오빠 또한 아버님 못잖게 한숨을 쉬면서 걱정을 하신다.

"참 여러 사람 못 살게 만드네. 최실아, 이리 들어 온나 보자. 니 꼴이 왜 그렇게 말이 아니게 됐노. 작은오래비는 너는 생각도 하지 않고 지만 살고 보자는 거라. 머로 남이사 죽든 말든 지 생각만 한다."

이제는 작은오빠보다도 나에 대한 걱정으로 이런저런 이야기를 하고 있는데 어둑한 사립문 밖으로 양말 보퉁이를 등에 짊어진 작은오빠가 불쑥 들어왔다.

"하도 다급하여서 그냥 매부한테는 이야기도 않고 한걸음에 왔다."

그이가 하고 있는 일을 보고 있을 수가 없어서 빨리 가서 수습을 해야 한다면서 나를 다그쳤다. 이야기를 듣고 보니 눈앞이 캄캄했다.

그렇게 궁핍하고 어렵게 생활을 꾸려 나가는 우리 부부의 애타는 심정은 안중에도 없이 친가, 시가 양쪽 식구들이 서로가 시샘하듯이 번갈아 우리 집을 드나드니 양가 사람들이 서로 마주칠 때도 종종 있었다.

이번에도 오빠와 시숙이 우리 집에서 마주치게 되는 데서 문제가 생겼다. 어느 사이 작은오빠가 우리 집에 와 있다는 소문이 시댁 마을에까지 갔는지 시숙이 남편을 찾아오신 지가 꽤 오래됐다지 않는가. 그이가 봉급을 타서 집으로 가지고 오지 않은 것도 그 때문이라 했다.

우리 집은 단칸방이고 해서 그이가 자기 형님을 여관에 투숙시켜 놓고 식사는 식당에서 잡수시게 했다는데 그것도 부족하여서 시아버님께서 유산으로 물려주신 토지 800평 중 400평은 시동생이 그이 몰래 자기 앞으로 등기 이전을 해놓고 나머지 400평 남은 토지 문서를 가지러 오셨다지 않는가? 그 문서를 소개소에 담보로 하고 노름밑천을 하기 위해서 그이에게 얼마의 돈을 얻어 해서 돈을 마련해 주려고 궤짝 속에 깊이 간직해 놓은 토지 문서와 인감도장을 꺼내기 위하여 궤짝 장석을 마구 부수고 그 문서를 가지고 갔다지 않는가? 순간 나는 정신이 아찔했다.

숱한 가난을 이기려고 죽음을 무릅쓰고도 고향의 그 토지 몫으로는 쌀 한 톨도 못 얻어왔지만 오직 토지 문서만은 깊이 간직하면서 불평 한 번 하지 않았었다.

작은오빠는 가족이 있는 곁방살이 자기집으로 간 다음 온 집안 식구들은 괴로움과 서러움을 참을 수 없어 밤새워 흐느껴 울고 있는 나를 위로하며 안타까워했다. 꼬박 뜬눈으로 밤을 지새우고 있는데 작은오빠가 쫓아와서는 온 식구가 있는 데서 성난 표정으로 나를 책망했다. 방금 자기 아내인 작은올케가 내가 쌀을 가지러 왔다는 잘못된 고자질을 듣고서는 나에게 마구 퍼부어 대지 않는가?

"내가 그동안 너의 집에 좀 가 있었다고 해서 나 몰래 쌀을 가지러 왔단 말이냐?"

원망 섞인 작은오빠의 말에 부모님과 큰오빠 내외가 어이가 없다면서 작은오빠를 나무랐다.

"말 같지도 않는 고자질에 다 죽어 가는 동생을 위로는 못해 줄망정 그게 무슨 체면 없는 소리냐?"

나는 너무 억울하고 기가 막혀서 까무러치고 말았다. 꼬박 뜬 눈으로 밤을 새우고 날이 채 밝지도 않았는데 쓰러질 듯한 몸을 이끌고 친정집 삽짝거리를 나섰다. 나의 형편을 딱하게 생각한 큰올케가 얼마의 쌀을 흰 광목자루에 넣어 묶어 주면서 "얼마 되지 않지만 이거라도 가지고 가서 끼니에 보태게나." 했다.

그때 나는 큰올케가 그렇게 고마울 수가 없었으며 금방 부자가 된 기분으로 부랴부랴 서둘러서 집으로 왔다. 집에 도착하자마자 세무서로 연락하여 그이에게 알렸더니 집으로 온 남편이 웃으면서 나를 맞았다.

"여보, 걱정 말아요. 토지 문서는 무사하니까."

작은오빠가 이야기한 대로 문서를 담보로 하고 형님이 얼마의 돈을 빌려달라기에 함께 가보았더니 토지가 고향에 있는 관계로 멀리 떨어진 이곳에서는 그 문서를 담보로 할 수가 없다는 것이다. 형님께서 그 문서와 인감도장을 가지고 고향으로 가시려는데 나와 의논을 하고서 가지고 가시라고 하고서 그대로 갖다놓았다고 했다.

나는 어떤 일이 있어도 나를 그토록 아껴 주시던 시아버님의 유일한 재산으로 물려받은 것이라 소중히 간직하고 싶었다. 시숙은 별수 없이 그대로 고향으로 돌아가셨다. 그 바람에 두 달 봉급을 고스란히 집으로 들여놓지 못한 그이만 원망을 면치 못했다. 그러는 사이 또 봄이 왔다.

시골 인심

매월 봉급 타는 공무원이지만 우리들의 형편은 보릿고개라는 고비를 힘들게 넘기지 않고는 도저히 안 될 처지였다. 나는 주인 집 아주머니의 주선으로 영주읍내 수복상회라는 비단포목가게 에 가서 비단옷감을 외상으로 한보따리 얻었다. 주인아주머니가 아저씨께서 시골 5일 장 난전으로 떠돌아다니면서 피복장사를 했는데 메마른 봄철인지라 장사가 잘되지 않아 옷가지를 챙겨가 지고 나와 함께 산골동네로 들어가 행상을 하자고 해 같이 이 일 을 시작했다.

옷감 보따리를 머리에 이고 아이를 등에 업고 경상북도에서는 제일 북쪽이며 산간오지인 봉화로 가는 기차를 탔다. 초행길에 행상보따리를 이고 나섰다.

봉화역에서 내려서 산골동네를 찾아가 남자들의 파자마 옷감 인 줄무늬 포플린이며 여자들의 사령 치마 감들을 팔았다. 그때 내 나이가 25.6세, 새파란 색시가 보따리 행상을 다니니까 들어

가는 집집마다 동정어린 시선과 측은히 여기는 인정으로 옷감들을 한 감씩을 사주면서 저마다 한마디씩 했다.

"새댁, 우리가 이런 것 묻는다고 너무 언짢게는 생각 마소. 너무 꽃 같은 색시가 이렇게 험한 산골 동네로 다니면서 장사를 하니까 궁금해서 묻는데 신랑은 어디 갔는가? 신랑 직업이 뭐길래……. 아, 그렇지! 군대를 간 모양이구마. 저 어린 애기를 데리고 고생한 것을 보니까 무슨 피치 못할 사정이 있는 모양이제."

내가 웃기만 하자 사람들은 옷감을 고르며 각기 자기 나름대로 추측들을 했다. 그래도 시골 인심은 좋았다.

어느 집에는 들어가면 옷감은 돈이 없어서 못 팔아 주더라도 어린애기 젖이라도 먹이고 쉬어서 가라면서 손수 옷감 보따리를 내려주었다. 시골토담집 뜰 주춧돌에 주저앉아 아기 젖을 먹이면 한나절이 지났는데 아기 엄마도 무얼 좀 먹어야 젖이 날 것이라며 대소쿠리에다 감자 삶은 것을 내놓거나, 식은 조밥 덩어리를 가지고 나오는 아주머니들도 있었다.

"자, 이거라도 좀 먹어요. 그 나이 때는 석 자 가시도 목구멍에 안 걸리고 잘 넘어간다는데 그러고 다니자니 오죽 시장하겠는가? 산골이라 옷감을 살라 캐도 돈은 없고 쌀보리나 기장쌀, 좁쌀, 강냉이 같은 거라도 받는다면야 한 감 팔아 줄 낀대."

나는 아무거나 다 받는다고 했다. 줄비로 곡식자루를 만들어서 미리 준비해 가지고 갔기에 무슨 곡식이든지 주는 대로 옷감과 바꾸어서 올망졸망 잡곡 보따리를 챙겨 가지고 산골동네 이름도 재미있는 '윗물랴'라는 데로, '아랫물랴'라는 동네를 다녔다. 그렇게 다니다 저녁때가 가까워 오면 철암에서 내려오는 영주행 통근 열차를 타고 돌아왔다.

여전히 그이는 집에까지 두툼한 서류뭉치를 종이봉투에 넣어 가지고 와서는 자정이 넘도록 정리하는 때가 잦았다.

작은오빠도 장사를 계속했다. 그간에 사귀게 된 동료상인들과 함께 잠은 합숙소에서 자고 식사만 가끔씩 하러 왔다.

숨 돌릴 사이 없이 바쁜 생활의 연속인데 이번에는 시어머님께서 군에서 휴가 나온 시동생과 함께 다니러 오셨다. 시어머님께서는 동네 사람들이 아들이 세무서에 다니니 아들네 집에 가서 옷도 한 벌 얻어 입고 돈도 푸짐하게 얻어 오라고 하더라고 말씀하셨다. 은근히 동네 사람 핑계를 대면서 무엇인가 한몫 바라는 눈치를 보였다. 나는 그동안 행상으로 벌어서 모은 돈으로 시어머니를 모시고 상회에 가서 처음으로 유행된 반짝이 한복 한 벌을 맞추어 드렸다.

"어머님, 참 잘 어울리세요. 아무쪼록 오래 사셔요. 앞으로 저희들이 돈 많이 벌면 어머님께 효도할게요."

"겨우 반짝이 한 벌 해주고 무슨 생색이냐. 아범 세무서에 다니면서 가지고 오는 돈은 다 어떻게 하고 앞으로라며 슬쩍 다음으로 미루려고 들다니, 쯧쯧."

어머님께서 기뻐하실 줄 알았는데 오히려 역정을 내시며 휴가 나온 막내아들 고기 사다가 몸보신을 시켜라, 데리고 다니면서 희방사로 부석사로 구경을 시켜주라는 등의 요구를 했다. 없는 살림살이 아껴 쓰며 살아가라 하셔야 할 시어머님께서는 우리가 돈을 쌓아 놓고 내놓지 않는 것처럼 불만스럽게 여겼다. 나는 모든 분들이 바라는 대로 해줄 수 없는 내 처지가 야속하기만 했다. 우리들의 헐벗고 굶주리는 실제 형편을 누구도 알아주려 하지 않았다. 그이는 차라리 직장에 사표 내고 배짱 편하게 보따리 행상이나 하는 것이 나을 거라고 불평을 늘어놓았다.

"모두들 빤히 아는 액수의 봉급을 타서 생활하는 우리가 누구에게 무엇을 해주라는 말인가? 나더러 부정이라도 하란 말인가."

그이는 자기가 세무공무원이 된 것이 오히려 죄가 된다면서 우리를 찾아오는 손님들을 한없이 원망하면서 안타까워했다. 사정이 그런데도 시댁식구들은 자신들이 바라는 기대가 차지 않으면 그 원망의 화살을 내게로 쏘았다. "여자가 모든 주권을 꼭 움켜쥐고 지 맘대로 하니까 시집식구들에게는 인색하다."

시댁에서는 말들이 많다고 했다. 그렇다고 내가 세워 놓은 뜻을 저버리고 그이더러 부정을 하라고 강요할 수는 더욱 없었다.

어느 날 남편이 직원들 집에 초대를 받고 갔다 오더니만 연이어 짜증을 부렸다.

"당신은 인간도 아니고, 여자도 아니요. 당신이 하고 싶고 바라는 것이 뭐요? 나도 남들처럼 당신을 방안에 앉혀 놓고 갖출 것 좀 갖추고 살고 싶소. 모두들 기본재산이 있으니까 그런지는 모르지만 걱정 없이 잘 살고들 있는데 나는 이게 뭐요! 죽도록 마누라 고생을 시키면서도 집안식구들이 바라는 대로 못 해줘 원망이나 듣고, 집에 들면 아쉬운 것뿐이라 저 어린것들 과자봉지 한 번 제대로 못 들려주니 내 신세가 한심하오. 나는 왜 이렇게 모든 것이 마음대로 안 되는지 모르겠어."

그로부터 며칠이 지났다. 남편은 자정이 넘도록 집으로 돌아오시지 않아서 동구거리까지 마중을 나가다가 우리와는 각별히 친근하게 지내던 가겟집 옆에 살고 있는 병우 엄마를 만났다.

"병희 엄마는 이리 밤늦게 어디 가노?"

"아이들 아빠가 아직 오시지 않아서요. 행여나 술이라도 마시고 오는 도중 무슨 실수라도 하지 않는가 싶어서 읍사무소 앞에까지라도 가서 기다려 볼까 하고 나가는 중이에요."

"그 마침 잘됐네. 우리 병우 아바이도 아직 안 들어왔는데 같이 나가 보입시더."

그렇게 둘이서 읍사무소 쪽으로 발걸음을 옮기는데 저만치 어둠 속에서 두 사람이 그이를 부축해서 오고 있지 않는가. 전신이 피투성이가 된 그이를 병우 아버지와 천수당 약국 주인이 양 옆에서 부축을 해가지고 오는 것이었다.

"세상이! 어떻게 된 영문이에요?"

"최 주사님은 너무 정직한 탓으로 이렇게 된 기라요. 우리와 함께 저녁식사를 하는데 모 업주라면서 만나 이야기를 하는 중 그 업주가 주는 봉투를 사양하였더니 '세무공무원이면 세리답게 행동할 것이지 니가 무슨 통뼈냐?' 면서 마구 폭행을 해서 저 꼴을 만들어 났지러. 그러나 앞으로는 부인이 그 곧은 성격을 좀 굽히고 때에 따라서는 상인들을 상대로 할 때는 한 번씩 못이긴 척하고 눈감아 주라고 하이소. 세무공무원들 다 그렇게 해서 잘 사는 거 아닙니꺼? 부인처럼 곧이곧대로 산다면 평생 지금 같은 가난 못 면할 끼고, 최 주사님은 남들에게 답답하고 융통성 없다는 소리 듣십니더, 아무리 정직하게 살아도 그 가난 누구도 동정의 여지없을 낍니더."

아내의 바른 내조

그이를 부축해 온 분들이 돌아간 후 나는 생각해 보았다.

물질적 유혹에 마음이 흔들리지 않고, 심지어 폭행을 당해 가면서도 직무에 충실하고자 한 남편의 아내로서 더 떳떳하게 살고 있는가. 공직자의 자세로 살고자 하는 그이의 바른 내조란 어떤 것인가. 그래, 오직 근검, 절약하면서 가난에 개의치 않고 기쁘게 사는 거야. 이것이 우리의 살길이며 아내 된 도리를 다하는 것이야. 세상모르고 새록새록 잠들어 있는 병희와 경희를 들여다보면서 눈물의 기도로 위로를 받았다.

"하나님 감사합니다. 그리고 여보, 당신 참 잘 하셨어요. 살다 가보면 우리의 진실을 알아줄 때도 오겠지요. 비록 지금보다 더 어려운 처지를 만난다 해도 당신이 본분만 바로 지켜준다면 당신을 자랑스럽게 여기며 살 겁니다."

이튿날 아침 일찍 일어나니 대문 틈으로 신문이 삐죽이 꽂혀 있었다. 신문을 보고 있는데 옆에 누워 있는 남편이 그제야 쓰린 속을 움켜쥐고 간신히 신음소리를 내면서 일어났다.

"내가 어떻게 여기까지 왔지?"

생각을 더듬는 듯 고개를 갸웃거리며 신문을 들고 있는 내 손을 잡았다.

"여보, 미안해요. 나 앞으로는 다시는 술 먹지 않을 거야. 그렇지만 오늘은 속이 쓰려서 도저히 출근을 못 하겠어……."

마침 보던 신문의 광고 면이 눈에 들어왔다. 남자들이 술을 마시고 속이 쓰려 할 때 아내들이 정성들여 콩나물 즙을 내어서 마시게 하면 쓰린 속이 풀린다는 광고란 문구가 있었다. 나는 보든 신문을 남편에게 넘겨주면서 일어났다.

가게에 가서 콩나물을 사가지고 와서 즙을 내어 남편에게 권해 보았다. 남은 콩나물로는 국을 끓여 해장을 시켰더니 남편은 언제 술 마셨더냐는 듯 거뜬히 일어나서 출근하였다.

어느 날 친정에서 큰오빠가 중대한 의논이 있다며 오셨다.

그동안 나는 쪼들리는 생활을 하면서도 첫날부터 세워놓은 계획은 어김없이 실천해 왔다. 그것은 아무도 모르게 친정 큰오빠에게 매달 적금을 넣어 관리해 오게 했던 거였다. 오빠는 마침 그 돈이 덩어리가 커져 목돈이 되었으니 농토를 사면 어떻겠느냐고 의논을 해오셨다. 마침 두어 마지기 적당한 농토가 하나 나왔으니 작은오빠와 합쳐서 그 땅을 잡으라고 했다. 땅이 워낙 일등 호답이라 놓치기가 아까우니 사라고 권했다. 나는 흔쾌히 허락했다.

그 어려웠던 틈바구니에서도 중단하지 않고 저축한 결과로 땅을 산다고 생각하니 눈물이 핑 돌았다.

이런 기쁜 일을 남편 모르게 혼자만 알고 있자니 외로워지는 것 같았다. 나는 더 알뜰하고 부지런해야만 우리의 생활이 다른 사람들에게 신세지지 않고 살날이 올 것이라 생각했다. 우리가 그렇게 살날이 올 것이라 생각하니 신명이 났다. 혼자서 싱글벙글 기쁨을 감추지 못하고 들뜬 마음으로 앞으로는 일 년에 쌀 한 가마씩은 생길 것이라는 기대와 희망을 걸었다.

큰오빠가 다녀가신 후 나는 또 손님을 치른 부채를 갚기 위하여 행상을 다시 시작하였다. 마침 농사철이라 농촌마을 아낙네들은 농사일에 바빠서 시장 갈 겨를이 없었다. 나를 알아본 시골 아낙들은 예쁜 아기 업은 비단장사 새댁을 기다렸다면서 들 가운데 앉아서 일하던 일손들을 잠시 멈추고는 나를 불렀다.

"새댁~, 새댁~ 이리로 와요. 집으로 가봐야 다들 들로 일하러 가고, 있어 봐야 노인네와 어린아이들밖에 없을 테니 여기 들 가운데로 와서 비단보따리를 끌러 놓고 옷감들을 한 감씩 팔고 가요."

어떤 아주머니는 파자마 천을 또, 누구는 사령 치마감, 블라우스 천을 찾았으며 어떤 이는 손주를 봐주는 시어머니 반짝이 치마저고리 감을, 아니면 포플린 버선 감 하나라도 모두가 빠짐없이 사주었다.

바쁘고 고된 생활이 처음에는 배밀이로 시작하여 겨우 기어가는 흉내를 내다가, 이제는 걸음마를 배우기 시작하는 단계로 성장하고 있다는 즐거움에 젖었다. 걸음을 걷기 시작했으니 더 열심히 나 스스로 누구의 부축도 없이 씩씩하게 걸어 보자는 신념이 생겼다. 기쁨에 벅차 안간힘을 다하면서 걸어보려고 하는데 또 나의 몸에 이상이 왔다.

두 자녀만 낳고 둘만 낳아 잘 기르자고 한 가족계획이 수포로 돌아간 듯싶었다. 이번에는 입덧도 하지 않고 배가 불러옴을 느끼고 아차 싶어 병원에 찾아가서 진찰을 해본 결과 임신 5개월이라 했다.

나는 고민이 되었다. 충직하고 성실한 남편이 직장생활에 모범이 되도록 바로 받들기 위하여서 나는 안간힘을 써왔다. 남몰래 공사장 작업장으로, 보따리 장사로 이제 겨우 익숙해지고 있는데 또 임신이라니 눈앞이 아득하였다. 나의 임신 소식을 오히려 남편은 반겼다.

"잘되었어요. 이런 일이 아니면 당신이 무엇이든지 하려고 하는 항우장사니 이건 당신에게는 조금이나마 쉬라는 뜻일 거예요. 그러니 가만히 집에서 좀 쉬어요. 이 남편의 무능함을 원망하지 않으니 미안할 따름이오."

남편의 말대로 나는 몸이 약해 더 이상은 행상을 할 수가 없어서 집에서 남편과 아이들 돌보는 일에 최선을 다했다.

정녕 우리 식구들은 옷 한 벌 제대로 사 입을 수 없어서 기워 입고, 기워서 신었다. 남편의 봉급으론 그렇게밖에 살 수 없을 정도로 궁색했지만 우리의 궁색한 진실을 믿으려 하지 않았다. 양가 집안 어른들은 세무공무원이 있다는 자부심에서 자기네 나름대로의 기대에 부풀어 우리를 바라보았다. 그분들의 기대에

만족은 주지 못할지라도 실망은 주지 않기 위하여서, 아랫돌 빼서 위엣 돌 고이고, 윗돌 빼서 아래에 고이는 식으로 생활을 하자니 핏기 없는 몰골은 점점 볼품없이 망가져 갔다. 또, 그것을 알고 힘없이 처져만 가는 남편의 어깨를 용기로 추켜세우는 것도 극히 쉬운 일이 아니었다.

"여보, 우리 힘내고 용기로 모든 것을 헤쳐 나가요. 당신 곁에는 내가 있고 또 당신이 사랑하는 아이들이 있잖아요. 아이들을 위해서라도 당신은 명예로운 모범 공무원이라는 자부심으로 나쁜 일들은 다 털어 버리고 기쁘게 감사한 마음으로 살아요."

이렇게 내가 감싸주면 줄수록 소심한 남편은 생트집을 잡아 나의 가슴을 불안하게 했다. 불안하면서도 내 마음을 아프게 하는 그이가 안쓰러웠으며, 누구에게 털어놓고 말 할 수 없는 외로움은 어디에도 비길 수 없어 가슴 움츠리며 남몰래 흐느끼곤 했다. 하지만 나는 절망하면서도 이 한스러운 번뇌에서 나 자신부터 구해야 한다고 마음을 다잡았다.

기적

아무리 다짐하고 노력해도 시련은 꼬리에 꼬리를 물고 끝없이 나를 몰아붙였다. 총명하게 잘 자라주던 아들 병희가 갑자기 머리가 아프다며 떼굴떼굴 굴렀다. 아이들과 밖에서 놀다가 붕붕 하고 지나가는 헬리콥터를 보고는 달려와 비행기를 그린다면서 백지와 연필을 달라고 해서는 비행기를 그리다 말고 갑자기 머리를 양손으로 움켜 싸고 구르는 것이었다. 나는 등에 업고 있던 경희는 어떻게 누구에게 맡겼는지도 모르고, 병희를 들쳐 업고 달렸다. 허둥지둥 영주 순천당한의원으로 들어갔다.

의원은 바람을 쓴 것이라며 손끝, 발끝을 침으로 놓아주고는 집에 데려가서 잠을 많이 재우라고 했다.

그러나 아무 소용이 없었다. 아이는 약을 먹였는데도 계속 헛소리를 했고, 바른 자세로 뉘이려니 등뼈가 휘어졌다. 눈자위는 초점 없이 치켜뜨고 머리는 뒤로 제치는 것이 당장이라도 숨을 거둘 것만 같은 모습이었다. 그 상황에도 아이들 아빠에게는 알릴 수조차 없을 만큼의 남편의 이상성격 변화는 나를 괴롭게 하는 봄이었다.

봄마다 도지는 신경쇠약 증세로 남편은 나에게 폭력을 가했다. 다시 그 봄을 당하여 남편에게 살얼음 위를 걷는 듯 조심을 하던 차에 아들 병희에게까지 탈이 생긴 거였다.

남편에게 말도 못하고 혼자만 괴로워하고 혼자만 슬퍼해야 하는 이 엄마를 생각해서라도 부디 무사하기를 빌고 또 빌었다. 나를 딱하게 여긴 큰방 아주머니가 자기 시동생이 영주 순창병원에 조수로 있다면서 그리로 가보라고 했다. 혼수상태에 있는 병희를 업고는 또 정신없이 병원으로 달려가 진찰을 받았다. 며칠 간 병원에서 지내보아야 결과가 난다고 했다. 초조한 마음으로 결과를 기다리면서 꼬박 밤샘을 하고 있는데 남편이 늦게 퇴근을 했다며 근심스러운 표정으로 병원 문을 들어섰다. 그런데 병원에서는 당분간 집으로 데리고 가서 검사결과를 기다리라고 했다. 그 말에 소생이 불가능한 것이나 아닌가 하는 불안감으로 낙담하여 병희를 업고 집으로 돌아왔다.

초조한 기다림은 우리 부부에게 고문하는 듯한 고통이었다. 그렇게 사경을 헤매는 아들을 두고 마냥 기다릴 수만 없어서 순천당한의원에 가서 한약조제라도 해줄 수 없느냐고 사정했다. 그러자 한의사는 그저 지나가는 말로 한마디했다.

"약이 되려고 하면 흰 개똥도 약이 되고, 아궁이 바닥 흙도 약이 되련만…… 댁의 아이는 혼수상태이니 무엇을 어떻게 해야 명약이 될 지 알 수가 없군요."

나는 그 길로 방천 둑을 뒤지기 시작했다. 혹시나 나의 정성이

지극하면 개똥도 약이 될지 모른다는 생각에 미친 사람처럼 개들이 많이 뛰어노는 신작로와 방천 둑을 다니며 흰 개똥을 찾았다.

제발 불쌍한 우리 병희의 생명을 구해 주소서 기도하며 다니다 드디어 하얀 개똥 한 무더기를 발견했다. 나는 그 흰 개똥을 보물처럼 주워 담아 집으로 급하게 달려왔다. 개똥을 불에 구워 발갛게 달아오른 부엌 바닥 흙과 함께 달여서 아이의 입술을 적셔주고 있는데, 드디어 아이의 병명이 나왔다며 순창의원 조수가 찾아왔다. 영주에서는 치료가 불가능한 화농성 뇌막염이니 손쓰기에는 조금 늦은 감은 있지만 서울에 있는 세브란스 병원으로 속히 가보라 했다.

우리 부부는 혼수상태에서 있는 병희를 앞에 눕혀 놓고는 할 말을 잃고 눈물만 흘렸다.

생명이 꺼져가는 자식을 보면서도 당장 병원에서 일러준 대로 아이를 들쳐 업고 갈 수 없는 가난을 원망하며 절망하는 현실에 눈앞에 캄캄했다.

"여보, 이대로 두고만 있으면 어떻게 해요?"

아들의 마지막을 보면서 아무런 대책을 강구 못하는 남편은 아무 반응 없이 정신 나간 사람처럼 굳어 있었다. 그이의 등을 훌쩍 떠밀면서 재촉했다.

"당신 내 말을 듣고 있어요. 왜 가만히 앉았어요."

"여보, 난들 어떻게 하겠소. 돈 한 푼 없는 주제에 서울 큰 병원이란 생각도 할 수 없지 않소. 당신에게 무슨 좋은 생각이 없소?"

남편은 떨리는 말로 흑흑 느끼면서 간신히 나에게 말을 하며 간절한 눈길로 나를 봤다.

나는 여러 가지 궁리 끝에 눈을 번쩍 떴다.

"여보, 우리 병희를 데리고 대구에 있는 대학병원으로 가요. 서울이나 대구나 같은 대학병원인데 대구로 가면 우리가 살던 곳이라 지리도 잘 알 뿐 아니라 시간과 경비도 절약 될 테니 서둘러 대구로 가는 것이 좋겠어요."

"참, 그렇게 하는 것이 좋겠소. 하지만 길을 떠나려면 약간의 돈이라도 있어야 하는데 대구의 병원인들 무슨 수로 간다는 거요. 그저 마음뿐이지……."

"여보, 하늘이 무너져도 솟아날 구멍이 있다더니 내가 다음 파수에 방세 주려고 없는 듯이 궤짝 밑에 깊숙이 넣어 둔 돈 6,000원이 있어요. 우선 그것이라도 가지고 대구 대학병원으로 가요."

나는 네 번째 임신으로 인하여 만삭이 된 몸이지만 새벽이 오기만을 일각이 여삼추 같은 심정으로 기다리며 그 밤을 꼬박 새웠다. 그렇게 밤을 새우며 간간히 병희의 바싹 마른 입술을 적셔 주고 있는데, 겨우 돌인 경희도 그 불안을 느끼는 것인지 늦도록 자지 않고 나의 치마폭을 고사리 같은 손가락으로 탱탱 감고는 칭얼대다가 늦잠이 들었다.

잠 든 경희는 주인집 아주머니께 맡기고 쌀쌀한 새벽길을 우리는 병희를 업고 대구행 새벽열차를 탔다.

드디어 기차가 대구역에 도착한다는 안내방송이 들렸다.

우리 부부는 서둘러서 축 늘어져 뻣뻣이 굳어 가는 병희를 둘이 부축해 대합실 밖으로 나갔다. 그런 우리가 보기에 딱했던지

역구내 순찰원이 뛰어나가서 택시를 잡아서 우리들 앞으로 와서 세워주었다. 우리는 그 역 직원이 무척 고마웠지만 인사도 할 겨를도 없이 대학병원으로 택시를 재촉했다.

달리는 택시 안에서 바깥을 내다보는 나의 마음은 울적하기만 했다. 몇 년 전 우리 부부의 첫출발을 했던 궁색한 보금자리가 생각나며 아련한 추억들이 서려 있는 대구의 거리를 이런 절망적인 병원행차가 웬 말인가. 내 눈에서는 뜨거운 눈물이 쉬지 않고 흘러내렸지만 눈물을 닦을 여력도 없었다.

그러다 보니 택시가 동인동 로타리를 지나 경대병원 정문 앞에 도착했다. 다급한 우리는 병희를 서로 마주 부축하면서 외래진료실로 달려갔다. 마침 그날이 토요일이라 의사선생님들은 퇴근을 서두르고 있었다.

나는 현관을 나가는 의사선생님들을 붙잡고 죽어가는 우리 아들을 살려 달라고 사정을 했다. 그 머나먼 영주에서 가망이 없다는 저 가엾은 것을 이곳까지 희망과 기대를 걸고 왔노라고 나는 울부짖었다. 깡마르고 볼품없는 만삭의 시골 아낙의 호소가 몹시 딱하게 보였는지, 의사선생님들이 각기 내실로 되돌아 들어가더니 하얀 가운들을 걸치고는 모두들 아이를 이리로 데리고 오라고 했다. 그 순간 의사선생님들의 얼굴이 아들 병희를 구해줄 인자한 신으로 보였다.

진찰은 일차적으로 척추 등뼈에다가 굵은 주사침을 꽂아 척수를 뽑아내는 것이었다. 그 굵은 주사침을 꽂아도 병희가 아무런 반응이 없자 의사선생님들이 고개를 갸우뚱 갸우뚱 했다.

"우리들이 손을 쓰기에는 너무 늦은 것 같습니다."

하루만 더 빨리 왔더라도 가망이 있었을 것을 하는 의사선생님의 말에 나는 정신이 아득해졌다. 나는 고개를 흔들며 정신을 차렸다.

"그럴 수는 없어요. 이 큰 병원까지 와서 우리 아이를 못 살린다는 것은 말도 안 돼요."

손들을 씻고 각자 떠날 채비를 하는 의사선생님을 따라나서면서 나는 애원을 했다.

"선생님, 이대로 가시면 집에까지라도 따라가서 우리 아이를 살려야겠어요. 선생님들의 의술이라면 틀림없이 우리 병희를 살릴 수 있을 것이라는 확신이 섭니다. 그러니 부디 단념하지 마시고 우리 아이를 살려 주십시오."

나의 호소에 그 한 분이 나섰다.

"모두들 먼저 가십시오. 나는 남아서 최선을 다해 볼게요."

그리고 돌아서서 남편에게 고개를 돌렸다.

"자, 어서 빨리 서둘러서 아이 아버지는 입원수속을 하십시오. 나는 이 아이에게 최선을 다할 테니."

그 말을 마치고 의사는 급히 움직이기 시작했다. 간호사와 나는 의사 지시에 따라 진찰대 위에 병희를 눕혀 놓았다. 간호사에게 오늘 저녁 병희에게 줄 약을 지시하는 그 담당 의사선생님의 왼쪽 가슴에 백영호라는 이름표가 달려 있었다.

나는 이분이야말로 우리 병희를 살려줄 수 있는 의술로서 구원의 손길이 닿을 것이라는 믿음의 간절한 소망을 가졌다. 힘없이 입원수속을 마치고 돌아오는 남편을 보는 순간 나는 작은 희망의 눈물을 왈칵 쏟았다.

"이제는 내가 할 수 있는 일은 없으니까 퇴근합니다. 두 분께 서는 아이가 소생할 때까지 당직의사와 간호원의 지시대로 아이 를 잘 보살펴 주십시오. 우리 모두 한마음으로 한번 최선을 다해 봅시다."

백영호 의사선생님은 남편의 손을 잡고 위로를 해주면서 총총 걸음으로 늦은 퇴근을 했다.

의사선생님이 가신 다음 우리는 병희를 이동침대 위에 눕히고 간호사가 인도하는 대로 병원본관 뒤 별관 특수입원실로 따라갔 다.

병희의 병실은 독실인데다가 외래환자들은 극히 드물게 들어 오고 옆방의 환자들은 파상풍이나 뇌막염 환자들이라고 했다. 입원절차가 끝나고 간호사가 시키는 대로 하고 있었다. 조금 있 으니 두 명의 간호사가 들어와서는 병희에게 링거주사를 꽂아 한 방울씩 떨어지도록 조절을 해놓고는 떨어지는 속도가 빠르면 안 된다고 주의를 주었다. 간호사의 지시대로 우리는 한 사람은 창백하게 누워 있는 병희 얼굴을 살피고 한 사람은 병에서 링거 주사액 방울이 떨어지는 것을 살펴보면서 밤샘을 하고 있었다. 그런데 남편이 갑자기 흥분해 큰소리로 말했다.

"돈다, 돈다! 병희 얼굴에 핏기가 돈다!"

놀라 정말인가 하고 병희를 내려다보았더니, 창백하게 숨소리 도 없이 침대 위에 누워 있던 병희 얼굴에 화색이 돌면서 하얗던 입술에서도 핏기가 돌고 있었다. 너무나 신기하고 감사하고 벅 찬 우리 부부는 손을 서로 맞잡고 기쁨에 벅차 어쩔 줄을 몰라 몸을 떨었다. 아들이 살았다고 큰소리로 함성이라도 지르고 싶었다. 꺼져 가는 호롱불에 기름을 붓는 것 같이 고귀하고 소중한 생명의 소생은 가슴에 깊은 울림을 주었다.

"구하라, 주실 것이다."

하신 성경 말씀이 헛되지 않음을 우리의 현실에서 보여준 것 같았다.

이튿날 아침 간호사의 노크 소리가 반가웠다. 우리 부부는 지난밤에 있었던 일들을 자세히 이야기했다. 간호사는 또 여러 의사선생님들에게 알려주며 모두들 기적이라고 했다. 다들 기뻐하면서 우리 부부에게 축하와 격려를 보내고, 또 백영호 담당 의사 선생님은 일요일이자 비번인데도 병희의 기적 같은 소생에 기쁨을 그냥 주체할 수 없었다며 일부러 병실에까지 찾아와 그날 공급할 약들을 일러주고 가셨다.

아이도 깨어났고, 가정 형편상 얻은 휴가를 더 연기할 수도 없는 남편은 직장으로 돌려보냈다. 그렇게 남편을 영주로 돌려보내고 나는 잠시 눈을 붙여서라도 피로를 풀어야 했다. 정신이 돌아온 병희는 주위를 살피더니 무엇인가 찾았다. 그리고 며칠 만에 처음으로 입을 열었다.

"아가야."

경희를 찾았다. 동생을 골똘히 생각한 모양인지 종일 동생 이름을 불렀다.

이렇게 보름동안 병원에 입원해 있는 동안 시가와 친가로 연락을 몇 차례 했지만 아무도 방문해 주는 이 없었다.

병희는 어느 정도 병세가 회복되자 먹을 것을 무한정 찾았다. 그리고 병실에서만 있으니 갑갑증이 나는지 병희는 친가, 외가의 집안 식구들을 손가락으로 꼽아 가면서 보고 싶어 했다.

"병원에 날 보러 오면, 내가 먹고 싶은 것 다 사가지고 올 텐데 왜 안와?"

하면서 나를 졸라댔다. 하루속히 보고 싶은 사람에게 병희가 병원에 있다니까 보러 오라고 연락을 하란다. 외할머니는 경희를 좀 봐 달라는 전보를 치고 왔으니까 영주에 가 계시고, 친할머니와 큰아버지 내외분과 삼촌에게는 연락을 했지만 아무런 소식도 방문도 없었다.

병희의 병세가 퇴원을 해도 될 만큼 회복이 되어서 집으로 가서 치료를 하고 싶었다. 그러나 그동안의 치료비를 계산하지 못하여 퇴원하겠다는 말을 할 수가 없어서 망설이고 있었다. 병원에서도 역시 나의 눈치만 보다가는 영주세무서로 연락을 해 남편에게 병희의 퇴원수속을 밟으라 했다.

나는 직무에 충실해야 할 남편이 괴로워 할까봐 시댁으로 연락을 띄워 보았다. 몇 년 동안을 우리 몫으로 물려 준 땅 800평에 농사를 지으면서도 이제까지 쌀 한 톨 안 주었으니 이런 어려운 때 조금이라도 도움을 달라고 병희 삼촌에게 연락을 했으나 감감 무소식이었다.

하는 수 없이 영주세무서로 장거리 전화를 걸었다. 병원비는 29,700원이었다. 그때로서의 이 액수는 우리에게는 엄청난 액수였다. 장거리 전화로 남편의 대책 없는 더듬거리는 말만 듣고 있자니 너무 답답했다. 나는 남편에게 가게 옆집 유씨 댁 병우 엄마에게 우리 형편을 자세하게 이야기해 보라고 부탁했다.

이튿날 남편은 병원으로 와 아들의 퇴원수속을 밟았다.

"고맙게도 병우 엄마가 이웃의 아주머니들과 서둘러서 병원비를 마련해 주었소."

담당 의사이신 백영호 선생님과 담당 간호사의 적극적인 치료와 친절한 배려로 우리 병희는 정상적인 상태로 완쾌되어서 집으로 왔다.

동네분들이 저마다 눈물겹도록 반겨 주었다. 다음날 아침 신문에 병희의 기사가 실렸다. 그 당시로서는 급성뇌막염이라면 정상적인 완치가 거의 불가능하여서 생명을 보존한다 해도 뇌장애로 저능이나 장애아로 남을 뿐이었다. 병희의 경우는 100% 정상회복으로 치료됐기에 성공적인 완치라고 기사가 실렸다.

행복한 생일

그동안 어린 경희는 숯덩이 같은 변을 보면서도 사정을 아는 것처럼 할머니나 아빠에게 엄마를 찾으며 칭얼거리지 않았다고 했다. 그러나 어린것이 속으로 애를 얼마나 태웠는지 나를 보자 잠시도 내게서 떨어지지 않으려고 했다. 그 어린것을 꼭 껴안고 언제나 함께 있을게 하고 마음으로 약속했다.

병원치료비 대라고 선뜻 빌려준 이웃의 돈을 갚아 나가려면 또 무엇인가를 해야 했지만 당장의 몸 상태로는 아무것도 할 수가 없었다. 복잡한 생각 때문에 깊은 밤잠을 못 이루다 겨우 첫 잠이 들었는데 얼굴에 무엇인가 주르륵 흘러내리는 바람에 잠을 깼다. 일어나려는데 머리맡에서 남편이 당황해서 나를 일어나지 못하게 했다.

"여보, 나야 나. 내가 그만 실수를 해서 뭘 좀 쏟았어. 다 닦아 줄 테니 그냥 가만히 누워 있어요."

남편은 수건으로 내 머리며 얼굴을 닦아주면서 한사코 자리에 누워 있으라 하고는 부엌으로 들어갔다. 무슨 일인지 궁금해서 문틈으로 부엌을 내다보았다. 남편은 아침상을 차리고 있었다. 남편은 상을 다 차려놓고 마지막으로 김을 구우려 방안 윗목 벽에 걸린 참기름 병을 가지고 나가려다 실수로 참기름 병을 엎질러 쏟은 거였다.

나는 어리둥절하지 않을 수 없었다. 왜 그이가 이른 새벽부터 나를 부엌에 들어오지 못하게 하면서까지 아침밥을 하는지 영문을 몰랐다. 이상하다고 고개를 갸웃거리고 있는데 남편이 방으로 다시 들어오더니 아이들을 깨웠다.

"얘들아, 오늘은 너희 엄마 생일이다. 우리 모두 엄마 생일을 축하하고 이 아빠가 해 놓은 아침밥 먹자."

그랬다. 음력으로 이월 초아흐렛날인 오늘은 내 생일이었다. 내 마음을 이처럼 행복으로 가득하게 감동시키는 남편이었다. 그동안 하루하루 어떻게 보내는지조차 모르고 사느라 생일이 언젠지도 잊었는데 이렇게 남편은 내 생일을 챙겨 주었다. 순간 나는 너무 감격스러워 그동안 궁색한 생활과 나를 괴롭게 했던 많은 날과 수많은 시련과 고달팠던 기억이 다 사라지고, 가슴 뿌듯한 행복감에 전율했다.

보통여자의 행복이란 이처럼 일상 속에서 나 자신이 진한 사랑의 대접을 받고 있다는 느낌이 만들어 주는 것인가 보다. 육식을 못하는 나의 식성에 맞춰 남편은 주인집 아주머니의 도움으로 나물 요리를 골고루 만들어 밥상이 비좁도록 올렸다. 남편이 손수 지어 차려 주는 생일상을 받고 보니 어린 시절 보릿고개가 한창일 때도 엄마가 잊지 않고 딸들의 생일을 챙겨 주시던 것이 생각나며 눈물이 핑 돌았다.

"여보, 많이 들어요. 당신이 고기를 못 먹으니까 당신 생일날에도 우리 가족은 고기 한 점 못 얻어먹네. 앞으로 고기 먹는 방법을 좀 배워요. 그래야 식구들도 따라서 좀 얻어먹을 수 있지 않겠소."

남편은 이렇게 너스레를 떨며 젓가락으로 반찬을 집어 내 밥숟가락 위에 얹어 주었다. 결혼하고 처음으로 가슴 깊은 곳까지 행복을 만끽한 아침이었다.

남편이 출근하자 기다렸다는 듯 이웃아주머니들이 몰려왔다.

"병희엄마, 생일 축하해."

"돈이 없어도 병희엄마는 참말 행복하겠어. 신랑이 밤새워 차려 준 생일 밥상을 아무나 받을 수 있나. 우리는 해마다 잊지 않고 기억만 해줘도 다행이지. 우리네 남정네들은 마누라 생일이 다 뭐고 밤낮 술만 마시고 매질이나 안 하면 고맙수 해야 하니 원."

부러운 듯, 남편을 칭찬하며 왁자하게 떠들며 동네 아주머니들이 놀다가 돌아갔다.

어느 날 출근을 했다가 집으로 온 남편이 옷가지와 세면도구를 챙겨 출장가방에 넣으라고 했다. 갑자기 한 달 간 서울에 가서 재무부에서 실시하는 교육을 받고 와야 한다고 했다. 그러면서 집 형편은 전혀 모르는 사람처럼 맡겨놓은 것처럼 당장 교육비를 내 놓으라고 했다.

"오후 두 시까지 교육 등록비를 내야하니까 서둘러 준비해 줘요."

남편의 독촉에 대꾸하여 따질 수도 없고 답답한 가슴만 마구 주먹으로 치면서 이집 저집 뛰어다녔다. 겨우 필요한 돈을 구해 가지고 그이를 보내고 나니 외로움이 밀려왔다. 혼자서 무거운 몸으로 아이들을 데리고 지내자니 만사가 고달프게 느껴졌다.

한 달이 지나 남편은 좋은 성적으로 교육을 마지고 돌아왔다는 반가움과 함께 남편 몸의 건강 이상은 나에게 근심을 안겨 주었다. 교육을 받는 동안 긴장을 한 탓인지 해마다 봄이면 찾아오는 지병과 함께 소변이 순조롭게 배설되지 않았다. 남편은 매사에 짜증과 함께 몸의 괴로움에 고통스러워하는 모습이 나를 불안하게 하였다.

나는 무거운 내 몸 생각할 겨를이 없었다. 부랴부랴 감정대와 물춤뿌리, 대사리 언뿌리와 참짚과 쌀뜨물을 부어서 달여 남편에게 마시도록 했다. 아이들도 뒤로 미루고 오로지 남편의 마음만 흡족하게 해주어야만 했다. 남편을 어린아이를 어르고 달래듯 해도 남편은 때때로 엄살을 부렸다. 잠시라도 남편의 마음을 포근히 해주지 않으면 매사를 불평하며 나를 못살게 괴롭혔다.

고달픔과 괴로움에 시달리는 중에 네 번째 출산일이 다가왔다. 설상가상이란 말이 우리에게 약방의 감초처럼 붙어 다니는 것인지 느닷없이 남편에게 전근발령이 났다.

대머리 총각

1967년 6월 1일, 남편이 상주세무서로 발령이 나면서 우리는 진퇴양난에 빠졌다. 오늘 내일 하는 남산만한 배를 해가지고 남편을 따라가야 할 것인지, 남편만 먼저 보내고 아이들과 이곳에 출산할 때까지 머물러 있어야 할 지 알 수가 없었다.

남편을 따라 나서자니 모두들 기차 칸에서 해산하게 될 것이라며 만류했다. 일단 남편을 먼저 임지로 보내 놓고 가족은 차차 따라가야 한다는 권유를 따르기로 했다.

만삭의 몸으로 남편을 상주 부임지로 먼저 떠나보내야 하는 심정은 착잡하기만 했다. 그런데 임지로 갔던 남편이 돌아와 서둘러서 짐을 싸게 했다. 가족이 떨어져 있으면 분만할 때까지 생활비도 많이 들 것이고 또 아이들이 셋이 되면 셋방을 얻기도 힘이 든다는 판단에서였다. 가족을 데리러 온 남편의 재촉에 따라 애틋하게 정이 든 이웃아주머니들과 눈물어린 작별을 하고 남편을 따라 나섰다.

상주에 도착해서야 남편이 그렇게 서두른 이유를 알게 되었다.

"여보, 미안해요. 사실은 돈이 없어서 아직 방을 못 얻었는데 어떻게 하지?"

남편은 이렇게 말하면서 며칠 숙박하고 있던 '일선여관'으로 우리 가족을 데리고 갔다. 나는 기가 막혀서 아무 말도 못하고 어떻게 하는가 보려고 남편이 이끄는 대로 따라 갔다. 남편은 어이없게도 우리를 여관에 둔 채 직장에 출근을 했다. 처지가 막막하여 나는 도리 없이 나서서 거처할 방을 구하지 않을 수 없었다. 아이들은 여관방에 두고 여관집 아주머니에게 부탁했다.

무거운 몸이지만 상주시내 중심지를 벗어나서 변두리 동네를 찾아 다녔다. 출산예정일이 막 지난 나는 사람 좋은 아주머니를 만나서 지금의 우리 형편을 말하고 어디 얻을 방이 있을 지 물었다.

"색시 말대로라면 우선 남편의 직장이 믿을 만하니까 방세는 신랑 봉급 타면 받도록 하고, 마침 우리 집에 방 한 칸이 비어 있으니까 빨리 옮기여."

"참말로 고맙습니다,"

"퍼뜩 서둘러. 색시 배를 보니 길거리에서 얼라 낳을까 겁나여."

나는 너무 고맙고 기뻤다. 세상에 이렇게 반가울 수가 어디 또 있겠는가. 나는 즉시 남편에게 사실을 전화로 알렸다. 밀린 여관비도 돈이 없으니 역시 봉급 타서 주기로 약속하고 이삿짐을 옮겼다.

　다행히 이사를 하고 다음날 아침 7시쯤부터 진통이 시작되었다. 겁먹은 남편은 주인집 아주머니와 해산바라지를 위해 오신 친정어머니께 산파를 데리러 간다며 나간 뒤 소식이 없다고 했다. 진통이 시작되고 반 시간 정도 지났다 싶은데 남자아이를 분만했다.

　아기 울음소리를 듣고 쫓아온 주인집 아주머니는 경사 났다며 기뻐했다.

　"경사여 경사. 14년 만에 우리 집 지붕 아래서 아기 울음소리가 들렸어."

　고향이 평양이라는 주인집 내외분이 복덩이에게 방을 주었다면서 내일처럼 기뻐하셨다. 그러나 나는 아들을 낳은 기쁨만큼 걱정도 태산이었다.

　여관비며 방세며 모두 미루어 둔 채 지금 당장 돈 한 푼 없어 미역 한 장 사먹을 수 없는 답답하고 막막한 형편이었다. 아이를 낳고 나는 영양실조로 눈이 어두워서 거의 실명상태에까지 이르게 되었다.

　산파 데리러 간다면서 감감 무소식이던 남편이 늦게 집으로 돌아왔다. 아직 영주에서 열차화물로 부친 이삿짐이 도착되지 않았다며 산모가 덮을 이불도 없는 형편이라 주인집에서 이불을 빌려서 덮었다. 여름 더위가 시작되는 음력 5월 초닷새였지만 모기장을 발라 놓은 문으로 바람이 들어올 때는 한기가 느껴졌다.

　남편은 고추를 달고 나온 아기를 보니 기쁘기는 하지만 실명

상태라 아기를 보지 못해 손으로 아기를 더듬으면서 울부짖는 아내를 보고 몸 둘 바를 몰라했다.

보다 못한 주인집 아주머니가 답답해하며 한마디 했다.

"아이고 답답해라. 내가 아는 세무서 직원들은 무엇하나 아쉬운 것 없이 떵떵거리고 살면서 얼굴에는 기름기가 번지르르 하드만. 이 댁은 아이를 낳고 영양실조로 눈이 멀 정도라니 말이나 되여. 우선 내가 돈을 빌려 줄 테니 산모에게 미역국이라도 끓여 먹게 해여."

어쩔 줄 몰라하던 남편은 집주인 아주머니가 얼마의 돈을 빌려 준다는 말에 뛸 듯이 기뻐했다.

"여보, 나갔다 올게요. 우리 이제는 꼭 됐어요. 가족계획이 말이오. 당국에서 권유하는 대로 2남 1녀로 우리 마음대로 그대로 됐어요, 여보. 그러니 당신은 아무 걱정 말고 몸조리나 잘하면 돼요. 내가 이 길로 곧바로 가서 미역을 사올게 가만히 누워 있어요."

남편은 시장으로 달려가서 미역을 사가지고 왔다.

"여보, 어서 많이 먹어요. 그래야 당신의 눈이 회복되어서 우리 아기를 볼 수가 있지 않겠어."

그러나 나의 눈은 점점 어두워만 갔다. 이제 나는 영영 장님이 되는 거 아닌가 하는 절망으로 식음을 전폐하고 눈물로 삼칠일을 보내야 했다. 그러는 동안 그이는 백방으로 수소문하여 산후 영양실조로 실명한 눈을 고칠 수 있는 약을 구하러 지친 줄도 모르고 다녔다.

"여보, 드디어 구했어요. 수소문 끝에 직원 소개로 상주 변두회 개운못 밑 작은 오두막집에서 10년 묵은 백도라지 뿌리를 구해 왔어요. 이것을 흰닭에 넣어 고아서 먹고 땀을 내면 그 이상 더 좋은 약이 없다네.”

나는 남편의 성의도 모르고 그 좋은 약을 먹을 수가 없었다. 생선은 물론이고, 고기 종류의 음식은 전혀 못 먹는 체질이 문제였다.

“이럴 수가, 이 좋은 약을 먹을 수 없다니……. 여보 당신은 식성이 너무 까다로워. 그러니 영양실조가 자주 오지. 이것은 고기가 아니고 약이니까 좀 먹어요. 당신의 멀어져 가는 눈을 밝혀줄 약이란 말이오.”

그래도 나는 전혀 그 약을 먹을 수가 없었다.

이튿날 그이는 우리가 결혼 후 처음으로 약방에 가서 빈혈치료제인 몰트 헤모글로빈 한 병을 외상으로 사가지고 와서는 내게 먹으라 했다.

우리는 결혼 이후 외상은 한 번도 하지 않았다. 그러나 워낙 다급한 나머지 주인아주머니의 소개로 1개월분 헤모글로빈을 외상으로 사왔다는 것이다.

약효가 있어 2개월 동안 복용을 하자 시력이 회복되어 차츰 눈이 보이기 시작했다. 늠름하고 똘똘하여 보는 이마가 퍽 사내답게 생겼다고 한 아들이 보였다.

아기 머리가 대머리 모양이어서 큰방 여학생인 희선과 복실이 두 형제는 앞 다투어 아기를 한창 유행하는 노래인 대머리총각으로 별명을 지어 불렀다. 한창 유행하던 대머리 총각 유행가의 주인공이 우리 아기인양 두 살배기 경희는 한 술 더 떴다.

집안에 아이들의 웃음소리가 가득차면서 겨우 생활이 안정되는가 싶은데 또 남편의 직장에 기구개편이 있다면서 8월 1일자로 의성세무서로 전근발령이 났다.

　6월 1일자로 상주세무서로 부임하여 한숨 돌릴 겨를도 없이 아기를 낳고, 영양실조로 쇠약한 아내의 산후조리를 하느라 진 빚도 다 갚기 전이었다.

　"방 한 칸 얻을 돈 한 푼 없는데 어떻게 또 이사를 간단 말이오."

　심약한 남편은 걱정으로 밤을 새워 울었다. 그저 세무서에 근무한다는 사실 하나로 우리들의 이런 절박한 사정을 누구도 알지 못했다. 물론 남편과 같이 직장생활을 해본 사람들은 나의 이 눈물겨운 형편을 다 알겠지만 그렇다고 이 사정을 어떻게 말 할 수가 있단 말인가. 나는 절박해서 말해도 타인은 세무공무원의 아내가 엄살이 심하다는 오해를 하기 일쑤이다.

　"여보, 우리 좋은 수가 있어요. 하늘이 무너져도 솟아날 구멍이 있다고 하더니, 당신 직장상사인 서장님도 당신과 함께 의성세무서로 가신다고 했지요?"

　"그거야 그렇소만 그게 무슨 수라는 거요?"

　"글쎄 내 말 들어 봐요. 좋은 수가 있으니 당신은 이제부터 아무 걱정 안 해도 돼요. 의성에 가면 서장님 관사가 비어 있을 거 아닌가요? 물론 서장님이 들어가시겠지만 서장님 혼자 가시는데 살림을 하시지는 않잖아요. 그러니 우리가 서장님 관사로 같이 들어가면 되지 않을까요?"

남편은 깜짝 놀라 사색이 되어 말은 못하고 잔뜩 굳어서 나를 쳐다보기만 했다.

"여보, 그러니까 내 말은 우리가 서장님 사택에 같이 들어가서 서장님을 우리가 모시고 살면 서장님은 하숙비가 안 들어서 좋으시고 우리는 방세 안 들어 좋고 서로서로 좋잖아요. 이걸 일거양득이라고 하지 않겠어요. 그러니까 당신은 얼른 가서 서장님께 말씀드려야 해요."

"여보, 당신은 정말 대단하오. 어떻게 그런 생각을 다 했소. 내 서장님께 말씀드려 보리다."

아침 일찍이 서장님께 간다고 나갔던 남편이 기쁜 얼굴로 돌아왔다.

"여보, 서장님이 당신 생각대로 그렇게 하는 것이 좋겠다면서 허락을 하셨어요."

그렇게 하여 우리는 상주로 온 지 겨우 두 달 만에 또 이삿짐을 쌌다. 이삿짐은 화물로 부쳐 놓고 찌는 듯한 더운 날에 우리 다섯 식구는 짐이 도착할 때까지 친정에 가서 기다리기로 했다. 갑작스런 방문에 친정 부모님과 온 집안 식구들이 깜짝 놀랐다. 이 더운 날에 전근한 지 얼마 됐다고 또 전근이냐며 없는 놈은 공무원 생활해 먹겠냐며 혀를 찼다. 꼬물꼬물 삼남매를 데리고 피난 생활을 하는 듯한 우리들의 모습을 무척이나 애처로워했다.

2박 3일 친정에서 쉬는 동안 대머리총각인 우리 아기에게 학자이신 친정아버지께서 '병택'이라 이름을 지어 주셨다.

의성 소화물센터에서 짐을 찾아서 깨끗이 정리를 다 하고 나니 고향이 부산이신 서장님이 오셨다. 나는 병택이를 들쳐 업고 성심을 다하여 서장님을 모셨다. 그이는 퇴근 후 집에서 서장님 잠자리 봐주는 일과 목욕할 때 등 밀어 주는 일을 주로 했고, 나는 될 수 있으면 아이들을 조용히 시키고 식사 때마다 서장님의 식성에 맞추어 드리곤 했다.

그러는 사이 두 달이 빠르게 지나갔다. 서장님이 우리 가족을 측은하게 보셨는지 아이들을 데리고 고생하는 것을 보니 안타까워서 더 이상 가만히 있을 수 없다면서 그동안의 하숙비를 지불해 주셨다. 그리고는 서로 불편하다며 다른 하숙집으로 거처를 옮기셨다. 서장님의 이런 배려 덕에 우리는 서장 사택을 독차지하여 잘 살게 되었다.

차츰 우리 생활도 안정이 되고 큰아이 병희가 초등학교에 입학하면서 우리 부부는 학부형이 되었다. 콧등이 시큰하게 마음이 우쭐하고 병희가 대견하였다. 날마다 병택이를 업고 경희 손목을 잡고 병희를 데리고 학교를 다녔다. 그리고 집에 와서는 사택의 넓은 마당에 텃밭을 일구었다. 배추, 부추, 파, 호박 등 손수 심고 가꾼 채소로 반찬을 해서 먹었다. 덕분에 부식비도 따로 안 들이고 그해 김장도 내가 텃밭에 심은 배추, 무로 하게 됐다.

평화로운 날들이 꿈결처럼 흐르는 어느 날이었다. 금성으로 세금징수차 출장을 간 남편이 자정이 지나도 오지 않았다. 결혼 후 숙직 외에는 외박이라고는 없는 남편이었다. 걱정이 되어 뜬

눈으로 밤을 꼬박 새웠다. 날이 밝아서야 남편이 추위에 어깨를 움츠리면서 집으로 돌아왔다.

"여보, 나 어젯밤에 당신에게 죄를 지었소."

오자마자 남편은 푸석한 머리를 긁적이며 미안해했다.

"나는 당신 몸 상하지 않고 무사히 돌아온 것만으로 감사해요."

"아니. 여보, 내 이야기 들어보고 너무 야단치지 말아요. 어젯밤에는 뜻하지 않은 외간 아주머니와 밤을 새웠단 말이오. 추워서 밤새도록 꼬박 앉아서 새웠소. 금성에 어느 폐업한 가게에 세금징수를 하러 갔는데 주인이 있어야지. 세금 낼 돈 구하러 간 아주머니가 돌아오지 않아서 기다리다가 그만 기차시간을 놓쳐서 별수 없이 잠잘 여관도 없고 해서 그곳에서 밤을 새우고 말았소. 돈 구하러 간 아주머니가 돌아오긴 했는데 세금 낼 돈은 고사하고 그 집 형편을 보니 쌀도 연탄도 없는 지라 하도 딱해서 연탄 200장과 쌀 서 말을 사주고 나니까 내 주머니에 있던 돈 30,000원을 다 쓰고 냉실 같은 데서 지냈지 뭐요. 아이 하나 데리고 혼자서 사는 아주머니 형편이 너무 불쌍해서 막상 구제는 했지만 세금 받은 돈 30,000원을 다 썼으니 이 일을 어떻게 하면 좋겠소? 이 길로 사무실에 가면은 즉시 입체를 해야 되는데 앞이 캄캄하고 당신 보기 미안해서 몸 둘 바를 모르겠소."

남편 이야기를 가만히 듣자니 짜증이 났다. 버럭 고함이라도 지르고 싶었지만 꾹 참고 생각했다.

그 댁이 오죽이나 딱해 보였으면 가난뱅이 아빠가 그렇게 했겠나 싶으면서도 이럴 땔수록 한마디쯤은 하고 넘어가야겠다 싶었다.

"그래요, 여보. 답답한 당신을 보니까 울고만 싶군요. 방 한 칸 얻을 돈이 없어서 궁여지책으로 세무서장 관사를 차지하고 사느라 눈치가 보이는데 당신은 남 구제할 여유가 있으니까 당신의 그 정신적 여유에 대하여 칭찬해 드리고 싶네요."

"여보 정말 미안해요. 오늘 중으로 사무실에 징수금을 입금해 놓아야 되는데 어떻게 방법이 없겠소?"

하는 수 없이 앞집 가게에 가서 그날 물건을 사들여 놓을 돈을 잠시 빌려서 그이에게 주고는 친정의 큰오빠에게 가서 돈을 빌려서 가겟집 돈을 갚아주었다.

또 우리는 뜻하지 않게 빚을 지게 되었다. 돈두까리(소꿉장난) 같은 살림살이에 끝없이 부채를 지게 되는 일은 연달아 나서고 갚을 길은 막연하여 부부가 머리를 맞대고 의논을 했다. 어차피 우리가 이렇게 곤란을 받으면서 허덕여도 쌀 한 톨 못 얻어먹는 남편 앞으로 된 토지 400평을 팔아서 그동안 쌓인 부채를 깨끗이 청산하자고 했다. 남편은 차마 자기 입으로는 땅을 팔겠다고 할 수 없다면서 내게 재량껏 고향에 가서 어른들께 의논드리고 팔아보라 했다. 나 역시 마음은 별로 내키지 않았지만 병택이를 업고 경희를 앞세우고 남편의 고향으로 갔다.

시어머님과 시동생에게 자초지종 우리 형편의 다급한 사정을 이야기했지만 도통 들으려 하지 않았다.

"남들은 아들이 세무서에 다니면 모두들 땅이라도 몇 마지기 사서 보태는 줄 알고 있다. 사서 보태지는 못할망정 있는 토지를 팔다니 남부끄러워서 얼굴이나 들 수가 있겠나."

이렇게 내 말의 허리를 뚝 잘라 일축하고는 더 이상 이야기를 들으려고도 하지 않았다.

시숙은 노름을 좋아하는 탓에 의논을 드릴 형편도 못 되고, 이튿날 하는 수 없이 시댁 마을에서 등 넘어 사시는 종시숙님께 우리 사정 얘기를 상세하게 말씀 드렸다.

"제수씨 이야기를 듣고 보니 우리들이 생각하는 바와는 다르게 너무나 사정이 다급한 것 같으니 서둘러서 주선해 보지요. 그나저나 제수씨가 저 어린 것들을 데리고 그렇게 고생을 하시는 것도 모르고 그저 남들은 동생이 세무서에 다닌다고 얼마나 떵떵거리면서 호강이나 하는 줄 알고 있습니다. 워낙 그 동생은 어질고 착해서 법 없어도 산다고는 했지만 생각해 보니 너무한 것 같네요. 힘내소. 죄 없는 어린 것들은 또 무슨 고생이고요."

종시숙은 이렇게 자상하게 나를 위로하면서 일주일 후에 땅값을 받아 놓을 것이니까 남편과 같이 오라고 했다.

유산

일주일 후 우리는 땅 계약금을 받기 위하여 그이와 같이 눈바람이 쌩쌩 날리는 추운 날 아이들 셋을 데리고 길을 나섰다. 길이 미끄러워 밤이 늦어서야 고향집에 도착했다. 모두들 잠잘 시간이 다 된 늦은 시간이라 시어머님과 시동생은 우리들의 인사도 제대로 받으려 하지 않았다. 남편은 몇 년 만에 찾아온 고향집인데도 저녁밥은 어찌 했느냐 묻지도 않았다.

배는 고팠지만 우리 부부는 죄송스러운 마음에서 저녁밥을 해 먹을 수도 없어 서로 얼굴만 쳐다볼 뿐이었다. 병희와 경희는 먼 길 오느라 시달린데다가 밤도 늦어 지쳐서 잠이 들고, 병택이가 젖을 먹으려고 가슴을 파고들었다.

"아무리 고향이라 하지만 어릴 적부터 객지에 나가 있어 고향 실정을 잘 모르니, 봐라 동생, 홍모야. 밤늦게 미안하지만 주점에 가서 막걸리라도 한 되 사다 주렴. 우리들은 참을 수가 있지만 저 어린 것이 젖을 먹으려고 하니 너의 형수에게나 그거라도 좀 마셔야 젖이 좀 나오지 않겠냐? 종일 차를 타고 오느라 아무 것도 못 먹었다."

남편이 애가 타서 시동생에게 애원에 가까운 부탁을 했다. 그러나 시어머님과 시동생이 돌아누우면서 잠이 늦었으니 그만 자자고 했다.

아무리 그래도 그렇지 수년 만에 집에 찾아온 자식에게 이불도 없이 그 식솔들까지 본체만체하다니. 땅 팔러 왔다는 것이 미워서겠지만 그만한 사정이 있을 것이란 생각도 없이 냉대하는지라 주린 배로 호롱불을 끄고 간신히 누웠노라니 너무나 슬펐다. 하는 수 없이 남편은 입고 온 외투를 벗어 덮고 나는 애기 포대기를 덮고 추위에 떨었다. 잠도 오지 않아 말똥말똥 눈을 감지 못하고 있는데, 안절부절 어쩔 줄 모르고 뒤척이는 남편이 가엾기 그지없었다.

며느리인 나야 어떤 푸대접도 그렇다고 하지만 피를 나눈 형제요, 자식인데도 경제적으로 좀 무능하다 하여 이렇게 박대를 해도 되는가 싶었다. 아무리 땅을 팔려고 왔다 해도 피치 못할 사정이 있다고는 전혀 생각지 못하는 것 같았다.

"여보, 나는 이런 당신의 실정도 모르고 당신의 그 확고하지 못한 성격을 탓하고 당신에게 요구하고 걸어 온 나의 기대가 부끄러워요. 앞으로는 당신이 부모형제에게도 못 받아 본 사랑과 인격적인 대접을 부족함 없도록 내가 열 배 백 배 받을 수 있게 당신만을 위할게요."

우리 부부는 땅 판 돈 55,000원으로 무엇을 어떻게 할까 심사숙

고했다. 그 돈은 아버님으로부터 물려받은 유일한 유산이기에 무엇인가 남겨 놓고 싶었다. 우리는 재봉틀 한 대와 라디오를 먼저 장만해 놓고 나머지는 빚을 갚기로 했다.

드레스 미싱을 15,500원을 주고 사고, 금성 라디오를 7,100원에 샀다. 그리고 나머지로 그동안 빌린 부채를 일부 갚았다.

우리들의 재산 제1호인 라디오를 사고 보니까 들을 만한 뉴스가 나온다. 그해(1968년도) 1월 21일 김신조 일행인 무장공비가 넘어왔다는 소식을 듣고 보니 시골에 계시는 어른들이나 친척들이 생각났다. 그분들이 불쌍하다고 생각하면서도 먼 곳의 온갖 뉴스를 전하는 라디오가 신기하기만 했다. 남들 다 듣는 라디오 한 대에 놀라워하는 가난한 우리의 생활에 비추어 보면 걱정 없이 사는 친척들은 라디오가 뭐 그리 대단하다고 하며 오히려 그런 우리를 놀라워 할 것 같았다.

아직도 못 다 갚은 빚이 있는 상태에서 남편은 다시 상주세무서로 1968년 3월 25일자로 발령이 났다.

그동안 남편은 징수우량 표창, 대민봉사 표창, 재무부장관상, 국세공로상 등 여러 가지 표창장과 상장도 많이 받았다. 그렇지만 아내인 나의 소원은 제발 이사 좀 그만 다녔으면 하는 것이었다. 나의 간절한 소망에는 아랑곳 않고 남편은 밤늦도록 사무실에서 일을 보고도 때때로 집에까지 서류뭉치를 가지고 와서는 들여다보고 일을 하다가 엎드려서 잠이 들곤 했다. 곤히 잠든 남편을 보며 나는 하나님께 기도를 드렸다.

이제는 나도 무엇인가 일을 하여서 경제적으로 안정이 되고,

남편이 전근을 하지 않아 생활적으로도 안정이 되게 해 달라고 간절히 빌고 또 빌었다. 착하고 정직한 남편과 어린 삼남매를 위하여 도움이 되는 일을 할 수 있도록 나에게 건강을 주십사 기도를 했다.

의성으로 가기 전 두 달 이곳 상주에서 살아보았던 덕에 지리를 약간 알기에 밖에 나가서 수소문 끝에 수편물 하는 집으로 수출용 뜨개질을 하는 '수산장'으로 찾아갔다. 그래서 일거리를 가져와서 일본으로 보내는 조끼 망토를 밤을 새우다시피 하여 열심히 짰다. 열심히 하다 보니 언제이지도 모르게 한 달이 지났다. 월말이 되어 돈을 받아 보니 다른 사람들보다 찾은 돈 액수가 더 많았다. 용기가 생겼다. 이때부터 은행적금을 들려고 한 계좌 시작했다. 그리고 계획을 세웠다. 적금이 끝날 때까지 벌기만 하고 쓰지는 않기로. 돈은 한 푼이라도 안 쓰면 곧 버는 것이라고 생각했다.

남편이 받아오는 봉급은 남편에게 꼭 필요한 용돈만 제외하고 무조건 적금을 넣었다. 남편의 봉급으로 적금으로 넣을 수 있는 최대 금액이 겨우 십만 원이지만 아이들 옷도 토막난 동가리 실을 얻어 틈틈이 짜서 입혀야 했다. 적금을 넣고 남는 돈으로는 명절이라고 일부러 옷을 사서 입힐 형편도 아니고, 그럴 여유도 없었다. 아이들이 그러니 우리 부부는 말할 것도 없었다. 하루는 퇴근한 남편이 내게 웃옷을 벗더니 등을 보였다.

"여보, 내 러닝샤쓰 뒤가 어때요?"

"모르겠는데, 왜요?"

"오늘은 날씨가 하도 더워서 웃옷을 벗고 사무를 보는데 모든 직원들이 '야, 최 주사님 알 만합니다. 잦은 전근으로 세 아이를 데리고 자주 이사를 다니면서도 빚 안지고 사는 비결을……' 하면서 '최 주사님 덕분에 러닝샤쓰 장사는 다 굶어죽겠습니다.' 하더군. 내가 봐서는 겨드랑이를 기운 것 말고는 별다른 것은 모르겠던데."

"여보 미안해요. 하지만 다른 사람 말에 신경 쓰지 말아요. 우리 형편으로 어쩔 수 없어요. 속옷과 양말은 기우면 어때요. 깨끗이 입고 신으면 되지 않나요? 대신 당신 겉옷은 양복으로 맞추어 입어요. 나는 우리 가정을 위해 5개년 계획을 세워 놓고 그 계획에 맞춰 어떤 일이 있어도 미장원 하고도 담을 쌓기로 했고, 아이들 옷은 짜서 입히기로 했으니까 당신은 구경만 하시고 방해는 말아 줘요. 꾸준히 참고 우리 다섯 식구 몸만 건강하면 계획대로 돈도 벌고 생활도 어느 정도 안정 될 수 있어요."

시동생의 약혼식

남편은 열성을 다하여 밤늦도록 사무실 일을 하였고, 나는 뜨개질을 하면서도 지칠 줄 모르고 지냈다.

그러던 어느 날 저녁밥을 지어놓고 뜨개질을 하고 있는데 퇴근하고 집으로 돌아온 그이가 나를 불렀다.

"여보, 문 열어 봐여. 고향에서 형님이 오셨어요."

"어서 오세요. 아주버님, 뭘 이렇게 갖고 오세요?"

시숙은 장 담을 메주를 가지고 오셨다. 지금껏 우리 몫의 토지에 농사를 지어도 인정으로라도 고추 한 근 준 적이 없었다. 그런데 웬일로 메주를 다 가져 오셨을까, 놀라지 않을 수 없었다.

시숙은 식후 약주를 드시며 내일이 시동생 약혼식이라고 했다.

"어머, 그래요? 정말 잘되었네요. 우리도 가서 축하하러 가야죠."

그렇지 않아도 시동생의 나이 스물여덟이라 마땅한 색시가 없을까 고민하던 터였는데 약혼을 한다 하니 반가움에 목소리를 높였다.

"그게 아니라, 약혼식을 이곳 상주에서 하기로 했으니 미리 준비를 좀 해달라는 부탁을 하러 내가 하루 미리 온 거네."

"예, 여기서 약혼식을요?"

남편과 나는 무슨 영문인지 몰라 눈을 동그랗게 뜨고 서로의 얼굴을 마주보았다. 전근 온 지 얼마나 되었다고 우리 의사도 물어 보지 않고 여기서 약혼식을 한다는 말인가? 그것도 당장 내일 하는 약혼식을 준비하라는 말에 어안이 벙벙했다.

"양가 모두 합하면 스무 명이 넘지 않을까 싶은데……"

스무 명이 넘을 손님을 맞을 만반의 준비를 해 놓으라는 어머님의 말을 전하는 시숙의 말에 우리 부부는 눈앞이 캄캄했다.

"약혼 예물도 준비하고, 손님이 많아 제수씨 혼자서 음식 준비하기는 무리니 상주 읍내에 있는 괜찮은 식당을 예약해 놓도록 하는 것이 좋을 거야."

"여보, 그렇게 해요. 형님 말씀대로 얼른 식당을 알아보도록 해요."

남편의 말에 어처구니가 없고, 기가 막히고 입장이 난처하기만 했다. 우리 생활이 어떻게 되는 지도 모르고 시댁식구들이 분수에 넘치는 약혼식을 하는 것이 아닌가 싶었다. 남편은 그것마저 모르는 것 같아서, 이때 우리 입지를 확실히 하지 않으면 앞으로도 계속 곤궁한 우리 생활이 이렇게 느닷없는 벽에 부딪혀 더 힘들 것 같았다. 나는 속으로 결심을 하고 시숙께 신부 될 아가씨가 무엇을 하는 사람이며 집안은 어떤지 물었다.

다행히 시골에서 부모도 없이 조모 밑에서 불쌍하게 자라난 사람이라고 했다.

"도련님도 그렇고 아가씨도 그렇고 서로 부담 없게 분수에 맞게 약혼식을 하는 것이 좋지 싶어요. 형편이 되어 해 줄 수 있으면 좋겠지만 감히 우리 형편으로는 엄두도 못 낼 허례허식입니다."

"그래도 집안 체면이 있지, 형이 세무서에 다닌다고 모두들 기대가 큰데 제수씨는 아무 걱정 말고 계십시오. 동생이 다 알아서 하겠지요."

"그렇게는 못합니다. 봉급이라야 겨우 만 원도 안 되는 처지에 알아서 하라니 부정이라도 하라는 말인가요? 괜히 공직생활 하는 사람 정신만 혼란하게 하지 마십시오. 모든 일은 제가 알아서 약혼식 당일에 처리할 겁니다. 아주버님은 이곳에 오셔서 전하셨으니 됐습니다."

이튿날 남편이 출근하고 난 뒤 늦게서야 경희와 병희를 큰 방 주인집에 맡겨 놓고 병택이만 업고 상주읍내에 모두들 모인다는 장소로 갔다. 시댁 집안어른들과 신부 쪽 식구들이 저마다 아이들까지 데리고 모두들 골목길에서 우리가 나오기만 기다리고 있었다. 인사를 하자 속도 모르고 온 집안 어른들은 칭찬을 마구 늘어놓았다.

"아이고, 새댁. 자네가 큰일 하네. 뭐한 집 같으면 큰잔치라고 하겠네. 시동생 약혼식을 어떻게 이 많은 사람들을 청해서 거창하게 하다니. 그리고 시동생 약혼자의 금패물도 자네가 다 맡았다는데 아무튼 대단하이. 우리들 촌사람이야 뭐 아는가? 자네가 일류식당 정해 놓고 우리를 오라고 한다기에 염치없이 그저 오기는 왔네?"

떡 줄 사람은 생각도 않고 있는데 모두들 김치국부터 마시는 격이었다. 기가 막혀서 말이 안 나왔다. 조용히 한쪽으로 시동생을 불렀다. 의논 한마디 없이 이렇게 갑작스럽게 시골에서 사람들을 약혼식 합네 하고 몰아가지고 오면 어떻게 할 것이며 금패물은 무엇이고, 식당은 또, 무엇이냐고 따졌다.

시동생은 묵묵부답, 눈만 말똥말똥 하면서 내 말은 들은 척도 하지 않고 남편이 오기만을 기다리는 눈치였다. 잠시 후에 남편이 사무실에서 이야기하고 나오느라 늦었다면서 헐레벌떡 뛰어왔다.

"저쪽에 있는 돼지식당으로 갑시다."

남편은 모여 있는 손님들 안내를 했다. 모든 분들은 각자 식성대로 메뉴를 보고 주문을 하였다. 점심식사가 끝나자 남편은 카운터로 가서 외상을 사정 하려고 했다. 나는 막지 않으면 안 되겠다고 생각했다. 없으면 먹지도 않고 쓰지도 않기로 계획을 세워놓은 우리들의 계획을 여기서 어길 수는 없었다. 그래서 나는 당사자인 시동생을 보고 음식 값을 치루라고 했다. 시동생은 그동안 모아 두었던 나락을 몇 섬 팔아서 돈을 장만해 가지고 왔는지 음식 값을 할 수 없이 치르는 것이었다.

다음은 사진관으로 모두들 몰려가서는 너도 나도 빠짐없이 마구 찍어대 놓고는 사진 값이 많다느니 사진을 많이 찍었다느니 하면서 남편을 쳐다봤다. 나는 그 영수증 역시 시동생 앞으로 내밀었다.

그 다음 마지막으로 패물 교환이 남았다. 양가 집안식구들이 식당에 모여 앉아서 의논을 하잔다. 우리 부부를 보고는,

"금목걸이는 몇 돈이며 금반지는 몇 돈으로 하느냐?" 고 하지 않는가.

들여다보던 그이가 하는 수 없이 한마디 입을 연다.

"여보, 당신도 이번 기회에 금반지 하나 맞추어요. 우리 결혼 때 못 해준 것 지금 내가 해 줄게요. 우선 외상으로라도 당신 것과 동생 약혼 패물을 함께 하도록 해요."

그렇지만 나는 그렇게 할 수가 없다고 했다.

"금패물이란 사치에 지나지 않는데 금반지가 무슨 소용이에요. 그리고 또 오늘 약혼하는 총각처녀도 형편과 처지에 맞추어서 적당하게 분수에 맞게 작은 선물교환으로 성의표시만 되면 됐지, 어쩌자고 온 동네분들을 모셔 가지고 이렇게 와서는 허세를 부리는지 모르겠네요."

나는 양가 집안어른들과 그이도 물론 함께 식당에서 기다리라 해놓고는 시동생과 약혼녀 아가씨를 데리고 나갔다. 수양당금방 옆으로 가서는 두 사람 모두에게 갖고 있는 돈이 얼마냐고 물었다. 둘 다 돈이 없다고 했다. 나는 그럼 잘 됐다 하고 수양당 옆 잡화점으로 두 사람을 데리고 가서 신부에게 줄 핸드백과 화장품 몇 가지를 고르고 시동생 것은 와이셔츠와 넥타이를 골라서 각자 선물교환용으로 정해 주고는 두 사람 각각 돈을 치르게 했다. 그리고는 두 사람에게 상주읍내 구경도 할 겸 쇼핑을 하다가 차 시간에 맞추어서 정유소 앞으로 바로 가라고 하고서는 나는 집안어른들이 기다리는 식당으로 왔다. 모두들 금반지며 목걸이

는 몇 돈씩으로 해주었느냐면서 궁금해서 했다.

"너무 궁금해 하지 마시고 다음에 신부가 신행 오거든 보세요."

이렇게 얼버무리고 식당에서 차 시간에 맞추어서 모두들 정유소로 가게하고 우리 부부는 집으로 돌아왔다. 그이는 어떻게 일을 처리하였는지 궁금하여서 몇 차례나 물었지만 나는 웃기만 하고 대답을 하지 않았다.

늦은 승진

무더운 여름날 남편의 고향에서 슬픈 소식이 왔다. 술과 노름 도박으로 가산을 탕진하고 온 집안식구들을 걱정시키며 방탕한 생활을 하던 시숙이 이제 겨우 마음을 잡는다 싶었는데 갑작스럽게 별세를 했다는 전보가 날아온 것이다. 느닷없는 비보에 또 충격을 받고 그이는 한걸음에 고향으로 달려갔다.

시숙의 장례를 치루고 난 뒤 집안 어른들이 모여서 그동안 시숙이 진 노름빚이 너무 많아서 농사지은 소득으로는 도저히 갚아 낼 수가 없다고 했다.

"설마 세무서 다니는 동생이 있는데 형의 빚 쯤 갚는 거야 문제없지 않겠나?"

집안어른들이 남편에게 형님이 생전에 진 빚을 갚아야 한다고 책임을 전가했다. 집안어른들의 우격다짐에 남편은 할 수 없이 그렇게 하겠다는 대답을 했다. 어쩔 수 없이 대답은 했지만 막상 집에 와서는 나를 보고 차마 말을 못해 혼자서 고민만 하다 병이

나고 말았다.

　남편은 집에만 들어오면 내 심중을 시험하듯 떠보면서 억지를 부렸다. 남편은 본의 아닌 행동은 누가 보아도 의처증으로밖에 볼 수 없을 정도로 나의 일거일동에 집착했다. 뜨개질을 하면서 삼남매를 키우는 것만으로도 눈코 뜰 사이 없이 바쁜데 남편은 공연히 생트집을 잡으며 나를 괴롭혔다. 나는 남편이 나에게 집착해 괴롭힐 때마다 안타까움에 어린 아기 달래듯이 위로하는 수밖에 없었다.

　남편은 한편으로는 이렇게 조바심하는 자기를 구원해달라는 애절한 눈빛을 보였다. 남편이 말없이 삼키고 내뿜는 한숨소리도 시시때때로 나의 가슴을 무너뜨리곤 했다. 남편은 자기 괴로움에 빠져 부모 형제 사랑 없이 자란 어린시절을 상기시키며 자기에게만 마음 써 주기를 바랐다. 그로 인하여 아이들 돌볼 여유도 없이 내 몸과 마음이 지쳐갔다.

　남편에 전염된 듯 괴로움에 머릴 싸매고 있는데 초등학교 일학년 병희 또래들이 몰려와 소리쳤다.

　"병희가 죽었어요! 병희가 물에 빠져 죽었어요."

　나는 너무나 놀라 오금이 붙은 듯이 발걸음이 옮겨지지 않았다. 마음은 급한데 몸이 허방을 딛는 것 같았다.

　"아이쿠 세상에, 우리 병희가 죽다니……."

　이웃의 아주머니들이 뛰어와 땅바닥에 주저앉은 나를 부축해 아이들을 따라서 허적허적 뛰어 갔다.

　"병희야, 가엾은 우리 병희 죽으면 안 돼, 병희야."

　가도 가도 끝없는 길 같았다. 병희가 빠진 곳은 상주 뒷내 강으로 장마 끝이라 방천둑까지 차오른 황톳물이 굽이치며 우악스럽게 흘렀다. 어느 쪽에서도 아무나 건널 수 없는 물길에 병희가 빠져 떠내려갔다는 것이다.

둑 잔디밭에 병희를 눕혀놓고 한 청년이 인공호흡을 하고 있었다. 흙탕물을 얼마나 많이 마셨는지 북 같은 배를 꽉꽉 눌렀다. 물에 젖은 청년의 인적사항을 자세히 물어볼 경황도 없이 병희를 업고 상주 읍내 서울병원으로 달렸다.

"다행히 사람을 일찍 만나 생명에는 지장이 없습니다."

의사는 배에 물을 빼고 주사를 놓아주고 난 뒤 안심해도 좋다고 했다. 하늘이 도운 것이다. 때마침 인근 동네 청년이 방천둑을 지나다가 밀짚모자가 바람에 날려서 물 위에 떠내려가는 바람에 물살에 허우적거리며 떠내려가는 병희를 발견한 것이었다. 청년은 곧바로 물로 뛰어 들어가 아이를 건져 헤엄쳐 나왔다. 서울에서 대학교를 다니는데 여름방학을 이용해서 고향에 왔다고 했다. 물에 빠져 죽어 가는 아이를 구한 것은 당연히 해야 할 일을 했을 뿐이라며 그 고마운 청년은 총총히 자기 갈 길로 가버렸다. 나는 당시 상황으로는 더 이상 청년의 인적 사항을 물어 볼수 없었지만 어디에서 무엇을 하든지 그 청년이 훌륭한 사람이 되길 기도하고 또 그렇게 되었으리라 믿는다.

"병희야, 죽지 않아서 정말 다행이다."

이런 가슴 철렁하는 일을 겪은 중에도 남편은 병이 악화되어 이대로 견딜 수 없다고 내게 괴로움을 호소했다. 너무 힘들어 하는 남편을 그대로 둘 수가 없어 병희와 경희는 집 주인 아주머니께 부탁을 하고 병택이를 업고 대구 경북대학병원을 찾아갔다.

남편의 진찰결과는 요도염과 불면증으로 나타났다. 불안과 초조 때문에 발병한 것이니 마음을 절대 안정하라고 의사선생님이 당부하였다. 나는 집에 돌아오는 그 길로 크고 작은 집안일들을 나 혼자서만 알고 처리해야겠다고 생각했다.

내가 아무리 힘에 겹고 일이 고되다 한들 매사에 소심한 남편의 괴로움에는 비할 바가 아니다. 참고 견디는 내 마음만이 남편의 건강을 지킬 수 있다고 믿었다. 믿음이 헛되지 않았음인가.

"아이고 병희엄마는 좋겠네. 병희아빠가 세무서에서 승진을 했다고 낮 뉴스에 나왔어여. 4급 A주사로 승진을 했으니까 이제부터는 우리 모두 세무서댁 사모님이라 부를 게. 뜨개질도 그만하고 남들이 흔해 빠지게 입는 양장도 더러 맞춰 입고, 그 생머리도 까만 고무줄로 질끈 묶어만 다니지 말고 미장원에도 더러 가고 해여. 사모님."

정신없이 뜨개질에 빠져있는데 동네 아주머니들이 몰려와 저마다 부러운 듯 와자하게 한마디씩 쏟아놓았다. 쥐구멍에도 볕들 날 있다는 속담이 떠올랐다. 그분들의 말들이 나도 싫지는 않았지만, 그렇다고 남들이 하는 대로 따라간다면 그이의 얄팍한 월급봉투로 생활하는 내 자신이 부끄러움을 금할 수 없을 것이었다. 그이가 승진했다는 뉴스가 났다면 남편의 실력으로는 당연히 늦은 승진이었다. 기쁘고 흐뭇한 마음으로 그이의 몸과 마음이 건강하기만을 기도했다.

그날도 늦게야 남편은 일거리를 봉투에 넣어 가지고 와서는 상 위에 죽 늘여놓고 서류를 정리하였다. 나는 아이들이 다 잠이 든 다음에야 뜨개질 하던 손을 멈추고 남편을 불렀다.

"여보, 오늘 당신이 승진했다는 뉴스가 났다는데 정말이라면 축하해요."

"내가 승진을 하니까 당신은 좋소? 그동안 당신이 들인 공으로 보면 내 자신이 무능해 이제야 승진이 된 게 부끄럽소."

"부끄럽다니요."

"이 모든 것은 당신의 큰 공덕이오. 하니 여보, 앞으로는 당신도 미장원에 가서 고대도 좀 해요. 이제부터는 전보다 직원들이 더 많이 찾아올 텐데. 우리도 독집을 얻어서 이사나 했으면 좋겠소. 아무리 돈이 없지만 여러 집이 함께 사는 데는 살기가 불편하오."

남편은 내 손을 잡고 철없는 아이처럼 멋도 좀 부리고 독집으로 이사를 가자고 떼를 썼다.

특별한 손님

이튿날 나는 하는 수 없이 상주의 제일은행에 가서 십만 원 짜리 적금을 해약했다. 적금 해약금 오만칠천 원을 들고 주인집 아주머니와 상의를 해 상주읍에 조금 더 가까운 상서문 동네에 5만 원을 주고 방 두 칸짜리 독집으로 이사를 했다.

아직은 아이들이 어리고 해서 방 한 칸은 세를 놓고 나는 계속 열심히 뜨개질을 했다. 그날도 뜨개질을 하고 있는데 느닷없이 그이가 헐레벌떡 달려왔다.

"여보, 지금 우리 집에 아주 귀한 손님이 오신단 말이오."

그이가 저토록 기뻐할 수 있는 손님이란 누구일까 하고 밖으로 나가보았다. 골목 밖에는 일본에서 오셨다는 시이모님과 그와 함께 동행한 다섯 사람이 같이 있었다. 40년 만에 고국에 오신 것인데 시어머님의 동생분이 오셨다면서 시어머님 형제분과 시누이들 내외도 함께 왔다.

일본에서 오신 시이모님께서는 한국에 오시면 모두들 가난에서 못 헤어나 헐벗고 산다는 말을 들으시고, 옷가지들과 수건, 양말 등을 바리바리 싣고 오셨다고 한다. 또, 돈도 많이 가지고 와서 집안 식구들은 물론 대소가와 동네 분들에게까지도 나누어 주었다고 했다. 그러다 이곳의 이질 내외가 세무서에 있다는 말은 출국할 날이 임박한 이제야 알았다고 한다. 그래서 모두들 여비라도 얻어 가자기에 오셨다면서 선물을 한 가지도 못 가져다 줘서 미안하다고 거듭 사과했다.

잔뜩 기대에 부풀어 있던 그이는 오신 분들의 이야기를 다 들은 후 안색이 어두워졌다. 내 스스로의 노력이 결부되지 않은 것이기에 기대를 하지 말아야 할 것을 그래도 그이는 같은 아들로서 대단히 섭섭하였는지 상처를 받은 모습이 역력했다.

나는 오신 손님들에 대한 섭섭한 마음보다는 그이가 측은해 못 견딜 지경이었다. 그 여린 마음에 또, 따돌림 받은 느낌만도 마음이 아픈데, 설상가상 여섯 명의 손님이 각자 여비를 얻으려 왔다 하니 거의 사색이 되었다. 나는 한 가지 한 가지 시집 어른들이나 집안 친척들까지 하는 처사들이 해도 너무한다는 생각이 들었다. 나는 그이를 위해서도 한마디 하지 않을 수 없었다. 그이를 위로할 겸 모든 어른들의 분별없는 처신을 너그럽게 생각하지 않으면 그이의 열등의식만 더해질 것 같았던 것이다.

"어머님이나 이모님, 모든 어른들은 가지고 오시는 것만 우리들이 바라는 줄 아시는데 그것은 괜한 생각이십니다. 모처럼 고국에 오셨으면 무엇이든지 기념이 될 만한 것을 얻어 가셔야지요. 왜 모든 사람들이 친척이 일본이고 어디 외국에서 오신다면 무엇이든지 잔뜩 받기를 기대하는지 모르겠네요. 도련님이나 여러 조카들이 일본에서 가져온 옷들을 얻어 입었다고 해도 당신은 부러워할 것 없어요. 우리나라에서 생산되는 제일모직이 얼마나 품질이 좋은데 이번 기회에 당신 옷 한 벌 맞춰요."

"그래, 얻어서 좋은 것보다 그르지 않으이."

하고 서울에서 사시는 시이모님이 그이를 두둔했다. 시이모님은 그이가 중고등학교를 고학으로라도 할 수 있게 주선해 주신 분이시기에 항상 우리들의 가난한 생활과 공부하느라 애쓴 그이를 진심으로 생각해 주셨다.

"그래, 사돈의 팔촌까지 다 나누어 주면서도 이렇게 홑잠바차림으로 출퇴근을 하는 야한테는 그 흔해 빠진 옷 한 벌 안 주더니만, 막상 떠날 때가 되니까 상주세무서의 아들집, 오빠 집에 여비 얻으러 가자고? 숟가락 몽댕이 한 개 안 가지고 나와서 남의 집 맏며느리같이 숱한 일 해가면서 이렇게 사는 것만도 대견하게 생각해야 하는데 여비를 얻어서 가자고? 모두들 염치가 있어야지. 입도 벙긋하지 말고 내일이라도 당장 떠나세. 이렇게라도 사는 것을 보니까 됐구만."

시이모님이 목소리 높여 남편을 위해 우리의 딱한 사정을 대변해 주셔서 고마웠다.

왁자하게 손님들이 떠나고 난 다음 나는 더욱 쪼이는 생활을 했다. 손님들이 오셔서 지출된 만큼 가계를 메우자면 수출품 옷을 코바늘로 밤낮을 가리지 않고 뜨개질했다.

한 여름 밤의 꿈

문제는 그이에게 일어났다. 시어머님과 시이모님들과 누나내외와 동생들이 다녀간 후로 밤잠을 설쳐 가면서 깊은 시름에 잠겼다. 거의 일주일 동안을 식사도 않고 잠을 이루지 못하더니 밤마다 식은땀을 흘리면서 헛소리를 했다.

"나는 바보야, 바보. 부모형제도 없는 고아야. 어째서 내 부모형제들은 내가 돈이나 벌어서 주는 기계로만 여기는 거야. 나보고 부정이라도 하란 말인가? 동네 사람에게도 다 나누어줬다는 화장품 하나도 안 주면서 여비를 달라니 내가 무슨 돈 낳는 기계야!"

말은 못해도 남편의 가슴 속에 쌓인 원망과 서운함이 깊은 병이 된 것 같아 나는 남편 몰래 출국하신 일본 시이모님 댁으로 편지를 올렸다.

얼마 후 일본에서 그이 앞으로 위장약이랑 옷가지 몇 벌이 왔다. 그 이후로 남편은 자신에도 역시 일본의 이모님이 무엇인가 보내주었다는데 마음이 흡족하던지 자신감을 회복한 듯 얼굴도 밝아지고 어깨를 펴고 자기 일에 몰두했다.

그래도 언제 남편의 병이 도질지 몰라 나는 한시도 불안을 떨쳐버릴 수가 없었다. 또, 누가 언제 들이닥쳐서 우리들의 어려운 생활을 무시한 채 그이에게 무슨 요구를 하지 않을까 노심초사했다. 이렇게 생활에 도움이 될 만한 일은 빠짐없이 해도 늘 어려움을 벗어날 수 없는 것은 5일마다 돌아오는 시골 장날이 문제였다.

친척들은 장날마다 와서 우리 집에서 묵어갔는데 으레 우리 부부 마음을 달달 볶아 놓았다. 세무서에 다니면서 왜 돈을 못 벌고 여자는 밤낮 뜨개질이냐고 다그쳤다. 그이는 서글픈 웃음으로 대답을 얼버무리지만 다음 욕은 아내인 나에게 돌아왔다. 내가 남편이 세무서에서 벌어다 주는 돈을 다 움켜쥐고 내놓지를 않는다고 야단이었다. 그들에게 우리들의 생활 이야기는 구차한 변명에 지나지 않으므로 대꾸할 필요가 없었다. 어디까지나 내 생활은 내가 사는 것이기에 우리가 할 수 있는 만큼 최선을 다해 대접해 보내고, 우리 식구끼리 있을 때는 무조건 쓰지 않고 아끼고 또 아꼈다.

그랬기에 나는 어떤 괴로운 일이 있어도 아후강 코바늘로 털실을 뽑아내야 했다. 그런데 간간히 그이가 자다가 벌떡 일어나 실 뭉치를 똘똘 말아서는 바깥으로 내던지며 잠 좀 자자고 심술을 부리곤 했다.

함께 자자는 말 같아 나는 그날 뜰 량과 돈을 생각하면 아쉽지만 함께 실뭉치를 청색 보자기에 싸서 머리맡에 밀쳐놓고 곁에 눕는다. 그렇게 누워 어린 아기 재우듯이 그이가 깊이 잠들 때까지 기다려 다시 일어나 혹시나 깰 세라 살금살금 뜨게 바늘을 끄집어내었다.

한 코, 한 코 뜨개질에 몰두하다 보면 베지복 한 벌, 부인네들 조끼 하나 해서 남들이 잠잘 때 나는 200원을 거뜬히 벌 수가 있다는 기쁨에 눈은 점점 더 맑아졌다.

그이가 심적 불안으로 인해서 나를 괴롭히고 외로움을 주지만 삼남매가 착하고 건강하게 자라 주니 기특했다.

어느 날 퇴근한 그이가 집에 오자마자 걱정스러운 얼굴로 내게 할 일이 있다고 부탁을 했다. 공무원 신원보증 기간 시효가 지났다면서 새로 두 사람을 보증으로 세워야 한다고 했다.

"여보, 아무 걱정하시지 마세요. 며칠 후면 병희가 여름방학이 잖아요. 아이들을 데리고 친정에 가서 두 오빠한테 부탁해서 당신 신원보증을 받아올게요."

그이를 안심시키기 위해 말은 이렇게 했지만 아이들 셋을 데리고 막상 먼 길 다녀올 생각을 하니까 마음이 무거웠다. 아이들 아빠를 위한 일인데 하는 생각에 병희 방학이 되자마자 아이 셋을 데리고 집을 나섰다.

상주를 출발하여 낙동까지 차를 타고, 다시 배를 타고 낙동강을 건너자, 여름 장맛비로 비포장 도로 찻길이 군데군데 패여서 차가 빠질까봐 낙동에서 안계까지는 당분간 버스가 다니지 않는다고 했다. 그래서 나는 40리 길을 종일 서서라도 가야한다는 생각에 아이들 셋을 데리고 걷기 시작했다.

처음에는 재미있어 하던 병희가 지쳐서 졸랐다.

"엄마, 아직도 멀었어? 그만 집으로 돌아가자. 이제는 걷기 싫어."

조르다 안 되니까 흙탕물이 흘렀던 잔디 위에 풀썩 주저앉았다. 하는 수 없이 나도 그 옆에 앉아서 업고 있던 병택이를 내려서 오줌도 누이고, 젖도 물리며 한참을 쉬었다.

투정하는 큰 애를 재촉하여 반나절이 넘도록 걸어가니, 저만치 들 가운데 미루나무 그늘 밑에서 모여 앉아 점심을 먹고 있는 농부들의 모습이 보였다.

"엄마, 배고프다. 우리도 밥 먹자."

병희가 막무가내로 나를 끌어당겼다. 그러는 아이를 달래느라 진땀을 빼는데 후한 농촌 인심이라 그런지 모두들 고개를 우리 쪽으로 돌리고 밥숟가락을 든 채 손짓을 했다.

"새댁, 이리와 그늘에서 좀 쉬어가시고 어린 것들 밥도 좀 먹이고 땀 좀 말려 가소."

어린 병희, 경희에게 숟가락을 주고 중바리에 분홍감자, 자주감자와 완두콩을 함께 이긴 보리밥을 척척 부쳐서 담아 주었다. 얼마나 배가 고팠던지 아이들은 군말 없이 그것들을 다 먹어치웠다. 그러나 나는 아무리 배가 고파도 남의 음식을 먹을 수가 없어서 못 먹고 아이들만 얻어 먹이고 다시 걷기 시작했다.

고생고생 끝에 안계에 도착해 버스를 타고 친정마을에 도착하니 여름의 긴긴 해가 다 넘어가고 하늘에는 별들이 반짝반짝 나타나기 시작했다.

마당에 멍석을 깔고 온 집안식구들이 모여 앉아 저녁밥을 먹으려다 우리가 들어가자 놀라움과 반가움에 어쩔 줄 몰라 했다.

"장마 때문에 길이 패여서 차도 못 다니는데 새끼들까지 데리고 어떻게 왔냐."

부모님과 오빠, 올케, 동생들이 어찌나 반갑게 맞아주는지 나도 모르게 눈물이 왈칵 쏟아졌다. 별이 총총한 하늘을 보면서 갑자기 오게 된 경위를 이야기하자 친정아버님께서 혀를 끌끌 차셨다.

"참, 성미도 할 수 없는 모양이다. 우리 최 서방은 남들은 세무서에 다니는 사위 들이 시골에 토지를 얼마나 많이 사준다 하면서 돈도 잘 번다는데, 이 사람은 어떻게 된 사람이 원 자기 식구도 못 먹여 살려서 버썩 마른 저 꼴 하고는 원."

"남들 말할 것은 못돼요. 처음부터 맨주먹과 직장도 없이 객지에 살면서 공무원 봉급 받아서 겨우 생활하는 사람이 부자 부럽잖게 잘 산다는 것은 말하자면 부끄러운 일입니다. 가정에서 무슨 부업을 하면 모를까. 나는 얼른 아이들 다 키워 놓고 더 열심히 하여서 무슨 가게라도 하나 차려 볼까 합니다. 그래야 아이들 공부를 시킬 것 같아요."

두런두런 이야기꽃을 피우면서 멍석에 둘러앉았다가 무더운 여름이기에 그냥 초석자리 하나만 멍석 위에 깔고서 아이들 데리고 잠자리를 보았다. 먼 길 오느라 곤히 잠이 올 만도 한데 말똥말똥 눈은 하늘의 별만 쳐다볼 뿐 좀처럼 잠이 오지를 않고 그 옛날 꿈 많던 소녀시절이 생각났다.

매년 이맘때면 보리밥에 감자를 으깨서 이겨 놓은 밥이 먹기 싫어서 '나는 이담에 시집가면 농사 안 짓고 봉급생활 하는 신랑한테 시집갈 끼다.' 했었다. 비오는 날이면 학교 갔다 와서 풀을 뜯기러 소 몰고 들에 나갔다 길섶에서 벼메뚜기가 사람소리를 듣고 발잔등에 팔딱 뛰어 앉는 바람에 놀라서 이슬 맺힌 잔디 위에 풀썩 주저앉던 일이며, 옆에 있는 강아지풀 헤기를 뽑아서 꿰미를 만들어 한굴레(방아깨비), 여치, 문둥메뚜기(풀무치) 할 것 없이 한 꿰미, 두 꿰미 끼워 가면서 이슬 맺힌 풀밭에 철벅이면서 마냥 뛰어다니다가 보니 풀 뜯는 소가 어디로 갔는지 없어졌다. 정신없이 찾다가 보니까 소는 눈에 띄지 않고, 옆으로 스치는 비에 젖은 아카시아 이파리 위에 방울방울 이슬이 맺혀 하얀 구슬 같은 방울이 또르르 굴러 떨어지면서 사뿐히 고개 들면, 이파리 하나 똑 따서 입에 물고 큼직한 오동나무 이파리로는 우산처럼 받쳐 들고 늦도록 소 찾아 헤맸으나, 소는 벌써 저 혼자 집으로 찾아갔고 도리어 소먹이는 아이 찾아 나오게 한 일. 소는 안 돌아보고 장난만 하고 다녔다는 꾸중 듣던 일들…….

좀 더 자라서 뒷머리 길게 땋아 드리우고 자주 댕기 반듯하게 내린 머리 귀 너머로 드리우고, 밤이면 호롱불을 등잔 위에 밝혀 놓고 옥당목천 위에 한 올 한 올 꿈을 심어 가면서 송학무늬 십자수 놓던 생각. 아련히 떠오르는 그 시절의 싱그러웠던 추억의 오솔길을 못내 그리면서 잠을 못 이루고 몸을 뒤척이다가 보니, 밤은 이슥하여서 마당가에 피워 놓은 모깃불의 매캐한 냄새와 연기가 실낱같이 피어올랐다. 모깃불 연기가 뜸해지자 극성스런 여름밤의 모기떼들이 사정없이 덤벼들었다. 모기들의 등살조차 아랑곳 않고 생각에 잠겨 있는데 "아이고, 이것들 모기한테 다 물어뜯기네." 하면서 옆에서 주무시던 어머니께서 일어나 꺼져 가는 모깃불 더미 위에 보리 낀데미와 쑥대들을 덮으니, 모기를 쫓는 쑥냄새를 풍기며 매캐한 연기가 마당 자욱이 번져 나갔다.

한여름 밤의 더운 열기도 극성스런 모기떼들도, 집요하게 꼬리에 꼬리를 물고 샘솟아 나오던 온갖 생각들도 서서히 물러가는 새벽 늦잠에 곤히 파묻혔다. 해가 저만치 솟아올라 아침이 된 것도 잊고 자다가 퍼뜩 깨어보니 온 집안이 괴괴하리만큼 조용하고 적막했다. 모두들 시원한 새벽에 들로 일하러 나가신 탓이다. 늦잠에 바쁜 아침밥을 먹고 큰오빠가 해다 주신 신원보증서를 귀중히 받아들고 상주로 돌아왔다.

며칠 후 나와 병희의 발톱이 모두 빠졌다. 40리를 기를 쓰고 걸었기 때문이다.

시어머니

어느 날이었다. 갑자기 그이가 자기 몸을 가누지 못하고 거북하고 불편해 했다. 저녁마다 꼬박 뜬눈으로 밤을 새우면서 불안에 쫓기는 사람처럼 한 달 간을 집에만 오면 두 손을 마주 비비면서 왔다갔다 서성대었다. 형님 돌아가시고 노름빚 못 갚아 준 것과 동생 약혼 예물 못 해준 자기의 무능함과 고향에서 자기에게 기대를 거는 만큼 못 해주는 것에 대한 원망과 비관을 되풀이하여 중얼거렸다.

게다가 가끔씩은 뜨개질 하고 있는 내게 마구 폭행과 폭언을 퍼부었다. 발길로 차면서 욕설을 하고 중얼거리는 증세가 아무래도 심상치 않았다.

나는 생각 다 못해 시골 시어머님과 의논했다. 그래도 그이를 낳은 어머님이시기에 신혼 초부터 발생했던 그이의 증세를 시어머님과 의논하고 더 이상 악화되기 전에 무슨 대책을 세워야 한다고 생각했기 때문이었다.

나는 시어머님께 그전부터 그이에게 있었던 이런 증세의 시초를 자세히 이야기해 주시기를 부탁했다. 시어머니는 그이나 나의 고충을 생각해 주는 것은 고사하고 내가 시집올 때 예수 귀신을 몰고 왔기 때문이라며 점집에 가서 큰 굿을 해야 된다고 했다.

시어머니는 그이를 덮아씌운 귀신을 쫓아내려면 밤낮 사흘은 큰 굿을 해야 한다면서 서둘렀다. 그것도 비용이 삼십만 원이 든다고 하시면서 밤낮 사흘간을 하는 큰 굿을 하자 하신다. 참으로 기가 찼다. 시어머님이 야속하기도 했다. 결혼한 이후 해마다 봄만 되면 아내인 나를 그렇게 괴롭혔지만, 누구에게도 이렇다 저렇다 이야기 한마디 하지 않고 온갖 고비를 다 넘겨 가면서도 그이의 간병에 헌신 전력하면서 누구에게 원망어린 하소연 한 번 해보지 않았다. 다만 나에게 주어진 운명인 양 여기며 그때마다 그이의 비위를 거스르지 않으려고 그 누구에게도 내 답답한 심정을 터놓고 의논 한 번 하지 않았었다. 이제야 겨우 생각 끝에 그이를 낳은 어머니이시기에 내키지는 않았지만 의논삼아 이야기 했는데 굿이라니. 천부당만부당 생각조차 할 수 없는 일이다 싶어서 조용히 시어머님을 설득했다.

"그 하찮은 점쟁이 여인네의 말대로는 절대로 할 수 없으니까 남편의 병은 제가 다 감당할 것입니다. 그러니 어머님은 아무 걱정 마시고 계십시오. 알고 보면 남편의 깊어 가는 병세는 오랜 세월 동안 부모형제간에 자신만 고립되어 있다는 생각에서 온 마음의 깊은 병인 것 같으니 아무쪼록 온 식구가 합심하여서 아범의 마음이나 위로해 주시면 좋겠습니다."

"아이고, 이노무 자슥. 쓸개 빠진 자슥. 기집이 저렇게 똑똑하면 집안이 망한다는데……. 너는 그만한 직장이 있으면서 그저 기집은 질을(길들이다) 디려 가지고 살아야제. 예수를 믿든 말든, 무슨 짓을 하든지 그저 기집 말밖에 모르니까 서방이 다 죽어 가는데도 굿을 안 할라 카이 말이다. 기집은 막 두들겨 패가면서 병신이 되더라도 방안에서 한 발짝도 못 나가게 해야제."

"어머니 그거는 못 말립니다. 각자 신앙은 자유롭게 가질 자유가 있는데 어떻게 말립니까? 그것도 나는 내 처지를 생각해서 결혼 당시에도 교회에 열심히 다닌다고 해서 얼마나 고마웠는데요. 저 사람이 예수 믿는 다고 뭐 잘못하는 것이 있습니까? 생각해 보면 나 같은 놈한테 시집 와서 숱한 고생을 하는 줄 알고는 있지만, 워낙 내 힘이 모자라고 보니까 마음뿐이지 무엇 하나 제대로 해준 것도 없는데……."

"그래도 기집년 편인 모양이다."

두 사람에게서 누구를 두둔할 수도 없고 화가 오를 대로 오른 그이는 어머님의 추궁 끝에 단호하게 말했다.

"어머님, 아무 걱정 마세요. 오늘 저녁에 어머님의 마음을 후련하게 해드릴 껴."

남편은 본마음으로는 처음으로 내게 마구 손찌검을 하면서 묶어 올린 내 머리채를 잡아서 당기고 옆에 있던 나무빗자루를 들고 사정없이 두들겨 팼다. 속으로 나도 그렇게 하기를 원했었다. 그렇게 함으로서 시어머님 마음도 후련하시고 남편의 깊이 서린 원한, 마음의 앙금이 풀린다면 내가 매를 좀 맞은들 어떨까 생각하여 두들겨 패는 대로 맞았다.

나중에는 결국 정신을 잃고 혼절하고 만 모양인지 눈을 뜨고 정신을 차려 보니 나와 함께 뜨개질 하던 옆집 상산초등학교 선생님 댁과 옆방 새댁이 웅성대는 소리가 들렸다.

"세상에 밤잠 한 번 제대로 못 자고 뜨개질 하랴, 아이들 시중 들랴 하는데, 요즘은 또 아이들 아빠가 편찮으시다면서 남모르게 눈물로 지새우는 것을 우리가 다 아는데, 할머니가 오셨으면 생활에 도움은 될 수 없다 해도 모처럼 만난 모자분이 며느리한테 밤새도록 매질을 얼마나 강요했으면 평상시에 더 할 수 없이 착하시고 점잖으신 아저씨가 이토록 아주머니를 과하게 만들었습니까?"

"이 모든 무례를 용서하십시오."

남편은 아주머니들에게 그렇게 말하고 불편한 몸으로 조반도 안 먹은 채 자전거를 타고 괴로운 마음으로 출근했다. 그이가 출근하고 나자 동네 아주머니들이 몰려와서 다들 혀를 끌끌 찼다.

"이 집으로 봐서는 저런 며느리가 오감하구만. 요즘 세상에 신랑이 세무서에 다니는 사람치고 저런 사람 눈 닦고 봐도 없다. 머리는 생머리를 고무줄로 질끈 묶어 올리고 밤낮 뜨개질이나 하고 신랑이나 아이들 생각해서 매사를 참고 살아나가겠나."

여인네들이 한마디씩 하고 모두 돌아간 뒤 그래도 남편의 어머니이신 시어머님이 계시니 죄인 된 몸인 양 조반을 지어서 어머님께 드렸다.

"아가, 내가 너한테 차마 못할 노릇을 한 것 같구나. 무슨 염치로 내가 밥을 먹을 수 있겠느냐?"

어제와 달리 시어머님이 측은하게 보였다. 그러는 어머님 역시 나를 향하시는 마음이 본심이 아니라는 생각에 아들인 그이가 모든 면에서 대담하지 못함을 아내인 내가 무슨 이유나 삼을까 하고 그러시는 것 같아 수저를 주름진 어머님 손에 쥐어 드렸다.

"저는 아무렇지도 않으니 부디 어머님 마음 편하신 대로 하세요."

하고서 이런저런 이야기를 하고 있는데 마침 상주 장날을 이용해서 시동생이 몇몇 동네 분들과 같이 왔다면서 들어왔다.

어제 저녁일로 전신이 가눌 수 없을 만큼 아파서 자리에 누워 있는데 직장에서 일과를 마치고 그이가 힘없이 집으로 돌아왔다.

"내가 본의 아니게 당신에게 매질을 했어. 미안해요."

남편이 마음 아파했다. 나는 거의 일주일 동안이나 제대로 거동하기가 불편할 만큼 온 전신이 아팠다.

덕분에 겁이 난 그이가 딴 데 신경을 쓰지 않아서인지 그이의 병세가 말끔히 나은 것 같기에 마음의 근심을 한시름 놓았다. 그래서 가벼운 마음으로 무거운 몸을 털고 일어나서 또 뜨개질을 열심히 하는 동안에 세월은 흘러 한해가 가고 이듬해 가을이 왔다.

영양실조

그이는 서울에 공무원 교육을 받으러 갔다. 이 한가로운 틈을 이용해서 나는 무엇인가 자립으로 가게를 내볼까 하고 3년제 10만 원짜리 적금 만기일을 맞추어서 아후강 손뜨개 책을 대구 중앙통에 있는 '집현전' 서점에 가서 구입해 가지고 틈틈이 숙녀복을 연구해 가면서 뜨개질을 하다 보니까 자신이 생겼다. 편물가게를 하나 내기로 하고 친정 막내 여동생을 편물학원에 다니게 권해서 편물 기계도 사고 편물 기술도 배우게 했다.

그런 다음 대구의 신천동 신천아파트 앞에 조그만 편물가게 하나를 내어 동생에게 맡겼다. 기계로 짜는 옷은 동생에게 맡기고 손으로 짜는 것은 내가 맡았다. 마침 그해는 아후강으로 짜는 숙녀복이랑 스웨터가 한창 유행이었다.

대구에서 주문 받은 것을 상주로 가지고 와서 밤낮 열심히 짜서 어김없이 주문날짜에 맞추어서 대구 편물가게에 갖다 주고 또 주문 받은 것을 가지고 와 짜고 하였다. 디자인이나 유행이

바뀔 때는 대구 중앙통에 있는 일류 편물가게 앞에 가서 진열장에 진열된 것들을 눈여겨보고 와서는 손님들이 원하는 스타일로 아후강으로 옷들을 만들어 주어 보니 수산장 수출품 옷짜기보다도 수입이 훨씬 좋았다. 아이들 시중도 대충대충 하면서 스웨터 짜는 일에만 정신없이 몰두하다 보니 어느덧 교육 갔던 남편이 교육을 마치고 돌아왔다.

남편의 시중을 틈틈이 들어 주려니 더욱 바쁘고 피곤함은 말로 표현할 수 없는 노릇이었다. 그래도 완성된 주문 옷들을 한보따리씩 싸서 대구에 가면 젊은 새댁들, 아가씨들이 너도나도 옷들을 주문하여 맞추려고 나를 기다리고 있었다는 말에 나는 신바람이 났다. 어린 병택이를 업고도 또 무거운 보따리 가지고 다니기에 힘겹고 고달프지만 원피스, 투피스, 스웨터 등 여러 가지 옷들을 맵시 있게 만들어 가지고 나르는 보람과 그 대가로 들어오는 수입으로 저축하는 보람이 꽤 재미가 있었다. 이 일도 또 오래 할 수 없는 일이 생겼다.

편물가게를 차려 놓고 보니 친정어머니가 막대 딸인 동생에게 사흘이 멀다 하고 왕래하시는데, 대구 오신 걸음에 서울에 사는 셋째 딸(동생)네 집에 가셨다가 교통사고로 병원에 입원하셨다는 전보가 날아온 것이다.

편물하는 동생은 물론 나 역시 모든 것을 다 집어치우고 서울 도봉구에 있는 어느 병원을 물어물어 찾아갔다. 가보니 어머니의 상태는 매우 위중했다. 일주일간이나 친정식구들과 함께 어머니의 사고 당한 부위의 경과를 보느라고 시일을 끌다가 보니 아이들과 그이가 도저히 지낼 수 없다면서 연방 전화를 해댔다.

집에 와 보니 그동안 밀려 있는 일이 산같이 쌓여 있었다. 편물 기계를 처분하고 주문 받았던 옷들도 정리했다.

여태까지는 무던히도 잘 견디며 버텨 오던 내 몸도 쇳덩이가 아닌 이상 중병이라도 든 것 같았다. 갑자기 문 밖 출입이 불가능해지고, 온몸이 퉁퉁 부어올라서 전신을 가누기가 어려웠고 부은 얼굴에 눈이 가려져서 사물을 잘 알아볼 수도 없게 되었다. 견디다 못해서 상주에 있는 의원에 가서 진찰을 받았다.

"병원 개업 이후 처음 보는 증세입니다."

진찰을 한 의사 선생님이 이렇게 말하며 보호자인 그이를 보고 웃었다.

"요즘 같은 세상에 영양실조가 다 뭡니까? 최 주사님 사모님은 영양섭취를 못해서 옛날 보릿고개가 있던 시절에 못 먹어서 얼굴이 부황이 나서 퉁퉁 붓는 그런 증세입니다. 그러니 부디 음식을 골고루 많이 먹으면 회복은 시간문제입니다."

의사 선생님의 말에 그이는 듣기가 민망스럽던지 나를 보고 한마디 했다.

"여보, 이제부터는 당신도 육식하는 법을 좀 배워요. 요즘 세상에 영양실조가 다 뭐요. 내가 부끄러워서 얼굴을 못 들겠어요."

이런 소식을 들은 친정아버지께서 몹시 슬퍼하셨다.

"그것이 자랄 때는 모든 궂은 일, 힘든 일들을 누가 먼저 할까 봐 저 혼자서 도맡아 놓고 부지런하던 것을 생각하면, 잘 살아야 할 것이 그렇게 고생만 하다가 죽을 바에야 아예 태어나지 말았으면 좋았을 것을……."

하시면서 그토록 가슴 아파하시는 친정아버님 모습을 처음 봤다 하는 이야기를 듣고 내 가슴이 미어졌다.

그이의 극진한 보살핌으로 나의 병세는 하루하루 눈에 보이게 회복되어 갔다. 몸이 회복되자 나는 또다시 수산장에 가서 실뭉치를 산더미같이 받아다 방 윗목에 쌓아 놓고 밤낮 뜨개질을 해 댔다.

나의 그런 꼴을 보는 남편의 불평과 성화가 날로 더해갔지만 내 손으로 떠다 주는 분량이 없으면 숫자 충당을 수출할 날까지 맞출 수 없다고 하니까 더더욱 열심히 짜야 했다.

어떤 때는 밤중에 뜨개질을 하다가 보면 그이가 잠이 안 온다면서 전기 스위치를 눌러 불을 껐다. 나는 캄캄한 밤에 불 없는 어둠 속에서도 손대중으로 뜨개질을 할 때도 한두 번이 아니었다. 그럴 때마다 그이의 마음을 달래고 설득시키기에 온갖 지혜를 동원해야 했다.

"여보, '올해는 일하는 해 모두 나서자' 하는 읍사무소에서 흘러나오는 스피커 소리도 못 들었어요? 그 소리를 들으면서 잠시인들 놀면 되겠어요."

틈틈이 낮에는 주인집 보리 베기, 양파 캐기, 심지어는 콩밭 매기에도 따라다니면서 거들어 주기를 게을리 하지 않았다. 그렇게 일을 도와주고 받은 보리쌀과 양파가 생활에 도움이 많이 되었다. 놀지 않고 부지런히 내 일뿐만 아니라 남의 일까지도 거

들어 주면서 내가 먼저 무엇이든지 누군가를 위하여 해 줄 수만 있다면 나 또한 받는 것도 있게 마련이다. 이 같이 내가 몸소 경험하며 살아가는 삶의 지혜로 남에게 도와주는 마음이 유일한 내 재산으로 알고 누구에게든지 줄 수만 있다면 무엇이든지 아낌없이 주면서 살리라 생각했다. 이러다가 나 한 사람 쓰러져 죽는다고 천지가 개벽하는 것도 아니니까 다만 바라는 것이 있다면 그이의 나약한 마음이나 굳건해지길 바랄 뿐이었다.

명약

그러나 그이가 괴로워할 일이 또 생겼다.

　전에 시어머님이 오셨을 때 그렇게 난리를 치고 가서는 식구들끼리 모여서 생각해 보니, 어머님이 내게 너무하셨다는 생각이 들어서 아무리 며느리지만 사과도 할 겸 오셨다면서 동서네, 큰시누, 작은시누, 몇몇 친척 분들과 함께 오셨다.

　말이 사과지 바로 손아래시누가 경찰서장인 남편과 의사충돌로 이혼을 했는데, 재혼을 하게 됐다며 그이에게 재혼하는 신랑의 양복과 시계를 사달라고 자랑삼아 이야기했다. 예부터 일부종사여필종부라 했는데 이런 말은 어디에다 두고 이분들이 이런 요청을 하는가 싶었다. 그러나 남편은 여자들이 몰려와서 이야기를 꺼내서 그런지 아무 말도 않고 우물거리기만 하고 있지 않은가. 보다 못한 내가 또 참견을 하지 않으면 이후라도 자기들의 불찰은 고사하고 우리에게 원망이 돌아올 것 같아서 한마디 하기로 하고 찾아온 모든 분들에게 말했다.

"아이를 둘씩이나 둔 가정주부로서 남편이 경찰서장인데 자기 분에 넘쳐 이혼을 했으면 그만이지, 왜 자랑스러울 것도 없는 이야기를 여기까지 와서 하고 다닙니까? 옛날 어른들이 계셨다면 문간으로 발인들 들여놓게 하겠습니까? 최소한 자기 분수는 알고 부끄러움을 알아야지. 우리 형편으로는 그런 일에 쓸 돈도 없지만 사람의 도리가 그렇다는 말입니다."

이렇게 말하고 모두들 여비만 줘서 돌려보냈다.

그 일이 있은 후 길섶에는 민들레, 질갱이 잎들이 파랗게 돋아나 한 잎, 두 잎 자라나면서 내 마음의 불안도 자라기 시작했다. 행여나 했으나 올 봄이라고 다를 까닭이 없는가 보다. 아침 일찍 단벌인 그이의 입고 나갈 바지를 다림질하고 있는데, 철없는 아이들을 모두 아랫목으로 몰아놓더니 이불을 폭 씌워 놓고는 나를 발로 이리저리 마구 걷어차면서 꼼짝 못하게 하고는 전과 다름없이 출근 준비를 하지 않는가. 그 순간을 나는 소리 없이 꾹 참았다. 이유는 저녁에 따지기로 하고 아무 일 없었던 것같이 일단 출근하게 한 다음 아침 신문을 읽다 보니, 부산의 어떤 집배원이 정신분열증 증세로 자기 아내와 아이들 셋을 칼로 찔러 죽였다는 기사가 있었다. 경찰조사에 의하면 발작이 일어나는 그 순간 아내와 자식이 사람으로 보이지 않고 암탉과 병아리로 보여서 그렇게 했다는 내용의 기사였다. 이것이 남의 일만이 아니라는 생각에 정신이 아찔했다.

남편이 지금까지 나에게 행한 짓들을 미루어 본다면 이런 사고가 발생하지 않으리라는 보장이 없었다. 그이는 가장 자기에게 가까운 나에게 온갖 투정과 말 못할 폭행을 행하여 왔다.

저녁에는 아침에 있었던 그 일을 물어 보기로 했다.

그날따라 하루해가 얼마나 지루한지 남편이 퇴근하여 오기만을 기다렸다. 골목마다 어둠이 깔리기 시작했다. 아침의 일은 언제 그랬냐는 듯이 싱글벙글 웃는 얼굴로 들어서는 남편을 맞으며 도무지 그이의 본심을 알 길이 없었다.

저녁식사를 하고 아이들이 잠잘 때까지 기다렸다가 이야기를 시작하려는데, 어쩐지 오늘은 마음이 초조해서 뜨개질도 손에 잡히지 않았다. 그냥 일 없이 있는 것을 이상하게 생각했던지 그이가 먼저 말을 꺼냈다.

"여보, 오늘은 왜 뜨개질을 하지 않아요? 당신이 뜨개질을 안 하고 내 눈치만 보고 있으니까 오히려 내가 어색하잖아. 어서 떠요. 내가 실 감아 줄게."

"오늘은 좀 쉬고 당신하고 이야기나 좀 했으면 해요."

"그래 뭔데? 이야기해 봐요."

"당신 아침에 왜 나를 그렇게 난폭하게 발길로 차고 그랬어요? 아이들은 또 왜 이불로 덮어씌워 놓구요. 이 대답은 꼭 해주셔야 해요. 앞으로 우리 식구들의 생사가 달린 문제니까요."

"당신 그것 때문에 걱정스러워서 뜨개질을 안 하는 구려. 사실은 아침에 출근하려고 와이셔츠를 입고 넥타이를 매는데 갑자기 당신이 해골로 보이잖아. 그리고 아이들은 병아리로 보이고 그래서 당신을 발길로 차버리고 아이들을 덮어 씌웠지."

그 이야기를 듣는 순간 나는 뼈가 으스러지는 듯한 아픔을 참아야 했다.

결혼 초부터 누구에게도 말 못하고 항상 초조하게 혹시나 그이의 마음을 다치지나 않을까 조심스럽게 남편을 대하여 왔는데, 이 무슨 청천벽력 같은 소리인가. 억장이 무너지는 것 같았다.

그날 이후로 아이들의 잠자리를 지키기 위해 나는 마음 놓고 깊은 잠 한번 이룰 수가 없었다. 또 남편이 먼저 잠들기 전에는 한 번도 먼저 잠들어 본 적이 없다. 밤이면 그이와 아이들만 두고 외출도 하지 않으려고 노력했다.

그 후 며칠이 지나서부터 남편은 아예 문 밖에 사람이 보이면 일체 나가지 않고 방에 틀어박혀 두문불출 했다.

할 수 없이 내가 사무실에 연락하여 병가를 냈다. 그토록 깨끗하고 청결한 사람이 일주일이 넘도록 세수 한 번 안 하고 화장실 출입도 아예 하려고 하지 않아 주인집 몰래 요강을 방 한구석에 들여놓고는 오줌, 똥을 받아내며 세숫물도 대야에 떠서 방으로 가지고 가서는 수건을 빨아서 얼굴을 닦아주어야 했다. 그리고 누가 우리 집에 올까 봐 늘 조바심으로 나날을 보냈다. 뿐만 아니라 남편은 무슨 음식이든 평상시보다 두 배로 먹고, 먹고 돌아서면 또 먹을 것을 찾았다. 이 같은 거동을 보다 못해 누가 알세라 쉬쉬하면서 내가 다니는 상주 제일교회 여전도사님께 사정얘기를 했더니 며칠 후 구역장을 앞세우고 심방을 오셨다.

남편을 본 전도사님은 최 선생이 정신불열증세가 심하니까 기도를 열심히 해보라고 하신다. 그런 후에 구역장인 우영이 엄마가 밤에 나를 불러내었다.

"병희 아빠가 무슨 병인지 아는가?"

내가 알 리가 없었다. 그동안 해마다 봄이면 오줌소태 증세로 나를 고생시킨 일은 많았지만 이런 증세로 병원에 몇 번 가보아야 아무런 병도 나타나지 않았으니, 다만 아는 이들은 가벼운 정신이상증세나 분열증세로 여겼을 뿐이다. 모든 일들을 나 혼자서 겪어 왔으니까 아는 이도 별로 없었으니 무슨 병인지 알 수 없었다.

"저 병은 신경쇠약이야."

우영이 엄마는 그렇게 단정하면서 자기도 몇 년 전에 저 병을 앓다가 고쳤기에 무슨 병인지 알 수 있다고 했다. 나는 그분을 통해서 신경쇠약이란 병명을 알았고, 고칠 수 있다는 의원도 알아내었다.

상주에서 문경 쪽으로 가는 길에 있는 함창에 가면 경주한의원이 있는데 찾아가서 병이 시작된 시초부터 상세하게 일러주라고 했다.

그 길로 나는 희망과 용기를 얻어서 그이를 설득했다. 직장에는 한 달 간 병가를 얻어 놓고는 밤낮 그이를 달래다시피 했지만 그이는 한사코 내가 무슨 병이 있어서 한의원에 찾아가느냐는 거였다. 절대로 병원에 가지 않겠다고 하는 그이를 아침 일찍부터 세수를 시키고 손수 이발도 해주고는 젖먹이 병택이를 업고 도시락도 쌌다.

"여보, 우리 오늘은 소풍 가는 셈 치고 나와 함께 함창에 있다는 한의원에 가봅시다. 만약 안 가겠다면 이 길로 읍사무소에 가서 이혼장에 도장을 찍든지. 이 둘 중에 한 가지를 선택하세요."

나는 작정을 하고 강하게 말했다.

"나도 더 이상은 당신의 그 칠칠치 못하고 건강하지 못한 정신력에 시달리기에는 내 처지가 너무나 초라해 보이니까, 병명을 알아서 완전히 치료를 하든지 그렇지 않으면 차라리 속 편하게 갈라서야겠어요."

내가 이렇게 엄포를 놓자 나약한 그이가 못 이긴 척 나를 따라 나섰다. 나는 기차를 타고 가면서 아이들 달래듯이 그이를 달래고 설득했다.

"부디 의원이 진맥할 때 당신이 결혼 전부터 병이 발생하게 된 원인을 소상히 알려드려야 의원님이 약을 합당하게 조제할 수 있어요."

나의 말에 그이는 주저하면서 나를 의식하고 난처해했다.

"만약에 결혼 전부터 내가 이상이 있었다고 하면 당신 어떻게 하겠소?"

"당신 참 답답하군요. 어릴 적부터 당신 몸에 그보다 더한 몹쓸 병이 있었다 하더라도 나는 당신의 아내예요. 당신의 병을 고쳐야 할 의무와 책임이 있어요."

이렇게 남편을 안심시키고 설득하는 사이 기차가 함창에 도착했다. 물어물어 경주한의원에 들어서니 내 마음이 편안해졌다.

한의사 앞에 남편을 소개했다. 나는 미리 남편의 처음 발병하게 된 원인부터 털어놓도록 하게 해주십사고 한의사께 부탁을 해두었다. 한의사는 남편의 맥을 짚어 보고는 처음 아프기 시작한 때부터 상세하게 이야기를 해 보라고 했다. 그이는 목이 메여 한참 동안 말을 못하고 가만히 있다가 천천히 이야기를 한다.

"저는 평소에 한이 많은 사람이므로 그 한을 죄 없는 내자에게 다 폭발을 못해 그저 괴롭히기만 했습니다. 일찍부터 부모 슬하를 떠나 객지에서 고학을 하다가 대학을 중퇴하고 군복무를 지원해 복무하던 중 원주 후송병원에서 6개월 간 입원한 일이 있었습니다. 철둑 옆 초소에서 보초를 서고 있는데 철길에서 아가씨 한 명이 달려오는 기차에 치여서 그 자리에서 즉사하는 것을 보았습니다. 저는 너무나 놀란 나머지 그 충격으로 병원에 입원을 했습니다. 입원 중에 부대에서 휴가를 주면서 집에 가서 좋은 약을 먹고 귀대하라고 했습니다. 저는 좋아하며 집에 왔지만 형님이 도박으로 가산을 모조리 탕진하는 바람에 온 집안식구들의 심기가 불편했습니다. 모처럼 병 때문에 휴가를 온 저에게 아무도 마음 써줄 여유가 없어서 약은 고사하고 따뜻한 끼니 한 번 옳게 먹지 못하고 귀대해야 했습니다. 괴롭고 섭섭한 마음 무엇에 비하였겠습니까?"

남편의 이야기에 차례를 기다리고 앉았던 약방 손님들은 물론 한의사님도 눈시울을 적셨다. 맥을 짚은 한의사가 목소릴 가다듬었다.

"그 당시에 놀란 데 대한 약을 먹고 땀을 냈다면 지금까지 이런 고생을 하지 않았을 것이오. 본인은 물론이고 죄 없는 아기 엄마조차 해마다 얼마나 고생을 했겠소. 신경이 얼마나 약한지 갓난아기 신경보다도 더 약합니다."

"선생님, 어떡하든지 마음이 담대해져 무슨 일이든지 서슴없이 거뜬히 해낼 수 있게 해주십시오."

나는 간절한 부탁을 하였다. 한의사가 정성을 다해 지어 준 약을 들고 오는 내 마음은 일각이 여삼추였다. 어서 빨리 가서 약을 달여서 마시게 하고 싶어 마음은 급한데 남편은 싸가지고 온 도시락을 먹자고 했다. 많은 말을 한 탓에 남편은 허기가 지는 모양이었다. 하는 수 없이 승객들이 보는 차 안에서 도시락 보자기를 끌렀다.

집에 오자마자 부랴부랴 약부터 달였다. 그이를 위하여 달이는 약이 한 첩 두 첩 명약이 되어 그이에게 용기와 힘을 주십사 기도했다. 약탕기를 불 위에 얹어 놓고 약이 다 달여질 때가지 부엌 흙바닥에다가 빨래판을 놓고 앉아서 기도로 밤을 새웠다. 그렇게 약이 달여지기가 바쁘게 빨리 먹일 욕심으로 맨손으로 약을 짰다. 약에 데여 손바닥 껍데기가 벗겨지고 열 손가락 모두 빨갛게 달아올랐지만 조금도 고통스럽지 않았다.

약을 먹은 그이의 병세가 신기할 만큼이나 하루가 다르게 호전되었다. 기름 없이 꺼져 가는 호롱불에 기름을 부은 것 같이 생기가 돌았다. 화장실 출입도 고통스러워하지 않게 되었다.

그이는 지어 온 약을 다 먹기도 전 거뜬한 마음으로 다시 출근을 했다. 출근하는 남편을 보며 세상에 명약이란 바로 이런 것을 두고 하는 말인가 싶었다. 기쁘고 감사한 마음으로 한 달 동안 함창을 오갔다. 병을 치료하는 약과 기운을 북돋워 주는 약을 정성껏 달여 복용하게 했더니 남편의 병세가 씻은 듯이 나았다.

이것이 계기가 되어 그 이듬해부터는 봄이 시작되면 지난해 가계부를 보고 전년에 약을 지은 날짜보다 조금 이르게 가서 남

편의 약을 지었다. 남편에게 물으면 다 나았다고 가지 않을 것
같아. 혼자 함창 경주한의원에 가서 남편의 체질에 맞는 약을 한
재씩 미리 지어다가 달여 복용하게 했다. 나는 남편을 위하여 하
는 것이었지만 남편이 약을 복용하게 하는 일 또한 수월하지가
않았다. 남편에게 함창에 가서 보약을 지어왔다고 해도 남편은
생트집을 잡았다.

"내가 미친병이라도 있나? 보약이라면서 가까운 한의원은 다
두고 왜 굳이 함창까지 가서 지어 오냐?"

하는 수 없이 그 이후로는 약을 지어 오는 도중에 경주한의원
상호가 붙어 있는 약봉지는 버리고 신문지에 싸가지고 와서 달
였다. 정성을 기울여서 약을 달여 때맞춰 복용하게 하려고 남들
모르게 점심시간에 직장 근처로 가지고 갔다. 남편의 직장근처
인 우체국 앞에서 남편을 전화로 나오게 했다. 남편이 먹지 않겠
다는 약을 억지로라도 마시게 하는 것도 곤욕이었다. 그 짧은 곤
욕을 치루는 것으로 한해 봄을 무사히 넘길 수 있었다. 어쩌다가
형편이 여의치 못해 시험 삼아 한 번 그냥 지나 보려 한 적이 있
다. 그러나 남편은 예의 그 짜증과 신경질, 의처증 증세가 완연
히 다시 나타났다.

"적금을 해약해라. 당신 적금 타서 어디로 도망가려고 적금 넣
는 거 아닌가?"

"여보, 적금을 해약하라니요? 내가 왜 도망을 가요."

남편이 말도 안 되는 말에 가슴이 답답할 만큼 억울하고 안타
까웠지만 그것은 아내인 내가 극복해야 할 고통이라 감수하며
남편을 달랬다.

중단 없는 전진

교통사고로 입원해 계시던 친정어머니께서도 병원(서울)에서 퇴원했다. 어머니께서 집에 오시니 간병하던 막내동생도 집에 와 있게 되었다.

나는 상주읍내 변두리 중에서 읍내가 가까운 상서문에 방 한 칸, 점포 한 칸짜리를 13만 원에 전세를 얻어 '자매편물'이란 간판을 걸었다.

동생은 기계로 짜고 나는 아후강을 짜고 두 사람이 손 맞추어서 열심히 하다 보니 남편 봉급에 비길 수 없을 만큼이나 수입이 좋았다. 그래서 동생 몫으로는 적금을 넣어주고, 나대로도 남편 봉급에는 손을 대지 않아도 생활할 수가 있게 되었다.

지금까지 마음 놓고 쉬며 숨 돌릴 겨를 없이 크고 작은 일들을 겪으면서도 친정에 사 둔 토지 한 마지기는 작은오빠가 경작하였다. 그러나 매년 병충해로 인해서 흉년이라면서 쌀 한 되 못 얻어먹는 걸 보시고 친정아버지께서 내게 말씀하셨다.

"내가 죽기 전에 막내딸 계영이 결혼 하는 보고, 최실이 니 땅 팔아 가는 거 봐야 내가 마음을 놓는다."

그런데 어느 날 친정아버지께서 위독하시다는 전보가 왔다. 그토록 못 잊어 하시는 막내동생이 우리 집에 있으니 함께 택시를 타고 화급히 친정으로 달려갔다. 아버지는 기력이 쇠하서 의식이 가물가물 흐려지시는 중에 막내동생을 부탁하시는 유언을 내게 하신다.

"최실아, 부디 너만 믿으니까 적금 타거든 우리 계영이 시집갈 때 돌봐 주어라."

"아버지, 계영이는 걱정하시지 마십시오."

나는 아버지의 손을 잡고 안심시켰다. 그러나 끝내 아버지께서 돌아가시자 내 허전함과 슬픔은 비길 데가 없었다. 가난과 내 삶을 조이는 문제들을 극복하느라 부모님께 효도하지 못한 것이 가슴이 무너졌다. 후회와 아쉬움으로 장례를 치르고 상주 우리의 작은 편물가게로 돌아왔다. 또 짜고 맞추고 하는 바쁘고 분주한 나날들이 또 이어졌다.

1972년, 아버지께서 별세하신 후 홀로 계시는 친정어머니가 마음이 너무 허전하다며 막내딸 계영이가 집에 와 있어야겠다는 전갈이 왔다. 편물가게를 정리하고 10여 년을 넘도록 조금씩 부어 오던 적금을 타서 모두 뭉쳐 보니까 현금 100만 원이라는 적잖은 돈이 되었다. 가정생활이 어떻게 돌아가는지 전혀 무관심한 남편이지만 그 돈에 대한 의논을 했다.

"여보, 이제 적금이 끝났으니 계영이는 집에 가서 결혼준비나 하도록 보내야겠어요. 내가 편물가게 하면서 적금을 넣어 탄 돈이 100만 원인데, 우리 이것으로 무엇을 할까요?"

"아니, 여보, 100만 원이라니 도저히 믿을 수가 없소. 무슨 수로 당신이 그 많은 돈을 모았단 말이오."

"그래요. 백만 원 그 큰돈을 우리 가족 모두의 힘으로 모았어요. 그동안 당신 러닝셔츠 겨드랑이 기워 입은 덕도 있고, 아이들 동가리 실로 옷 짜 입힌 덕, 내 머리 생머리로 묶어서 다닌 덕, 어려워도 중단 없는 저축의 덕이지요."

그이는 그 돈으로 자기 고향에 가서 조금이나마 과시하고 싶었는지 고향에서 토지를 사자고 했다. 그러나 나는 그렇게는 할 수 없다고 했다. 시가고 친정이고 내가 영양실조를 헤어나지 못하며 그토록 고생을 해도 쌀 한 톨 주지 않는데 어떻게 땅을 사겠는가.

"나는 이 돈을 가지고 대구에 가서 조그마한 내 집을 하나 마련해야겠어요. 어차피 당신은 국가에 매인 몸, 언제 어디로 가야할지 모르잖아요. 아이들 공부도 그렇고 나 혼자라도 대구에 가서 하숙을 치면서라도 안정된 생활을 하고 싶어요."

"당신 말대로 하는 것이 더 좋겠소."

그 길로 나는 대구에 올라왔다. 복덕방을 찾아 살 만 한 집을 찾아다니다가 대명 2동에 있는 아담한 한옥을 일백육십만 원에 사가지고는 60만 원에 전세를 놓고 돌아왔다.

가게는 정리했고, 저축했던 돈은 몽땅 집 사느라고 써버렸고, 또 다시 가난하고 어려운 가계를 꾸려 나가야했다. 엎친 데 덮친 격으로 그이가 출근 준비를 하다가 갑자기 쓰러졌는데 혼수상태에서 깨어나지를 않았다. 주인집 아들에게 부탁하여 업고 김천

수의원에 입원을 시켰다.

진찰결과는 너무 과로한 탓으로 병원에서 치료를 받아야 한다고 했다. 문지방이 닳도록 드나들던 고향 분들이건만 아무도 오지 않았다. 병실로 찾아오는 사람이라야 세무서 직원 몇 분들과 내가 다니는 교회 목사님이나 전도사님뿐이었다. 일가친척이라고 들여다보는 이는 아무도 없었다.

"내가 병원에 있는 동안 당신 누구와 만났어?"

이런 남편은 내가 화장실에만 다녀와도 "어디 갔다 왔어?"하며 캐물었다. 나는 그의 증세가 허해서 그러려니 생각하고 남편 모르게 장만해 두었던 금목걸이를 수양당 금은방에 가서 팔았다.

이 돈으로 남편의 간식이며 병원비 일부를 갚고 나니 돈은 조금밖에 남지 않았다. 그런데도 남편은 자기는 죽을병이 들었다면서 기어코 대구에 있는 대학병원에 가서 종합 진찰을 받아야 한다고 우겼다. 오히려 잘 됐다 싶기도 해서 대구에서 종합 진찰을 받게 했다.

진찰 결과 위궤양과 신석증, 신경쇠약증세가 있다고 말했다. 진찰한 의사는 음식을 조심하고 보리차를 많이 마시고 특히 맥주를 마시는 것도 도움이 된다고 했다. 다만 신경쇠약은 본인이 알아서 하라고 하자 남편이 돌변했다.

"예, 그 신경쇠약은 몇 년 전부터 있었지요. 그 신경쇠약이라는 게 미친병이라고 이 여자가 함부로 말했죠."

남편은 흥분해서 다짜고짜 의사선생님 앞에서 내 뺨을 이리저리 때리기를 멈추지 않았다. 보다 못한 의사선생님이 간호사를 시켜서 만류했다.

집으로 오는 버스 안에서도 남편은 내 머리를 감아쥐고는 마구 의자에 처박고 흔들었다. 나는 부끄러움에 아픈 줄도 몰랐다.

"여보, 당신 술 마시지 말라고 그만큼 이야기 했는데도 말을 안 듣더니 이렇게 차 안에서 술주정 하려고 그랬어요?"

나는 그런 중에도 내가 당하는 것보다 그이의 위신을 지키기 위해 둘러대고 있었다. 놀라 어안이 벙벙해하던 승객들이 그제야 이해가 간다는 듯 고개를 끄덕였다.

"누가 빨리 술이 깨는 박카스라도 좀 사주지. 안 그러면 저 새댁 골병 다 들겠어."

"자, 보십시오. 내 입에 술내가 나나. 맡아 보란 말이요. 내가 언제 술을 먹었어."

남편은 입을 벌려 냄새를 맡아보라고 하더니 더 심한 폭력을 휘둘렀다.

나는 상주에 도착하여 버스에서 내려서는 이대로 집으로 바로 갈 수 없다며 조용한 방천둑으로 갔다. 그이는 아이들처럼 누군가 있을 때는 마구 날뛰다가도 우리 두 사람만 있을 때는 순한 양같이 수그러졌다. 나는 집에 이대로는 갈 수 없다고 엄포를 놓았다. 남편은 절대로 집에 가서는 아무 말도 하지 않겠다고 약속을 했다.

뜬눈으로 밤을 새우고 이튿날 새벽에 바로 함창 경주한의원에 가서 약을 지어 와 달였다. 며칠 병가를 얻어서는 남편을 어린아이 달래듯 하여 탕제를 짜서 병에 담고 도시락을 싸고 어린 병택이를 업었다.

상주에서 외남 쪽으로 가는 개운못이 있는 유원지 산으로 갔다. 종일토록 집에 두고 온 아이들이야 어찌 되건 말건 아내인 나하고만 함께 있기를 원하는 남편이었다. 자기만을 위하고 쳐다봐 주기만을 애절한 눈으로 갈망하는 그이를 나는 위로했다.

"여보, 우리 오늘은 동심으로 돌아가서 마음껏 자연을 즐겨요. 이 산속에는 오직 당신과 나밖에 없어요. 이 자리에서 우리 두 사람은 누구의 간섭도 받지 않아도 되니까 당신 하고 싶은 데로 해보셔요."

남편과 나는 돈두까리 장난처럼 크고 작은 돌들을 모아 가지고 업고 온 병택이를 가운데 앉혀 놓았다. 돌들로 성을 쌓고 그 가운데를 우리들의 방으로 생각하자면서 종일토록 남편을 위하여 놀았다. 해질 무렵에야 집으로 돌아오니 우리 착한 병희와 경희는 골물에 빠진 엄마를 생각해서인지 얼굴에는 땟국이 조르르 흐르는 채로 학교에서 돌아와서는 숙제를 하고 있었다.

순간 나는 착하게 탈 없이 자라 주고 있는 우리 아이들이 대견스러웠다.

반면 그이는 잠시라도 내 마음이 아이들에게로 향하는 것 같으면 질투심이 앞서 '여보' 라고 불러대는 게 안타까웠다.

"여보, 제발 내 소원을 당신이 들어줘. 리어카를 사서 채소장사를 하더라도 나는 당신과 함께 할 수 있는 일을 하면 좋겠어요."

"여보, 오죽하면 당신이 그러겠어요. 그러나 당신은 땅에 기어가는 개미 한 마리도 죽일 줄 모르고, 돈이라면 땅에 떨어진 10원짜리 하나라도 주워 올 줄 모르잖아요. 당신에게 세무공무원이란 직업이 별로 어울리지 않을 뿐만 아니라 오히려 부담이 큰 줄은 나도 알아요. 직장에 나가면 주머니 사정 때문에 상사 분들께 변변한 대접 한 번 못해 눈치 보이고, 출장이라고 나가면 물질의 유혹에서 헤어나기에 진땀을 빼야 하고, 또 주위 친척들은 세무 공무원이 돈도 못 번다고 주변머리 없는 위인으로 취급하고, 그 틈바구니에서 당신의 신변에 신경쇠약이란 병이 생기지 않는다면 오히려 그게 이상하지요. 그렇지만 당신은 이런 시련을 극복해야 해요. 나의 이 간절한 진실을 믿고 용기와 힘을 내어서 정직하고 모범된 세무공무원이란 자부심으로 당신과 내가 쌓아올린 탑의 토대를 만들어요."

"여보, 고마워요. 나도 당신 말대로 노력할게요. 괜히 당신만 보면 투정을 부리고 싶어서……. 내가 당신을 너무 괴롭히는 것 같소. 이제부터는 그토록 나를 위하는 당신을 생각해서라도 죽으라면 죽는 시늉도 하겠소."

다음 날 늠름하고 우쭐해져 경쾌한 걸음걸이로 출근하는 남편의 뒷모습을 보며 나는 생각에 잠겼다. 수년 간 조마조마했던 불안의 실마리가 다 풀린 듯싶은 데도 걱정은 끝이 없었다.

친정아버지께서 생존해 계실 때 내가 고생고생하며 저축해 아무도 몰래 사 둔 토지 한 마지기를 작은오빠가 수년 동안 부쳐왔다. 내가 그렇게 어려움을 겪으면서도 쌀 한 말 못 얻어먹자 제발 아버님 생전에 팔아 가라시던 토지를 팔기로 했다.

친정에서 집안 식구들이 다 모이는 밤에 이야기를 꺼냈다. 그 땅은 작은오빠가 하고 몇 년 전 산값, 나락 열다섯 섬 값만 해달라고 했다.

방에 모였던 집안 오빠들이랑 동네 분들이 내 말을 듣고 한마디 거들었다.

"최실아, 그것이 아니라도 인채아빠(작은오빠)는 그것보다 더한 것도 해주어야 할 끼다. 인채아빠 폐병도 최실이 니가 영주 있을 때 고쳐줬고 그동안 니 땅에서 농사는 얼마나 잘 지어 먹었노."

작은오빠는 아무 말도 하지 않고 있다가 나중에 자기 집으로 와서 이야기 하자고 했다. 작은오빠가 먼저 집으로 간 다음 큰오빠가 나를 재촉했다.

"올라가 봐라. 무슨 이야기를 하려하는지 가서 지금 니가 필요할 때니 말이 난 김에 돈을 달라고 해라."

나는 어두운 골목길을 더듬거리면서 갔다. 작은오빠 식구들과 마주 앉아 이야기를 했다. 작은오빠는 나의 딱한 사정은 들으려고 하지도 않았다.

"너는 그래도 남편이 세무서에 다니니까 그 땅이 없더라도 살수가 있지 않냐? 니는 그 땅 살 때 이전 비 이천 원도 물지 않았다. 그 땅은 그대로 두면 좋겠다."

내 사정은 들을 생각도 않고 자기 말만 하는 바람에 나는 너무 서러워서 어두운 골목길을 눈물로 점을 찍으면서 내려왔다. 슬픔에 젖어 큰오빠 집으로 오니까 집안어른들은 그때까지 모두 기다리고 있었다. 나는 토지를 사도록 권하였던 큰오빠를 원망하면서 울었다. 만만한 큰오빠 앞에서 설움을 토해놓았던 것이다.

"오냐, 최실아. 울지 말고 안심해라. 니가 오죽하면 여기 와서 그러겠냐. 하다가 안 되면 내가 아버지께 상속받은 땅을 파는 한이 있어도 그 돈 해주마."

나는 오빠의 그 말에 더 크게 울었다.

"그래도 니가 그렇게 고생하는 것은 아무도 모를 끼다. 남들은 우리 매부가 세무서 다닌다고 니는 배곯아 죽어도 배불러서 죽었다고 할 끼다."

큰오빠는 내 등을 토닥이며 위로했다.

이튿날 작은오빠가 사방으로 다니면서 나락(벼) 열석 섬 값이라면서 13만 원을 가지고 왔다. 어젯밤의 일은 다 잊고 얼마나 고맙던지 나는 좋아라고 아침차를 타고 오려고 받은 돈을 가방에 챙겨 넣었다. 그런데 아들을 편애하는 욕심이 유난히도 많으신 어머니가 나를 불렀다.

"얘야, 최실아. 그 돈 다 가지고 가지 말고 니 작은오래비에게 3만 원은 도로 주고 가거라. 폐병으로 몸이 약해져서 농사짓는데 지게도 제대로 못 지니 리어카라도 한 대 사가지고 농사를 지으면 힘이 덜 들지 않겠나. 그렇게 하면 앞으로 여름에 보리쌀 한 가마니와 가을에 쌀 한 가마니는 안 줄라고. 여적지 흉년이랍시고 니 땅에 농사지은 것 쌀 한 말 못 준 거 안다."

어머니 말씀을 못들은 척 할 수 없어서 리어카 한 대 값 3만 원을 건네주고는 돌아왔다.

"여보, 내가 무슨 장사를 해야 하는데 어디 적당한 장소를 당신이 한 번 알아보아요. 동생이 없으니까 편물도 할 수 없고 하니 어디 깨끗한 장소가 있으면 다과점이나 해봤으면 싶어요."

"내가 알기로는 당신 적금 탄 돈은 대구에 가서 집 사는데 다 쓰고 이제는 셋 방 한 칸 얻을 돈도 한 푼 없는 줄 알고 있는데 다과점이라니. 시설비와 자본이 얼마는 있어야 하는데……."

"나는 그래도 마음먹고 있었던 것이니까 해야겠어요. 그렇다고 뭐 당신더러 부정을 하라고 하지 않을 것이고 당신 직장 핑계로 부채도 지지 않을 것이니 아무 걱정 마시고 허락만 하셔요. 내가 하겠다는 의논을 하는 것이니까."

"그래요. 당신을 믿지만 실수 없이 해요."

그 한마디로 허락이 난 걸로 알고 백방으로 다과점이 될 만한 가게를 얻으려고 다녔지만 마땅한 장소가 없었다.

궁하면 통한다고 마침 우리가 편물가게 하던 맞은편에 이발관을 하다가 비워 둔 창고가 생각났다. 주인을 찾아가서 그 창고를 빌려 달라고 말했더니만, 몇 년을 비워두어서 거미줄이 엉켜 있고 지붕은 비도 세고 해서 빌려 줄 수 없다고 했다.

"아무리 생각해도 세무서에 다니시는 분의 사모님이 그런 허술한 창고를 빌려 달라고 하니 최 주사님 허락 없이는 빌려 줄 수가 없네요. 설사 허락한다 해도 그렇게 허술한 창고를 빌려서 무엇을 하시게요."

막무가내로 그 창고를 빌려 달라고 조른 끝에 겨우 허락을 받아냈다.

방 한 칸과 창고 문을 헐었다. 비가 새서 곰팡이 냄새는 둘째

치고 몇 년째 방치해 놓았던 집이기에 얼마나 허술하던지 몇 번이고 망설이다가 소매를 걷어붙이고 나섰다. 안팎으로 비질을 하고 비가 새는 지붕에는 내가 올라가서 비닐로 덮어서 손질을 해놓고는 남편과 친분이 두터운 상주철물점에 갔다.

절대 남편에게는 비밀로 해달라고 하고는 수성페인트를 배합하는 방법을 배워서 허술하고 얼룩진 창고 벽 안팎을 연한 미색으로 매끈하게 칠하고, 상주 캐비닛 진열장 상사에 가서 진열장과 식탁의자를 들여놓고 나니, 남편이 거울 하나를 사들고 왔다.

"축하해요, 여보. 그 어느 항우장사라도 당신은 못 말릴 거요."

그이의 너그러운 그 말 한마디의 격려가 그 동안의 모든 고생과 피로를 말끔히 씻어 주었다. 다과는 상주시내 중앙통에 있는 뉴욕다과점에 가서 도매로 떼어다가 팔고, 어묵, 우유 같은 것은 직접 만들어서 하다 보니 손님들이 쉴 사이 없이 몰려왔다. 음료수도 잘 팔릴 뿐 아니라 장사가 잘되었다. 찾아오는 손님들은 주로 상주농잠학교 학생들과 상주경찰서 직원, 법원, 읍사무소 직원들로 혼자서는 숨 돌릴 시간이 없을 정도로 많이 와서 성황을 이루었다.

"가정집에도 집집마다 텔레비전이 있는데……."

당시에 연속극 '여로'가 한창 인기 있을 때였다. 손님들이 연속극을 보러 왔는데 "왜 텔레비전이 없느냐."는 거였다. 그래서 우리는 의논 끝에 점촌에 있는 금성사 대리점에 가서 내가 벌어서 갚을 셈 치고 텔레비전을 월부로 들여놓았다.

그러던 어느 날 저녁에 들어온 그이가 다짜고짜 다과점 문을 일찍 닫으라고 했다. 어쩔 수 없이 일찍 문을 닫고는 이 이유를 물었다.

내 걱정과는 달리 남편은 양면 괘지 종이 한 장 내놓으면서 바로 이것이 이유라고 했다. 내가 황당하다는 표정으로 쳐다보자 그이는 설명을 했다.

"여보, 당신 이름을 아무래도 갈아야 할까 봐. 내 생각에는 당신이 다과점을 차리면 잘 안 될 줄 알았는데 이렇게 손님이 미어 터져서 나와 가깝게 지내던 직원과 의논을 했더니만 직원이 어딜 가자고 해서 따라 갔지. 상주여관에 백운학이라는 동양철학관이 있는데 거기 가서 당신 이름을 넣어 봤어. 그랬더니 하는 말이 당신 이름은 사랑 '애' 자, 구슬옥 '경' 자 '애경'이라면 만인이 구슬같이 사랑할 수 있는 이름이라오. 가정주부로서 이름이 너무 좋아도 안 좋다면서 바꾸라고 하는데 어떻게 할까? 당신 이름을 갈든지 다과점을 집어치우든지 두 가지 중에 선택해요."

기가 찼다. 이런 사소한 일들을 누구에게 이야기한들 믿어 줄 것 같지도 않았다. 속이 상할 대로 상한 나는 한마디 쏘아붙였다.

"그렇다면 좋아요. 다과점을 집어치워야죠. 우리 부모님이 지어 주신 이름을 어떻게 갈겠어요. 어떻게 당신은 그런 사람 말을 듣고 이름을 갈라고 할 수가 있어요! 딸 경희를 내가 데리고 있을 테니 이 집 남자들은 방안 이불 밑에서 잠잘 자격도 없으니까 다들 나가서 자도록 해요."

화가 나서 병희와 어린 병택이를 아빠에게 딸려서 바깥 가게 시멘트 바닥 위에서 잠을 자면서 반성해 보라고 했다. 남자들을 바깥으로 내쫓아 놓고는 뜬눈으로 밤을 새우면서 생각했다.

우리 그이에게는 어떤 명예나 그 무엇보다 '나' 라는 인간이 그처럼 소중하다는 뜻을 겨우 그렇게밖에 표현할 수밖에 없는 모양이다 싶었다.

그 이튿날부터 그이의 마음을 안심시키기 위하여 아침저녁으로는 다과점 문을 열지 않기로 하고 있는데 1973년 3월 1일자로 남편 대구로 전근발령이 났다.

집 없는 이사

남편의 전근발령 즉시 우리는 대구 집에 세 들어 사는 사람들에게 미리 연락을 했다. 한 달 정도의 여유를 줄 테니 우선은 방 한 칸만이라도 비워주어야 한다고 부탁을 해놓고 이사 갈 날짜를 잡았다. 드디어 우리도 내 집으로 들어가서 살게 된다는 사실이 믿기지 않을 만큼 신기하고 기뻤다.

짐을 꾸려서 화물차에 싣고 붉은팥을 삶아서 켜켜로 놓아 팥시루떡을 한 시루 했다. 키우던 노란 강아지를 치마폭에 안고 오랫동안 정든 상서문 동네분들과 눈물겨운 작별 인사를 주고받은 뒤 훌훌히 상주를 떠났다.

대구 대명동에 있는 우리 집 앞에 이삿짐 차를 세우고 우리 식구들은 대문을 밀고 들어갔다. 기쁨에 겨워 들어선 우리들 눈앞에 믿기지 않는 당혹한 현실이 기다리고 있었다. 미리 연락해 한 달 정도 여유를 줄 테니 우선 방 한 칸만 비워달라고 부탁을 했는데 세입자는 시치미를 뗐다. 아직 전세 계약 중이니 빈방 하나는 커녕 마당 안에 이삿짐 하나도 들여놓지 못하게 했다. 눈앞이 아찔한 현기증으로 쓰러질 것 같았다. 우리 가족은 망연자실하였다.

대구로 출발 할 때만 하여도 여느 때와는 달리 이번엔 전세방 구할 걱정 없이 내 집이니 전세 기간 중이라도 방 한 칸은 미리 부탁하면 될 줄 알았다. 그것도 한 달 전에 미리 연락했으니 아무 걱정 없이 이사만 하면 되는 줄 알고 찾아온 것이 세상물정을 너무 몰라 저질은 실수였다. 세상인심 모두를 내 마음처럼 여긴 어리석음은 도무지 이 당황스런 현실에 종잡을 수가 없었다. 비록 두꺼비집만한 보잘것없는 집이라 해도 어떻게 장만한 집인가? 호구지책 연명하기도 어려운 살림살이에 때때로 찾아드는 시련들과 엎친 데 덮치는 문제들이 시시때때로 찾아드는 가난한 생활에서도 한 푼 두 푼 아껴서 마련한 것이 아니던가.

우리 집에 세 들어 사는 이는 사법서사로 일하는 분이다. 계약서에는 자기 부인 앞으로 해놓았는데 실제로는 그의 형수와 어머니가 살고 있었다. 그들은 우리들 사정은 알 바 아니란 듯 파란 철대문을 꽝 닫아 걸었다. 계약 기간 동안은 자기네 집이니 절대로 방을 비워 줄 수가 없다며 얼씬도 못하게 했다.

집 구조가 어떤지 구경하겠다며 오신 친정어머니가 털썩 주저앉았다. 새로 산 딸네 집에 왔으나 한 발짝도 들어갈 수 없는 현실에 얼마나 충격을 받으셨을까. 우리 집으로 이사 간다고 좋다고 까만 고무신에 촌티 나는 옷차림으로도 재미있게 뛰어노는 아이들을 조용히 하라고 할 기력도 없었다. 허술하기 짝이 없는 궤짝들로 이뤄진 이삿짐 보따리는 초라하고 어설펐다.

트럭 운전사는 언제까지 기다리고만 있을 수 없다며 볼품없는 이삿짐 보따리들을 골목에 내려놓고는 가버렸다. 눈앞이 캄캄했다. 남편은 이사는 내게 맡기고 대구에 도착하자말자 곧장 새 근무지인 중부세무서로 출근을 했다.

나는 '이 일을 어쩌면 좋지?' 너무 난감하여 지나가는 사람들이 잘 보이지 않는 짐짝 사이에 강아지를 안고 쪼그리고 앉았다.

남편은 퇴근시간 보다 늦게 사법서사 서 씨와 같이 왔다. 의논 끝에 겨우 짐들을 마당 복판에 있는 화단에 쌓아 놓는 것을 허락하였다. 구질구질한 살림살이들과 편물 하던 실 뭉치들을 화단에 쌓아 놓고 비닐로 덮어서 임시조치를 해놓았다. 솜이불 보따리만은 집안 어디에 들여놓게 해달라고 애원하다시피 사정을 하여 목욕탕 구석에 들여놓았다. 이렇게 우리는 짐만이라도 들여놓기로 합의한 것만도 뛸 듯이 기뻐하며 떡시루를 헐어서 붉은 팥고물시루떡을 그 집에 반은 덜어 주었다. 우리 가족은 신천동에 있는 외가댁으로 떡시루와 강아지를 안고 갔다. 워낙 식구가 많다 보니 친척집에도 갈 수 없고 해서 전셋돈 내주려고 준비해 가지고 온 돈으로 신천동에 있는 여관방을 하나 얻었다.

임시로 여관방에서 지내면서 아이들은 집에서 가까운 대명동 명덕국민학교로 전학을 시켰다. 이제나저제나 세 들어 사는 이들이 집을 비워 줄까 기대를 하며 아침저녁으로 우리 집을 살폈다. 그러나 그들은 좀처럼 집을 비워 줄 것 같지 않았다. 너무 답답해서 그 사람들에게 어떻게 할 작정이냐고 물어보았다. 대신동 서문시장에서 옷가게를 하는 자기네는 시간이 없어서 집을 구하러 다닐 수가 없다는 핑계를 댔다. 그래서 내가 대신 다니면서 집을 구해 주기로 했다.

그때부터 나는 매일같이 아이들 학교에 등교시켜 놓고는 집을 구하기 위해 대명동 일대를 누비고 다녔다. 그러는 동안에 대명2구 일대에 사는 사람은 거의가 우리 집 형편을 다 알게 되었다.

그러는 사이 몇 달이 훌쩍 지났다. 전세 내 줄 돈은 여관비로 바닥이 나고 말았다. 하는 수 없이 염치불구하고 신천동 외갓집 골방으로 옮겨서 다섯 식구가 새우잠으로 기름을 짜듯이 생활했다. 그러면서도 집을 비워 주지 않는 그 사람들을 원망 한마디 하지 않았다. 세월이 흐르면 모든 일은 해결될 것으로 믿었다.

하루는 퇴근한 남편이 겸연쩍은 표정으로 머릴 긁적거리며 이야기했다.

"여보, 오늘 지방에서 같이 근무하던 김 주사와 정 주사한테서 사무실로 전화가 왔는데 모두들 자기네 집에 방을 한 칸씩 비워 두었다면서 자기네 집으로 들어오라 하지 않겠어."

그들은 남편보다 경력이 훨씬 짧았지만 좋은 주택에서 없는 것 없이 살았다. 우리들을 잘 알기에 우리의 가난한 생활이 오죽하랴 싶어서 서로 방 한 칸씩을 주겠다고 한다니 무척 고마웠다. 그러나 우리 집에 들어가기 위해 뛰어다녔다. 남구 일대는 샅샅이 다 뒤지고 다녔다. 결국은 내가 보아 준 계명탕 옆 골목에 집을 사가지고 세 든 사람이 이사를 하게 되었다.

수일 내로 집을 비워 주겠다며 전세금 준비를 해달라고 했다. 집을 비워 준다는 것은 반가우나 그동안 전세금을 다 쓰고 없으니 난감했다. '이 노릇을 어떻게 하나?' 눈앞이 캄캄하다. 그러나 남편에게는 아무 걱정 말라고 큰소릴 쳤다.

"내 집에 들어가서 생활할 수 있는 것을 생각하면 무슨 걱정이라요. 빚이야 조금 지더라도 살아가면서 갚으면 되니 당신은 아무 걱정 마시고 오직 공무에만 열중하셔요."

남편을 안심시키느라 말은 그렇게 했지만 전세금 내줄 돈을 구하기 위해 동분서주 발을 동동 구르며 다녔다. 진땀을 빼가면서 친정으로 외가댁으로 다니면서 급히 빚을 내어 줄 전세금을 준비했다.

부채로 또 무거운 짐은 잔뜩졌지만 그래도 나는 이제 정말 내 집으로 들어갈 수 있다는 생각에 기쁨의 눈물이 고였다. 그동안 마음을 졸이며 남편에게 원망도 무진장 듣고 눈물도 많이 흘리면서 외갓집의 골방신세를 졌다.

쌀과 연탄은 사들여 놓았지만 원래 외가댁식구는 네 식구밖에 안 되는데 우리 다섯 식구가 들어가고 보니 끼니때마다 밥을 떠나누다 보면 항상 한두 사람 몫은 모자랐다. 나는 우리 아이들 실컷 배불리 못 먹이는 것이 마음 아파서 내 가냘픈 허리춤 졸라매는 일은 아무렇지도 않았다. 그러나 그것도 며칠은 그런대로 견딜 수 있었지만 한 달이고 두 달이고 계속 허기를 참아내기에는 허약해 빠진 내 몸으로는 무리였다. 그렇다고 온 식구가 얹혀 있는 처지이니 한시도 앉아서 쉴 수는 더욱 없었다. 남편도 내가 그렇게까지 배를 곯는 줄은 몰랐다.

"여보, 요즘 당신도 식사를 좀 든든히 해요. 우리가 쌀을 사드리는데 우리 식구 배야 곯으려고…….”

남편이 저녁을 먹으며 무심결에 야윈 나를 보고 걱정삼아 이야기 했다. 마침 밥상머리에 둘러앉아서 아빠 밥 먹는 모습을 쳐다보고 있던 아이들이 눈을 반짝이며 참견을 했다.

“아빠, 엄마는 물밥만 먹어요. 할매가 밥을 적게 해서 할배한테 혼났어요.”

나는 황급히 아이들 입을 손바닥으로 막았지만 눈에서는 눈물이 왈칵 쏟아지는 것을 억지로 참아냈다. 서러움, 서러움 하지만 배고픈 서러움이 제일이라는데 내가 이게 무슨 짓일까? 남편 봉급 타서 우리끼리 내 집에서 생활을 했다면 이런 서러움은 없었을 텐데. 이것은 다 내가 전세 살 사람을 잘못 선택했던 탓인데 그 누구에게 배고픈 설움을 탓할 것인가? 간신히 감정을 수습하여 아이들의 입을 막고 있던 손을 떼었다.

“아이들은 어른이 말씀하는데 끼어들어 그런 말 하면 못 써. 너희들은 밥 다 먹었으니 밖에 나가 놀아.”

아이들이 밖으로 나가고 난 뒤, 남편의 밥상을 윗목으로 물려놓고는 그이에게 은밀히 그리고 조심스럽게 이야기했다.

“여보, 내일 아침에는 출근하시면서 외갓집 식구들 듣는 데서 오후 5시가 넘거든 시내 어디든지 좋으니까 나 좀 불러내 봐요. 이야기는 밖에서 만나서 할게요.”

“그래 당신이 말하지 않아도 당신 입장 잘 알아요. 외갓집 식구들 눈치 보랴, 아이들 거두어 먹이랴, 내 원망 들으랴, 대명동 다니면서 집구하랴, 당신같이 강인한 정신이기에 그 복잡한 틈바구니에서 견뎌내지. 여보, 조금만 더 참아 봐요. 설마하니 우리 집에 들어가서도 그럴라고. 우리 집에 들어가면 자유이니까. 그래요, 앞으로는 저녁마다 시내로 내가 당신 불러낼게. 당신은 밖에 나와서 나와 식사를 하도록 해요. 대신 내 저녁으로 아이들 더 먹이고 당신은 밖에 나와서 저녁을 먹도록 해요."

약속대로 이튿날 그이는 나를 시내로 나오라고 했다. 우리는 결혼 13년 동안에 단 한 번 외식을 했을 뿐이다. 그것도 상주에서 의성세무서로 전근 갈 때 낙동에서 차를 갈아타느라고 기다리는 동안 점심때가 되어서 아이들을 먹이기 위하여 식당에서 음식을 사 먹은 것이다. 그렇게 잦은 전근 통에도 화물 이삿짐이 항상 사람보다 늦게 도착할 것에 대비해서 가서 임시로 끓여 먹을 준비는 해가지고 방을 얻을 동안에도 우리는 손수 밥을 지어 먹었다.

한 푼이라도 낭비될까봐서 식당 음식 사먹는 것은 아예 생각조차도 못하고 지금까지 살아왔다. 그런데 지금의 입장으로는 별 수 없이 저녁이나마 그이가 밖으로 불러내 하다못해 냄비우동이라도 사주면 기꺼이 군말 않고 먹으리라 했다.

남편은 출근하면서 오후 5시가 넘거든 국세청 정문 앞으로 나오라고 했다. 그날따라 하루해가 어쩌면 그렇게도 지루하든지 하루가 열흘만 같았다. 기다리다 보니 오후 6시가 되어서야 66번 시내버스를 타고 국세청 앞에 도착했다. 그이가 파란 철조망으로 얽은 울타리 안에서 짝짝 두어 번 손뼉을 쳤다.

"진작 나오지 않고서……. 당신 기다릴까 봐서 조금 일찍 나왔지. 배고프지? 어디로 가서 무엇을 사줄까?"

"어디든 가서 가끼우동이나 한 그릇씩 먹어요."

"겨우 그런 것 얻어먹으려고 나 좀 불러내 달라고 했소. 오늘은 내가 가자는 대로, 사주는 대로 군말 않기로 하고 따라만 와요."

남편은 묵직한 손으로 내 어깨를 감싸 안고서 중앙통 네거리 '백마강 영양센타' 라는 식당으로 들어섰다.

그이는 생전 처음 보는 으리으리한 홀로 들어가서 한적한 테이블에 나를 앉으라고 했다. 나는 쉽게 앉기가 너무나 호화로운 것 같아서 눈을 크게 뜨고 두리번거렸다.

"여보, 왜 그러고 서 있어요? 어서 앉지 않고……."

그이는 자리에 앉아 물수건을 집어서 내게 손을 닦으라면서 건네주었다. 얼떨떨해진 나는 손을 닦으면서 무슨 음식이 나오나 궁금해 하며 기다렸다. 드디어 나온 음식은 야채 한 접시와 기름에 튀긴 영양통닭이었다. 나는 생전에 한 번도 먹어 보지 못한 닭고기가 푸짐하게 나온 것에 질겁해 소리쳤다.

"여보, 나는 고기 못 먹잖아요!"

"알아요. 여보, 내 소원이니 오늘은 좀 먹어요. 제발 당신도 아무거나 고기종류도 좀 먹는 버릇을 들여요. 육식을 못하니 건강을 유지할 수가 없지 않소."

남편은 음식을 먹지 않겠다고 투정하는 아이를 달래듯이 나를 달랬다.

"자, 어서 먹어 봐요."

아예 닭다리의 살점을 쪽쪽 뜯어서는 내 입에다가 넣어 주기까지 했다.

"보약 먹는 셈 치고 꼭꼭 씹어서 꿀꺽 삼켜 봐요. 배고플 때는 아무거나 먹을 수 있을 거야. 자, 속이 느끼하면 생맥주를 약간씩 마셔가면서 먹으면 괜찮을 거요."

남편은 생맥주 1,000cc와 500cc도 주문했다. 나는 배도 고프고 남편의 간절한 권유에 그이가 넣어 주는 대로 닭고기를 받아먹고 맥주도 한 모금씩 마셨다. 남편의 이런 노력 덕분에 나도 약간의 고기 먹는 버릇을 들이기 시작했다.

이제 세든 사람이 이사 가는 날짜가 정해지니 그동안 고생은 아무 문제도 아니었다. 부채야 좀 진다고 하지만 내 집에 들어간다는 기쁨이 커서 그 많던 고생들은 물거품처럼 사라지는 듯 마음이 가벼웠다.

우리집

드디어 '집을 비워 준다'는 날이 되었다.

아침 일찍이 외숙모와 같이 대명동 우리 집으로 가니 이사 준비로 분주했다. 이삿짐을 다 챙겨서 골목에 내놓고 수레에 한창 싣고 있는데 난데없이 먹구름이 몰려오더니 갑자기 소낙비가 놋날 드리우듯 마구 쏟아졌다. 골목에 내다놓은 이삿짐이 순식간에 물투성이가 되고 말았다. 너무나 갑작스런 일이라 그들은 어찌할 도리 없이 젖은 이삿짐을 챙겼다. 보기에 딱하여 마당에 우리 이삿짐들을 덮었던 비닐을 주어서 임시로라도 짐을 덮도록 해주었다. 이 광경을 보던 이웃 아주머니들과 외숙모님이 혀를 차며 한마디씩 하지 않는가?

"이삿짐 다 들어 내놓고 나서 비가 이렇게 억수같이 오는 걸 보니 하늘도 무심치 않구만."

"자, 보이소. 남의 물건을 이처럼 못쓰게 해놓고서 당신네들 것은 온전할 것 같은교?"

그들은 그렇게 내가 챙겨주는 비닐로 이삿짐을 덮어씌우고는 빗속을 떠났다.

그렇게 그들을 보내고 우리는 마당에 오래 쌓아 둔 우리의 이삿짐들을 들여놓기 시작했다. 묶어가지고 온 그대로 두 달 넘게 방치해 두었던 이삿짐인지라 엉망이었다. 캐비닛에는 물이 들어가서 옷들은 다 썩어서 입을 수 없을 것 같았다. 이불 또한 쥐들이 갉아서 솜들이 다 삐져나오고 다른 세간들도 망가질 대로 다 망가져서 형편이 없었다. 그들이 원망스러웠다.

막상 이삿짐을 다 정리해 놓고 나니, 전세금 내주느라 빌린 돈 갚을 일이 막막했다. 할 수 없이 우리는 방 한 칸만 쓰기로 했다. 방 두 칸은 전세를 주기로 하고 복덕방에 부탁하였는데 금방 방이 나가서 전셋돈 받은 걸로 부채 일부를 갚았다.

이렇게 한숨 돌리고 우리에게 방 한 칸씩을 주겠다고 하던 동료 직원들에게 인사도 할 겸 시간을 내어 그들 집으로 찾아갔다.

"어서 오이소. 병희야, 경희야, 어서 오너라. 그동안 얼마나 고생이 됐겠노?"

하며 반겨 맞아주었다. 그러나 나는 다음 순간 여태까지 느껴보지 못했던 나의 초라함을 깨닫게 되었다. 그들은 남편과 같은 직장동료인데도 우리하고는 비교조차 할 수 없을 만큼 잘 살고 있었다. 집 크기부터 우리 집과는 달랐다. 큼직한 대궐 못잖은 좋은 집이요, 눈부신 자개장이며 나로서는 처음 보는 가구들로 널찍한 대청 거실이 꽉 차게 놓여 있었다. 우리는 생각지도 못할 시원한 얼음물을 냉장고에서 꺼내 주는 걸 받아들고 아이들하고 나하고는 별천지에 온 듯 신기하게 바라보며 그 물을 마셨다. 더 놀라운 것은 냉동실에서 꺼내주는 아이스크림이었다. 아이들은 그것을 먹어 보고는 집으로 올 생각을 않는 것도 모자라 "우리 그냥 여기서 살면 안 돼?"했다.

고개를 흔들며 아이들 눈을 바라보니 가슴이 저며 왔다. 입술을 지그시 깨물어 아픈 가슴을 가라앉히고 막무가내의 아이들을 어르고 달래서 나서는데 직원부인이 강목자루(푸대)에 보리쌀을 한 자루 퍼 담아서 나왔다. 시골에서 보내온 것이라며 이고 가도록 내 머리에 얹어 주었다.

그 부인이 주는 고마움에 이고는 오면서도 서글픔과 서러움이 울컥울컥 솟아올랐다. 어디다 하소연 할 수도 없는 서글픔과 서러움이었다. 보리쌀 자루를 이고 나오는 내 뒤통수가 화끈거려서 쫓기듯이 바쁘게 돌아왔다. 천근같이 무거운 발걸음이었다. 마음속에는 천 갈래 만 갈래 생각이 떠올랐다.

그럭저럭 집 정리는 다 되었고 겉으로는 즐거운 하루하루가 이어졌다. 나는 무엇이라도 하지 않고는 갑갑증이 나서 견딜 수가 없다. 무엇이라도 해야지 하는 마음으로 하루는 남편이 출근한 다음 아이들을 학교에 보내 놓고 물어물어 칠성시장을 찾아갔다. 칠성시장의 청과물시장에서 과일을 한 상자를 도매로 샀다. 그것을 북문동 노상에서 장사하는 아주머니들 틈에 끼여 낱개로 팔았더니 남은 이문으로 그날 부식비와 연탄 값은 충분히 보탤 수가 있었다. 그래서 그이의 직장휴일인 토요일과 일요일을 빼놓고는 매일같이 그이 몰래 과일장사를 하여 생활비를 쓰고 그이의 봉급으로는 남은 부채를 갚아나갔다.

그러던 어느 날 화장실에 갔다 나오다 쓰러졌다. 혼수상태인 나를 옆방아주머니 봉숙엄마와 봉숙오빠 둘이서 업고 붙들고 근처에 있는 성신병원으로 갔다. 응급치료를 했는데 병명은 과로에서 오는 '신경성 출혈' 이라 했다. 하루를 입원하여 누웠다가 집으로 가서 안정을 하고 취하라는 의사선생님의 지시대로 집에서 쉬었다.

쉬어도 쇠약한 몸은 회복되지 않고 날씨는 더워 밤잠도 제대로 이루지 못했다. 밤을 지새우며 어떻게 무엇을 해서 살아가야 하나? 곰곰 생각하며 청기와집을 수없이 세웠다 헐기를 반복했다. 그러다 새벽녘에서야 겨우 꿈인지 생시인지 아물아물 피곤 속에 살포시 든 잠을 깨우는 소리가 들렸다.

"병희야!"

잠결의 그이와 내가 후닥닥 일어나 밖으로 나가 보니 대문 밖에서 친정어머니가 서 계셨다. 황급히 대문을 여니 난데없는 짐 수레꾼이 이삿짐꾸러미를 대문 안으로 마구 던져 넣는 것이 아닌가?

"무슨 일이에요?"

천정 어머니는 서울로 시집가서 살고 있는 셋째 여동생(애영)이 남편과 뜻이 맞지 않아 헤어졌다면서 동생과 외손 둘을 데리고 내려온 것이라 했다. 겨우 내 집이랍시고 들어온 지가 석 달도 못 되었고 단칸방에서 다섯 식구가 살고 있는데 네 사람의 객식구가 들이닥친 것이다. 잠결에도 앞이 캄캄해 기가 막힌다는 말도 나오지 않았다. 빚돈을 내서 겨우 살게 된 내 집이라고 동기간이 찾아왔지만 남편 보기가 민망하고 옆방 사람들 보기도 딱하리만큼 마음이 복잡했다.

날이 밝아 남편은 출근을 하고 아이들은 학교에 갔다. 그제야 정신을 차리고 친정어머니께 어찌된 일인지 경위를 물어보았다. 홧김에 딸을 데리고는 왔지만 큰오빠 집으로 데리고 갈 수도 없고 얼마간만 같이 지내자고 했다.

며칠 후 친정어머니만 집으로 가시라 했다. 동생에게는 출가 외인인데 이런 모양으로 친정에 간다고 무슨 속 시원할 일이 있을 것도 아니니 며칠 더 지내다가 남편에게 돌아가라고 설득했다. 그러나 동생은 죽었으면 죽었지 남편 있는 곳으로는 가지 않겠다고 우겼다. 할 수 없어서 정 그렇다면 아이들이라도 저희 아빠에게 데려다 주고 오라 했다. 그랬더니 두 아이는 홍역을 앓아 온몸에 발진이 일어나 몸이 불덩이 같았다. 어쨌든 남편과 헤어지려면 아이들은 보내고 동생 혼자나 같이 있자고 하니 동생이 사정을 했다.

"제발 언니, 어린 오철이 홍역이나 다 낫고 젖 뗄 때까지 만이라도 내가 데리고 있게 해줘."

"네 아이가 그렇게 안쓰러우면 남편과 어지간한 어려운 일이 있어도 참고 견디며 살아야지."

나는 인정사정없이 동생에게 아이들을 업혀 동대구역에 데리고 가서 서울로 가는 열차를 태워 보냈다. 그러나 동생은 기어이 아이들을 떼어놓고 다시 내려왔다. 내가 바라던 바가 아니라서 마음속으로 안타까웠지만 하는 수 없었다. 그이 보기에도 친정 식구가 와 있으니까 미안하고 해서 동생을 데리고 남문시장에 나가서 김치꺼리를 사다가 김치를 담아서 파는 김치장사를 시켰다. 일은 고단하겠지만 매일매일 동생은 푸성귀를 사다가 김치를 담아서 남문시장에서 팔았는데 그런대로 장사가 되는 듯했다.

오전이면 모두 팔고 들어오던 동생이 하루는 한나절이 지나도 들어오지 않았다. 걱정이 되어서 들락날락 하는데 옆방 봉숙이 엄마가 "동생이 언니 몰래 도망가려고 하는 거 같아."라고 했다. 나는 그게 사실이라면 괘씸하다는 생각이 들어서 동생 오기만을 기다렸다. 김치를 다 팔고 빈 고무 함지를 끼고 동생이 들어왔다. 속으로는 자식 떼어놓고 온 어미 심정이 오죽하랴 싶었지만 확실하게 할 필요가 있어서 다짜고짜 멱살을 잡아끌고 방으로 들어와서는 호되게 나무랐다. 동생은 죽어도 김치장사는 싫으니 아무데나 좋으니 차라리 가정부로 들어가게 해 달라고 졸랐다. 나는 못 이긴 척 내가 다니는 남흥교회 집사님들에게 부탁해서 가정부자리를 구하여 보냈다. 막상 보내고 나니 그동안 동생에게 너무 모질게 한 것이 아닌가 싶어 마음이 아프고 후회가 되었다. 동생의 장래도 걱정이 되었다.

그런데 겨우 일주일이 지났는데 동생이 우리 집으로 돌아와 아이들이 없는 집 가정부 자리를 부탁했다. 아이들이 고만고만해서 떼어놓은 자식 생각이 나서 도저히 있을 수가 없다는 거였다. 다시 수소문하여 중앙통에 있는 양조장 주인집인 노부부들 돌보는 일자리를 구해서 그 집으로 동생을 보냈다. 그 집에서는 그런대로 안정하고 잘 지내면서 월급을 받아 저축하는 것을 보고 한시름 놓았다.

  그러고 나니 상주에서 편물가게를 하던 막내동생이 엄마와 함께 찾아왔다. 막내동생이 결혼을 하기 위해 나와 의논을 하기 위하여 왔다고 하니 친정아버지께서 임종하시기 전에 하시던 말씀이 생각났다. 막내동생을 잘 돌봐 달라는 아버지의 당부대로 나는 막내동생의 결혼준비를 함께 해주었다. 온 집안이 부산하게 동생의 결혼준비를 다 해서 보내고 나서 마음이 홀가분했다.

서글픈 이별

막내동생을 돌려보내고 내 할 일을 다 했다는 생각에 시름을 놓고 있는데 그이가 어깨가 축 늘어져 들어왔다. 한나절도 채 안 된 시각에 퇴근이라 무슨 일인가 걱정스러운 눈으로 남편을 살폈다. 남편은 대구로 부임한 지가 일 년도 채 안 되는데 영덕 세무서로 발령이 났다고 했다.

"여보, 이제는 도저히 더 못 버티겠소. 제발 여보, 날 좀 내버려 둬요. 사표 내고 막노동이나 노점을 하고 싶소. 이렇게 아무것도 없는 처지에 직장생활을 계속 할 수 있겠소? 지금껏 버텨온 것은 당신의 눈물겨운 헌신과 봉사가 나를 견디게 했지만 이제는 아이들도 크고 한데 내 봉급으로 어떻게 살겠소. 또 내가 발령지로 가게 되면 당신과 아이들과도 떨어져 지내야 하는데 당장 돈 한 푼 없는 처지이니 우리의 이 딱한 형편을 어느 누가 알겠소?"

"여보, 남들이 우리 형편을 알면 뭐해요. 우리 마음을 느긋하게 가지고 차근차근 생각해봐요."

말은 느긋하게 생각하자고 했지만 내 마음도 서글퍼하는 남편과 별반 다르지 않았다. 나도 남편과 떨어져서 사는 것이 마음 아팠다. 일을 처신하는 수완이 없어서 대구에서 일 년도 못 있고 또 지방으로 내려가야 하는 이 현실이 원망스럽기도 했다.

"여보, 집 걱정은 하지 말고 일단은 부임지로 가도록 해요. 오늘까지 가야 하니까 출발하세요. 공직생활을 잘 감당하려면 이런 고충들도 기꺼이 받아들여야 된다고 생각해요. 정 그렇게 가시기가 서글프시면 오늘은 나도 동행 할게요. 그곳이 어떤지 나도 가보고 싶어요."

남편과 나는 급히 서둘렀다. 옆방에 가서 아들 공납금으로 갖고 있던 돈을 빌렸다. 그리고 내가 올 때까지 집과 아이들을 부탁했다.

남편과 함께 타고 가는 차창 밖으로 빠르게 지나온 지난날들이 풍경에 겹쳐졌다. 한시름 놓는가 싶으면 숨 돌릴 짬도 주지 않고 또다시 찾아드는 문제들, 좀 형편이 나아지는 듯하면 또 밀려드는 궁핍, 이 가혹한 운명의 신이 나를 괴롭혀도 꾹 참으면서 지나온 날과 다시 그 시련의 물살에 쓸려가고 가고 있는 현실에 눈물이 앞을 가렸다.

착잡한 심정과는 상관없이 버스는 계속 달려 영덕에 도착했다. 우리 부부가 짐 보따리를 하나씩 들고 버스를 내렸을 때는 벌써 어둠이 내려앉고 있었다. 우리는 두리번두리번 주위를 살피다 눈길이 닿는 '대구여관'에 우선 들어가서 여장을 풀기로 했다.

"어서 오이소. 아이고, 전근 오는 보따린 갑네. 어디서 오는 기요? 이곳에서는 모두들 살림을 안 하고 하숙을 주로 하더래이. 저 꽃 같은 색시를 어떻게 떼어 놓고 지낼낀기요? 자자, 어서 들어오기나 하소. 머를 그렇게 살피는 기요. 이곳도 사람 사는 데구마. 그렇게 서글픈 눈으로만 보지 마소. 김 군아! 이 손님들 11호실로 안내해래이."

살이 둥실하니 보기 좋게 생신 주인아주머니가 우리를 반가이 맞아주었다. 우리는 안내받은 방으로 들어가서 간단하게 저녁을 시켜서 먹고 곧장 잠을 청했다. 전혀 생소한 타지에 남편을 두고 갈 생각을 하니까 좀처럼 잠이 오지를 않았다.

"여보, 당신은 내가 없어도 아이들과 잘 지낼 수 있겠소? 나는 집 생각이 나서 도저히 이곳에서 못 지낼 것 같소."

뜬눈으로 밤을 새우고 이튿날 그이는 사무실에 우선 가서 출근부에 도장이나 찍고 부임 보고가 끝나면 여관으로 온다면서 출근했다.

"여보, 이곳이 살기가 좋은 것 같아요. 그러니 당신은 집 걱정은 조금도 말고 직장근무 잘 하셔요. 당신은 항상 정직하고 성실하니 모든 걸 잘하리라 믿어요. 여보, 아이들 때문에 나는 아무래도 지금 곧장 대구로 가야겠어요. 그런 줄 알고 근무 잘하세요."

하고 전화를 끊는데 가슴이 울컥하며 설움이 북받쳤다. 울음을 억지로 참고 곧바로 대구로 출발해 집으로 오니 아이들이 묻는다.

"엄마, 아빠는 왜 안 오셔? 왜 우리는 아빠와 함께 살지 않고 자꾸 이사를 다녀?"

"그래 엄마도 안 그랬으면 좋겠어. 대신 이제는 어떻게 해서라도 이사는 가지 않을 거야. 그러니 아빠가 보고 싶어도 참아야 한다."

입술을 깨물며 어린 삼 남매를 앞에 앉혀 놓고 생각하니 기가 막혔다.

나는 남편이 다시 대구로 올 때까지 나 혼자서 아이들과 생활할 대책을 세워야 했다.

며칠 생각 끝에 살고 있는 집을 팔기로 했다. 30평짜리 집 방 두 칸을 전세로 주었으니 하숙도 칠 수도 없고 해서 이튿날 복덕방에 가서 집을 내놓았다. 집은 금방 팔렸다. 삼백삼십만 원을 받아서 좀 허술하지만 평수도 많고 방도 몇 칸 더 많은 허름한 집을 대명동 4구 속칭 '엿쟁이 촌' 이라는 약간 빈촌에 집을 샀다.

이사는 옆집 리어카를 빌려서 생질들을 데리고 종일 이삿짐을 날랐다. 집을 판돈으로 전셋돈도 갚고 모든 부채를 말끔히 정리한 다음 허술한 집이지만 가벼운 마음으로 아이들과 살아갈 수 있을 것 같았다.

하루는 아이들이 학교에 갔다가 오더니 심각한 표정으로 나를 불렀다.

"엄마, 동네 아줌마들이 '너네 아빠 없지?' 하고 묻길래, 우리 아빠 영덕세무서에 다닌다고 했더니 '그러면 네 엄마는 남의 첩년이구만' 그랬어. 엄마, 첩년이 뭐야?"

나는 갑작스런 질문에 어안이 벙벙했다. 아무리 남 말하기 좋아하는 여자들이라지만 아이들 듣는데 잘 알지도 못하면서 함부로 말하는 것에 기가 막혀 헛웃음이 다 나왔다.

"첩년이 틀림없어. 그렇지 않고서야 왜 남자는 코빼기도 보이지 않고, 여자 혼자서 이사를 하고 집을 짓느니 어쩌니 하고, 아이들은 가난뱅이 땟국물이 주르르 흐르겠어?"

"몇 달 동안 그러는 것을 보면, 너의 엄마는 틀림없이 남의 첩년이란 말이야."

아줌마들이 이렇게 아들 앞에서 말하는데 왜 그러냐고 묻는 말에 어떻게 설명할 수가 없었다.

집이 너무 허술하여서 그이더러는 집수리를 다 마칠 때까지는 집에 오지 말라고 한 것이 오해의 원인이었다. 그래서 이사할 때도 집수리할 때도 남자라고는 보이지 않고 젊은 여자가 아이들 데리고 혼자서 생활을 하니 모두들 첩질하는 여자라고 오해를 하는 것도 무리가 아닐 것이라는 생각했다.

그러나 세월이 흐르면 그 하찮은 오해는 풀리겠지 하면서 묵묵히 내 할일에만 열중하면서 낡은 아래채를 헐어서 방을 몇 칸더 만들어서 하숙을 쳐서 생활을 꾸려 가리라는 계획을 실천에 옮겼다. '삼일건축설계사무소'에 가서 정식으로 개축허가를 내 집일을 시작했다.

집수리에 들어가는 비용은 바로 앞집 원석이 엄마에게서 위채 건넌방을 전세를 놓아 받은 전셋돈으로 아래채를 지으려고 아래채 담장을 헐었다. 담장을 헐고 시멘트와 벽돌이며 집 지을 자재들을 마당에 잔뜩 들여 놓아 둔 터라 어린아이들을 데리고 지내려니 불안했다. 삼 남매는 재워 놓고 나는 혼자서 서까래 몽둥이 하나를 들고 뜬눈으로 뜰에서 고스란히 밤을 지새우기도 했다.

인부들이 집일을 시작하자 동사무소 직원, 소방서 직원, 구청 직원, 각 기관에서 수없이 찾아와서는 "누구 맘대로 집을 짓느냐? 길섶에 모래를 치워라"는 등 온갖 시비가 끊이지 않았다.

"저는 절차를 밟아서 정식허가를 받아 집을 수리하고 있으니 부디 여러분들은 각자 맡으신 공무에나 충실하십시오."

이유를 캐고 따지는 공무원들을 보내 놓고 나니 난데없이 옆집 사람들이 몰려와서는 집단 폭행을 하는 바람에 나는 그만 정신을 잃고 말았다.

"어디서 떠돌다온 남의 첩년이 우리 집 옆에 집을 짓느냐?"

그래도 나는 아무 말 하지 않고 집일을 계속하면서 폭행당한 상처는 대명동 2구에 있는 성신병원에 일주일을 다니면서 치료를 받았다. 그이가 서울에 가서 형사교육을 받고 오는 길이라면서 집에 들렀다 가려고 왔다가 내 몸에 타박상을 보고 놀라서 물었다.

"여보, 당신 몸에 웬 타박상이 이렇게 많이 났소?"

나는 집 짓는 일 도와주느라고 시멘트 블록에 스치고 다쳐서 그렇다고 했다. 집을 떠나 객지에서 외롭게 지내는 남편에게 심적 부담을 주지 않기 위해서였다. 그래서 그이는 집 짓는 일에는 아무것도 모르고 임지로 갔다. 그러고도 근 두 달 동안이나 집수리를 하느라 정신 차릴 겨를도 없이 지내다 보니 헤어져 있는 남편 생각할 겨를도 없었다.

자랑스러운 아빠

어느 날 나는 그이가 있는 영덕으로 갔다. 보고 싶기도 하여 겸사겸사 갔는데, 그이가 전근 떠날 때 마음과는 다르게 오랜만에 남편을 본다는 생각에 가슴이 두근거리고 부풀었다.

영덕에 도착하여서 떨리는 마음으로 공중전화를 찾아 남편에게 전화를 걸었다. 내가 영덕에 왔다고 알렸더니만 금방 내가 있는 곳에 오겠다고 하고 달려왔다.

"당신, 내 허락도 없이 왜 왔어. 우선 하숙집에 잠깐 들렀다가 나옵시다."

남편은 자기가 하숙하고 있는 집으로 나를 데리고 갔다. 그 하숙집에는 주로 경찰공무원, 세무공무원 등 대구에서 전근 온 분들이 열 명 정도 하숙을 하고 있었다. 남편은 곧장 밖으로 나가자고 한다. 나는 멋도 모르고 하숙집에서 함께 자자고 했다.

"무슨 소리요? 모두들 가족들과 떨어져서 혼자서 하숙을 하고 있는데 내 마누라가 왔다고 해서 나 혼자 그래 마누라 데리고 잔

단 말이오?"

나를 데리고 하숙집을 나오면서 그이는 하숙집 아주머니에게 잠깐 다녀오겠다고 말했다. 남편은 처음 영덕 왔을 때 하룻밤 묵었던 '대구여관'으로 데리고 가서는 혼자 자라고 했다.

"지금은 대구로 가는 차편이 없으니까 여기서 자고 내일 아침 일찍 가도록 해요. 며칠 후에 내가 집으로 갈게."

그이는 그렇게 나 혼자만 여관에 남겨 놓고 하숙집으로 횅하니 돌아갔다. 나는 혼자 겁이 나서 거의 뜬눈으로 날을 새우고 아침 일찍 첫차로 대구에 왔다.

그 다음 토요일에 집으로 온 남편은 그날 미안했다고 사과를 했다. 어쩔 수 없다는 그이의 고지식, 나 또한 그이의 고지식함만큼 남 보기에 답답하게 살아왔다.

그로부터 몇 달이 지난 12월이었다. 연말연시 공휴일에 집에 온 그이가 봉투 하나를 내밀었다.

"부끄러워서 차마 당신한테 이야기할 수가 없소. 이번에 박 대통령께서 서정쇄신의 일환으로 극빈공무원(청빈) 표창을 하라 하시므로 내가 일차로 선출되었어. 이기주 서장님이 나를 추천하여서 모범표창장과 백미 한 가마니 값을 나에게 주셨어."

남편은 표창장도 같이 내놓으며 내 손을 잡았다.

"여보, 이것이 다 당신의 알뜰한 내조 덕택이니까 받기는 내가 받아도 모두가 당신 거요."

순간 나는 흐르는 눈물을 주체할 수 없었다. 말로 표현 못할 기쁨의 눈물이었다. 그토록 어렵고 가난하게 남모를 어려움을 겪어온 세무공무원 생활을 하면서도 참고 견뎌온 보람이었다.

대통령 표창장은 모든 사람들이 무능하다 답답하다고들 하는 비웃음 속에서 외롭게 이겨온 그 성실성과 정직성을 인정받은 거였다. 이제는 그이의 청렴결백이 인정을 받고, 알아주는 시대가 왔구나 싶어서 나는 감개가 무량하여 어쩔 줄을 모르고 아이들에게 아빠 자랑을 했다.

"애들아, 우리도 이제는 그토록 소원하면서 바라던 뜻이 이루어졌구나. 앞으로는 아빠의 성실성과 정직하심으로 인하여 모범공무원이란 명예로운 표창을 받았으니 너희도 아빠를 자랑스럽게 생각하여라."

아이들이 엄마가 기뻐하는 것을 보고는 옳다구나 이때다 싶어서인지 한마디씩 했다.

"엄마, 그럼 이제는 우리들 소원도 한 가지씩은 들어 줄 수 있겠네요?"

그러는 아이들을 보던 그이가 사정조로 내게 아이들에게 무엇인가 한 가지씩 소원을 들어주자고 했다. 그동안 저 어린 마음에 하고 싶은 것들이 오죽 많겠냐며 눈시울을 붉혔다.

"하기야 내가 남편노릇 아빠노릇 제대로 못하는 처지이고 보니 할 말은 없소."

아이들은 아빠의 말에 좋아하면서 각자 소원을 한 가지씩 말했다.

"엄마, 나는 한 달에 용돈 300원씩 주는 것 조금만 올려 주시면 좋겠어요."

"엄마, 나는 피아노 배우는 것이 소원이야. 나도 피아노 배우게 해주세요."

"나는 까만 고무신 말고 운동화 한 켤레만 사주면 좋겠다."

이렇게 중학생이 된 병희, 경희, 병택이가 각자 그렇게 대단하지도 않은 소원을 말했지만 나는 그 소원들을 다음으로 미루기로 하고 그 이유를 변명하지 않으면 안 되었다.

"그것들을 지금 당장은 들어줄 수가 없어. 왜냐하면 병희는 학교가 가까우니까 차를 타고 다닐 일도 없고 하니 용돈 쓸 일이 별로 없으니까 아빠가 대구로 오실 때까지는 그대로 하기로 한다. 경희는 다음에 엄마가 하숙집을 시작해서 돈을 벌게 되면 피아노 배우도록 해 줄 테니 그때까지만 참고 기다리고 있어. 그리고 병택이는 아직 국민학생이니 까만 고무신을 신고 다녀도 돼. 형도 국민학교 다닐 때는 까만 고무신만 신고 다녔단 말이야. 원래 국민학교 다닐 때는 고무신을 신다가 중학교에 들어가면 운동화를 신게 되니까 그렇게 알아."

내 말이 끝나기 바쁘게 병택이가 이의를 달았다.

"우리 반 아이들 보니까 다 운동화 신고 다니던데……."

"그래도 너는 고무신을 신어야 해. 만일 누가 고무신 신었다고 흉보거든 고무신이 운동화보다 질겨서 더 좋다고 말해."

그렇게 아이들을 구슬려 놓고는 각자 공책과 연필 값으로 얼마큼씩만 돈을 줬다.

"그래 모두들 엄마 말씀대로 해라. 이다음에 아빠가 영덕에서 대구로 와서 함께 살면 너희들 소원 다 들어줄게."

이튿날 새벽에 그이는 직장이 있는 영덕으로 갔다. 나는 아이들을 학교에 보내고 즐거운 마음으로 하루하루 생활을 꾸려 나가기에 바빴다.

언니와 Y 씨

그러던 어느 날 집배원아저씨가 대문 안에 편지 한 통을 던져 놓고 갔다. 주소가 경북 예천으로 되어 있었다. 예천은 큰언니가 살고 있었다. 뜯어보니 형부가 보낸 편지였다. 나는 편지를 보다가 가슴이 서늘하여 그만 울음을 터뜨리고 말았다. 마침 곁에 와 계시던 친정어머니가 왜 그러느냐고 물었다. 그토록 단정하고 요조숙녀 같은 언니가 갑자기 정신분열증을 일으켜 우리 집에 와서 고칠 요량으로 오는 도중에 교통사고가 나서 안동병원에 입원치료중이라는 내용이었다.

나는 아무리 궁핍하고 바빠도 형제간 일인데 한시인들 지체할 수가 없어서 한걸음에 안동행 차를 타고 달려갔다. 안동이 초행길이지만 언니가 입원한 병원은 쉽게 찾을 수 있었다.

한 병실에서 언니와 형부 또 언니 막내아들 이렇게 세 사람이 입원 중이었다. 다행히 큰 중상이 아니어서 치료하는데 많은 시일은 걸릴 것 같지 않았다. 퇴원하는 대로 우리 집으로 언니를 데려다 놓겠다는 형부의 부탁을 들어주기로 하고 나는 집으로 왔다.

얼마 후 지나고 교통사고로 터진 상처는 다 아물었지만 정신분열증세로 횡설수설하는 언니를 데리고 왔다. 그 이튿날 나는 언니를 데리고 함창에 있는 '경주한의원'에 갔다. 해마다 빠짐없이 초봄이면 남편의 신경을 안정시키기 위하여서 탕약을 지으러 갔던 단골 고객이므로 그분들은 나를 반겨 주면서 어찌된 일이냐고 놀라서 물었다.

"제가 어지간히도 할일이 없는 사람 같지요? 이번에는 아이들 아빠 때문이 아니고 친정 언니 약을 지으러 왔어요."

"해마다 남편의 그 정신신경병으로 인해서 갖은 고통을 당하는 통에 그것도 부족하여서 동기간에게까지 이렇게 편리를 봐주는군요?"

이야기를 하다 보니 진맥을 해야 할 언니가 어디론가 달아나 버렸다. 모두들 밖으로 나가서 온 함창 시장 골목을 누비며 언니를 찾느라 진땀을 뺐다. 그렇게 그분들에게 번거로움을 끼치면서 한바탕 법석을 떨고 언니의 약을 지어왔다. 언니는 약을 달여서 약을 먹였는데 약을 마시다가도 몇 번이나 도망을 쳐 찾아다녀야 했다.

그 와중에도 항상 우리 집에 와 계시던 친정어머니와 언니는 눈만 마주치면 서로가 입씨름을 했다. 때문인지 언니는 좀처럼 마음이 안정될 기미를 보이지 않아 나는 간장이 녹아내릴 듯 애를 태우며 남몰래 울어야만 했다. 타지에 있는 남편 생각을 해도, 아이들 생각, 이렇게 앞으로 살아야 할 생각을 하며 사무치는 외로움을 속으로 힘겹게 혼자 삭였다. 그러면서도 나를 믿고 있는 모두를 편하게 해주기 위해 겉으로는 항상 웃으면서 상냥하게 처신하며 언니의 간병치료에 성심을 다했다.

차츰 하루하루 차도가 나타나기 시작해 거지반 나아가는가 싶을 때였다. 이제 혼자서 다닐 수도 있겠거니 생각이 될 때 언니가 친척집엘 간다기에 혼자서도 다녀오겠지 여기고 혼자 가게 하였다. 언니가 들어올 시간이 지났는데도 깜깜 무소식이라 갈 만한 곳에 연락을 다 해보아도 소식이 없었다.

정성을 다하여 간병한 보람도 간 곳이 없어지고 정신이 온전치 못한 언니가 거리를 헤매고 다닐 것을 생각하니 가슴이 막막하였다. 백방으로 수소문하고 밤낮 가리지 않고 인근동네로 찾아다녔다.

여기저기 수소문하여 마침내 언니를 찾았다. 너무나 반가워서 앞뒤 가리지 않고 횡설수설 서성대는 언니를 데려다가 형부에게 연락하여서 보냈다.

언니의 병세는 완전히 회복이 되지 않았다. 형부께서도 좋다는 것은 다 해보는데 그런 남편의 노력도 헛되이 언니는 전차바퀴같이 사흘이 멀다 하고 우리 집에 왔다. 와서는 며칠을 진득이 안심하고 지내지도 못하고 어디론가 자꾸만 쏘다녀서 내 생활 또한 불안정해지기 예사였다. 그래도 나는 일이 없으면 일거리를 만들어서라도 하는 성미라 워낙 바쁜 생활에 쫓기니까 친정어머니가 우리 집에서 살다시피 하였다.

바로 옆방에 세 들어 사는 송 양 오빠가 울릉도에서 모든 삶을 포기하고 공포와 불안으로 세상을 비관하여 죽음을 각오하고, 죽더라도 육지에서 죽었으면 좋겠다는 생각에서 동생인 송 양을 찾아왔다. 송 양은 동생과 함께 우리 집에 세 들어 있었는데 오빠 Y 씨는 밤낮을 꼼짝 않고 방안에만 틀어박혀 있었다. 간혹 내가 눈치 챌까 봐 밖으로 나가서는 어디론가 지향 없이 서성대면서 시름을 달래려고 애쓰다가는 나 모르게 송 양과 조심스럽게 입 실랑이 하는 것을 나는 눈치 챘다.

나는 송 양 오빠의 상태가 신경쇠약이라고 내 나름의 진단을 했다. 그래서 도저히 그대로 보고만 있을 수 없어 하루는 송 양을 우리 방으로 불렀다.

"며칠 전에 온 송 양 오빠가 보아하니 몹시 신상에 괴로움을 겪는 것 같으니까 빠른 시일 내에 손을 써서 병을 고치도록 해요."

"그저 우리 오빠는 위장이 약간 나쁠 정도라……."

"세상사람 다 속여도 내 눈은 못 속여요."

송 양은 자기 오빠가 아무런 병이 없노라고 부인을 했다. 하지만 옆방에서 숨을 죽이고 이야기를 듣던 Y 씨가 우리 방으로 건너와서는 자기의 속내를 털어 놓았다.

"바로 아주머니가 이야기하시는 대로예요. 공포와 불안과 초조한 나날을 참다못해 세상을 포기하고 죽으려고 수면제를 먹었지만 죽는 것도 마음대로 할 수 없더군요. 산속이었는데 순찰경찰관들에게 발견되어서 그때 죽지 못하고 이렇게 고통만 더한 삶을 유지할 뿐입니다. 그러나 지금은 마음이 달라졌습니다. 아주머니 이야기를 듣고 보니 살고 싶은 충동이 일어납니다. 그러니 제 병을 고칠 수 있도록 가르쳐 주십시오. 나는 병을 고쳐서 살고 싶지만 이제는 아무도 내 병에 대해서는 더 이상 손을 쓸 수가 없는 줄 알기에 불안과 공포 속에서 고민하고 사느니 차라리 죽는 편이 나을 것 같아서 죽을 기회만 보고 있습니다."

그는 처음 병이 발병했을 때부터 숱한 약을 무진장 써봤지만 매한가지로 차도가 없고 보니 부모님들까지도 이제는 포기 상태라고 했다. 말을 하는 그를 보며 신경쇠약이란 말만 들어도 동정심이 앞섰다.

이 아까운 청년이 병만 없다면 무엇을 하든지 잘 할 수 있는 일이 있으련만 그대로 둔다면 폐인이 될 것 같았다. 그 초점 잃은 눈길이며 불안에 못 이겨서 항상 두 손을 마주 비비면서 왔다갔다 서성대는 저 불쌍한 청년을 위하여 약을 지을 수 있는 곳을 일러주기보다 내가 직접 나서서 도와주고 싶었다. 그래서 울릉도에 계시는 부모님께 연락을 드려서 얼마의 약값을 부쳐오게 했다. 그런 다음 나는 울릉도에서 온 사람이라 육지의 지리를 잘 알지 못할 것 같아서 Y 씨를 데리고 또 함창에 있는 '경주한의원' 엘 갔다.

이 청년이야말로 저의 남편과 같은 증세인 신경쇠약이라면서 의원님께 부탁하여 성심을 다하여서 약을 지어 주십사 거듭 부탁을 했다.

집에 와서도 직접 내손으로 약을 달여서 마시게 했는데 Y 씨의 병세는 차츰 차도가 있어 삶에 대한 의욕과 용기를 얻어갔다. 그런 그를 보며 나는 남의 일이 아니라 내일과 같이 뿌듯한 보람을 느꼈다.

울릉도에서 고등학교를 나온 실력을 발휘하여 취직시험에 응시하여 전신전화국에 정식직원으로 합격도 했다. 그 후 결혼하여 단란한 새 가정을 꾸려가면서 행복하게 사는 것을 보고 그의 용기와 투지로 인생의 난관을 극복해낸 모습에 나는 마음속으로 큰 격려를 보냈다.

재회

그이가 3박 4일을 여름휴가를 얻어서 집으로 왔다. 우리는 결혼 후 처음으로 경주 불국사로 관광여행을 가기로 했다. 지금껏 우리는 그이의 남모르는 신경성 질병으로 인하여 휴양 차 함께 야외로 가끔 나가 본 일 외에 딱 작정하고 어디로 여행을 가본 일은 없었다. 막상 그이를 따라서 여행 간다는 생각을 하니까 도저히 마음이 내키지 않아서 친정 엄마와 경희, 병택이를 데리고 다섯 식구가 함께 여행을 떠났다.

남편은 객지에서 혼자 외롭게 지내다가 모처럼 얻은 휴가를 단 둘이서 오붓하게 즐기려던 계획을 수정해야 했다.

아이들과 집은 장모님께 맡겨 놓고 둘이 가자고 하는 남편의 마음도 모르고 나는 온 식구가 다 함께 가자고 하였다. 경주라면 무척 좋은 관광지이므로 이런 기회에 연세 많으신 친정어머니에게 집 봐달라고 부탁하고 차마 우리 부부끼리만 갈 수가 없었다. 그렇게 우리 다섯 식구가 2박 3일 간의 휴가를 꿈처럼 보내고 그이는 근무지인 영덕으로 돌아갔다.

얼마 후 이웃에 사는 직원 부인이 찾아와 나를 불렀다. 우리 집에 전화기가 없었기 때문에 무슨 급한 일이 있으면 그 직원의 집으로 전화를 부탁하고 있었다. 그 직원 부인은 그이가 근무성 적이 좋아서 대구세무서로 전근발령이 나 곧 집으로 온다는 말을 전해 주었다.

그 소식을 듣는 순간 기쁨에 취해 한참 동안 말을 못 잇다가 직원 부인이 돌아간 다음에야 겨우 마음을 가라앉혔다. 서정쇄신, 그이의 성실한 근무와 정직한 성품을 인정해 주는 시대가 왔나 보다. 그이를 맞이할 준비로 집 안팎을 치우고 있는데 대문 밖에서 그이가 짐을 들고 들어왔다.

"여보, 나 왔어요. 당신 그동안 날 많이 기다렸지?"

나는 얼른 그이 손에 있는 보따리들을 받아들고 들어왔다. 우리만의 작은 영역인 대문 안 마당에서 두 사람은 기쁨 절반, 수줍음 절반 설레는 가슴으로 재회의 기쁨을 눈으로 주고받으며 마주 섰다. 잠시 후에 학교 갔던 아이들이 돌아와 눈이 휘둥그레져 아빠 엄마를 번갈아 살폈다.

"이제는 아빠가 우리와 같이 살게 됐어."

"정말?"

아이들은 묻고 또 묻는다.

'그래 정말이란다. 우리 다섯 식구 아침저녁으로 함께 일어나고 함께 잠자리에 들고 그리고 함께 밥상에 둘러앉아 밥을 먹는

거야. 그래 정말이란다.'

나는 내 마음속으로 아이들에게 기쁘게 속삭였다. 그이도 지금의 이 현실이 흐뭇하고 마음 뿌듯한 모양이다. 사랑하는 아내와 귀여운 아이들과 함께 생활하게 됨이 그렇게도 좋은 모양이다.

"우리 식구가 다 함께 모여서 살게 되는 것이 얼마만이지? 지금 이렇게 내 집에서 한 가족이 모여서 살 수 있는 것은 다 당신이 억척같이 일하며 잘 내조해 준 덕분이오."

남편은 입에 발린 칭찬이 아니라 진심으로 고마워하는 마음의 칭찬이었다. 그 칭찬은 고맙고 마냥 내 마음을 기쁘게 해주었지만 좋아만 하고 있을 수 없었다. 앞으로 살아갈 대책과 이제 지금부터 정리할 것과 시작할 것을 하나하나 챙겨야 했다. 그동안 상점에 가서 과일을 도매로 떼어다가 노점상으로 팔아오던 과일 장사는 청산하고 국민은행 남부지점에 조금씩 저축해 두었던 돈으로 아랫방 도지 전세금으로 뽑아주고 그 방에다가 하숙을 들이기로 하면 아이들과의 약속도 지킬 수 있을 것 같았다.

나는 첫째 남편의 건강을 보살피는데 소홀히 하지 않으려면 나 스스로가 우리 가정을 튼튼히 계획성 있게 꾸려나가는 것이라고 여겼다. 오로지 그이를 바로 내조하는 일이라 여겨 아랫방을 비워서 대문간 기둥에다가 '하숙생 구함'이라고 써서 붙였다.

하숙집

그러자 하숙생들이 들어오기 시작했다. 맨 처음 들어온 학생이 내 일생에 제일 인상에 남는다. 깡마른 체구에 얼굴에는 마른 버짐이 허옇게 핀 영남고등학교 3학년 학생인데 이름이 박명복이었다. 성격은 온순하며 경북 상주가 고향으로 위로 누나가 셋인 외아들로 상당히 귀여움 받는 아들이라 했다.

연달아 하숙생들이 들어왔다. 그 이후부터 나는 손끝에 물마를 여가 없이 밤잠 또한 편히 푹 잘 수 없도록 바쁘게 설쳐야 했다. 그것을 지켜보던 그이가 보기에 안쓰럽던지 아이들에게 제안을 했다.

"얘들아, 우리 모두 엄마를 도와서 조금이나마 일손을 덜어주는 것이 어떻겠어? 그렇게 해야 너희들이 바라는 소원도 빨리 이루어질 거야."

아이들은 그날부터 한 가지씩 할 일을 맡아서 했다.

우리 식구 모두가 마음을 모으고 힘을 합쳐서 7, 8명의 하숙생들을 두게 되었다. 아침마다 열두 개의 도시락을 싸야했지만 남편과 아이들의 많은 도움으로 크게 힘 든 줄을 몰랐다. 가족들의 도움으로 하숙생들에게 조금도 불편이 없도록 해 줄 수가 있었다. 덕분에 우리 식구들의 생활비는 하숙비 받은 것으로 해결되니 남편의 봉급은 약간의 용돈을 제외하고는 모두 저축을 할 수 있어 몸은 고되어도 마음은 즐거웠다.

그렇게도 경희가 소원하던 피아노 배우는 일도 시작할 수 있었고, 병희의 용돈도 조금 올려주게 되니 아이들에게 그런대로 면목이 서게 된 셈이다. 다만 병택이는 초등학교 졸업할 때까지는 까만 생고무신을 그대로 신기기로 했다. 이렇게 우리들의 즐겁고 행복한 생활이 오래 지속되지는 않았다.

갑자기 내 몸이 말을 듣지 않고 쓰러질 듯이 힘이 빠졌다. 열이 40도 가까이 올라 아무래도 심상치 않은 중병증세인 것 같아 행복한 우리 가정에 먹구름이 몰려오는 듯했다. 그래도 나는 학생들 한 명이라도 놓치지 않으려고 억지로 참으면서 일을 해냈는데 결국은 더 이상 견뎌 낼 수가 없어서 쓰러지고 말았다.

우리 다섯 식구와 하숙생 여덟 명 해서 모두 열세 식구나 되는 대가족을 거느리던 아내가 쓰러지는 위급한 사태가 되자 사색이 된 남편은 하숙생들을 불렀다. 남편은 미안하다면서 그 달의 하숙비를 돌려주면서 아줌마가 쓰러져 어쩔 수 없으니 다른 하숙집을 구해 보라고 했다. 학생들은 저마다 아줌마가 병환이 완쾌될 때까지 각자 식사를 알아서 먹더라도 이 집을 떠나지 않겠다고 했다. 아줌마가 병이 난 원인도 다 저희들 때문에 너무 무리

한 탓이라면서 하루속히 아줌마가 완쾌되어서 건강만 해주신다면 좋겠다고 걱정을 해주니 한편 고맙고 보람되기도 했다.

그이가 죽어도 병원엘 가지 않겠다는 나를 업고 가까운 성신병원에 갔다. 진찰을 마친 의사선생님은 이미 너무 늦어서 손을 쓸 수가 없고 또 전염성이 있는 장티푸스이고 중환자라 시립병원으로 데리고 가라고 했다.

그이는 시립병원에는 죽음을 각오하고 가는 곳이기에 고개를 저었다. 차라리 집에 데리고 가서 자신이 직접 구환을 하다가 죽더라도 집으로 데리고 가겠다고는 하자 병원 측에서는 집안 식구들에게 전염될 가능성이 있다고 만류했다. 남편은 의사의 지시를 뿌리치고 기어코 집에 데려다 놓고는 남편 외에는 아무도 내가 있는 방에는 못 들어오게 하고서 온 집 안팎에다가 소독약을 쳤다. 환자인 내 머리맡에다가 노란 국화꽃 화분을 사다가 죽 돌려놓았다. 마지막 숨을 거둘까 조바심치며 간호하는 그이의 정성이 너무 지극해서 인지 그토록 중태에 빠져 있던 나의 병세가 차츰 차츰 호전되면서 기력이 회복되는 기적이 일어났다.

내가 생기를 보이자 국화꽃 화분까지 갖다 놓고 집에만 들어오면 밤낮 내 머리맡에서 속으로 흐느껴 울던 그이가 기뻐서 어쩔 줄 몰라 했다. 나는 빠르게 회복되어 갔다.

내가 병중에 있어 고생스럽고 불편해도 공부에만 열중하며 참고 견뎌 준 학생들이 고맙고 대견하여서 내 자식 돌보는 것을 뒤로 미루고 최선을 다하여서 학생들에게 잘해 주리라는 각오로 수발해 주었다. 그래서인지 우리 집에 들어오는 학생들은 누구나 졸업과 동시에 하숙을 마치고 나가는 경우가 있을 뿐 그 외에는 좀처럼 들락거리는 일이 없었다. 그런데 막상 장기간 하숙을 하려고 생각해 보니 하숙집 치고는 시설이 부족한 점이 너무나 많았다.

학생들의 등교시간을 알려주어야 할 시계가 없어서 하숙비 받아서 우선 시계를 샀다. 마침 여름이라 남들이 쓰지 않는 아이스박스를 지금까지 사용하다 보니 얼음 사다 나르기도 번거롭고 냉장고가 꼭 필요했다. 그리고 하숙생들이 하숙하는 집들은 모두들 전화가 있던데 전화가 왜 없느냐는 거다. 그이도 또한 연락처를 직원들 집으로 하고 보니 그 부인들에게 너무 수고롭고 미안하다고 했다. 그래서 전화도 불가불 가설하게 됐다. 이렇게 해서 하숙을 해가면서 살림살이 생활기반을 다져 갔다.

옆집 사람들

하루는 느닷없이 밤새도록 옆집에서 꽝 담장을 부수는 소리가 났다. 신경이 약한 남편이 잠을 이루지 못하고 있다가 그 소리를 듣고 "무슨 소리야?"며 벌떡 일어났다.

나는 무법천지 같은 옆집 사람들의 횡포를 이미 오래전에 알고 있었다. 그이가 영덕세무서에 근무할 적에 나 혼자서 이 집으로 이사와 아래채 지을 때부터 옆집 사람들 횡포에 많은 고통을 받았다. 그러나 공무원인 남편을 개입시키지 않으려고 혼자서 쉬쉬하면서 참아왔었다. 설령 알고 있다고 해도 남편에게는 모르는 걸로 하는 것이 이로울 것 같아서 혼자 삭여왔었다.

"옆집에서 밤에 무슨 집수리를 하는 모양이죠."

이렇게 말해 남편을 안심시켰다. 그들은 우리 아래채 뒷담 안을 부수고 자기네 것으로 만들 속셈으로 경계선 담장을 헐고 있지 않는가? 나는 혼자서만 알고 떨리는 속을 억지로 참고 진정시키며 날이 새기만 기다렸다. 옆집 사람들은 말이 통하지를 않으니 무슨 수로 설득을 시켜야 하나 궁리에 궁리를 거듭했다.

날이 밝아 남편이 출근한 뒤 옆집에 찾아가서 "왜 남의 담을 함부로 하느냐?"고 물었다. 막무가내 그 집 아주머니는 아들 두 명을 데리고 담을 헐다가는 도리어 우리 집으로 몰려와서는 "남이사 담을 헐든 말든 왜 남의 일에 관여하느냐?" 고래고래 소리를 지르면서 일하던 연장들을 마구 휘둘러서 이를 말리던 옆집 아주머니조차도 다치게 됐다.

그 집 아저씨는 개인택시사업을 하는 분인데 법이 없어도 살만한 호인이라 하는데 여자와 아들형제가 무지하기 짝이 없어 누구에게나 마구 횡포를 부린다는 것이다. 우리가 이사 온 후로는 그 횡포가 나를 향하니 괴롭기만 하다. 그러나 모든 횡포는 참고 견딜 수 있지만 기물파괴와 담장을 부수는 일은 도저히 참을 수가 없었다. 그래서 집안 어른에게 의논을 했더니만 집안 어른들이나 모든 분들이 그대로 두어서는 될 일이 아니라고 했다. 고소장을 내기 싫으면 진정서라도 내야 한다고 했다. 그래도 잠잠히 있으려 했는데 그들의 횡포가 극심하니 주민들이 오히려 불안해하였다. 결국 주민들의 입을 통하여 파출소(덕산)에까지 이 소문이 들어가게 되었다.

"그런 놈들은 그렇게 그냥 내버려 두어서는 안 된다."

그 민원에 남대구 경찰서에서 형사 두 분이 현장조사차 사복차림으로 와서 그들에게 사실을 묻자 그들은 형사인 줄도 모르고 마구 폭언을 했다.

"니눔들은 뭐꼬? 니들도 한패 아이가?"

형사에게 달려드는 광경을 본 주민들까지 입을 모아 말했다.

"왜 이런 일이 벌어졌는데 남편에게 알리지 않는 거요?"

"공직에 계시는 분에게까지 알리고 싶지 않습니다."

물론 그이가 나서서 수습을 하게 되면 일은 쉽게 해결되겠지만 그이의 남모르는 신경쇠약으로 인해서 내가 감당해야 할 말 못할 고충을 누가 알겠는가? 그 일을 조사한 결과 지방검찰청까지 올라가서 옆집 세모자에게는 남의 기물을 파괴한 죄로 1인당 벌금이 3만 원씩, 9만 원의 범칙금이 나왔다면서 제발 범칙금을 안 내도록 해달라고 사정을 하지 않는가? 그만 해도 자기네들의 잘못을 뉘우치는 것 같아서 나는 그 아주머니를 데리고 '검찰청'에 가서 담당 검사님께 사정을 드렸다.

"옆집 분들의 무례한 짓은 벌을 받아 마땅하지만 잘못을 뉘우치고 다시는 그런 짓 하지 않는다 하였으니 아무쪼록 이분들의 무례를 용서해 주시고 범칙금도 내지 않도록 선처하여 주십시오."

기록된 사건경위를 다 훑어본 검사님이 내 이야기를 다 듣고는 한마디 한다.

"왜 아주머니는 그렇게 억울하게 당하고도 저런 무례한 사람들에게 그렇게 너그러운 선심을 베풀려고 합니까? 옆집에 살면서 그런 나쁜짓을 하면 따끔하게 해서 버릇을 고쳐주어야지요."

그래도 검사 앞에서 옆집 사람들이 벌금을 내지 않도록 해주기 위하여서 고소를 취하하고 집에 와보니 기막힌 광경이 기다리고 있었다. 그 사이에 옆집의 큰아들이 우리 집에 와서 모든 살림살이들과 방문, 대문 등 때려 부술 만한 것은 모조리 다 부셔놓고는 칼을 가지고 나를 찔러 죽인다고 덤벼들었다. 마침 친정어머니와 막내 동생이 시누이 혼삿일로 아이들을 데리고 와서 그 광경을 보고는 놀라서 동사무소로 달려갔다.

"세상에 사람 사는 동네 살면서 이런 일이 어디 있느냐?"

고 하자 아예 동네에서도 그 집 식구라면 전과가 몇 번 있기 때문에 겁에 질려서 벌써 파출소에 신고를 했다고 하며 경찰관이 와서 그 집 아들들을 연행해 갔다. 내게도 함께 동행을 하자고 해서 덕산파출소에 가보니 영문도 모르고 그이가 "사무실에서 연락을 받고 왔다."면서 와 있었다.

옆집의 아버지도 와서는 지난날의 진술을 다 털어놓는다. 자기 아내와 아들이 성격이 난폭하여서 처음부터 내게 횡포를 부린 것을 우리 그이가 아는 줄만 알고 행여 이제나 저제나 그들 모자에게 벌을 주기를 바랐다고 한다.

"아무쪼록 이번에는 더 이상 봐줄 것 없이 어떤 가혹한 벌이라도 좋으니까 아주머니께서 처벌을 받도록 해주십시오."

지금까지 일어난 일들을 까맣게 모르고 있던 그이가 주먹을 불끈 쥐면서 흥분했다.

"여보, 이게 무슨 소리오. 그토록 호되게 번번이 당하고도 지금까지 혼자서 참고 있었다니 어디 말이나 될 일이오?"

"여보, 다 지난 일이잖아요. 그렇다고 옆집에 사는 이웃을 유치장에는 가게 할 수가 없잖아요."

집으로 돌아와 있는데 저녁에 개인택시기사를 하시는 그 아저씨가 와서는 아내와 자식을 대신해서 사죄를 한다면서 무릎을 꿇었다.

"세상에 아주머니 같은 성인군자가 또 어디 있겠습니까. 못된 우리 식구들에게서 수차례나 수모 당하고도 어떻게 참았습니까? 처자식을 잘못 둔 탓으로 이렇게 제가 남의 못할 짓을 했습니다. 이번에도 또 그대로 용서를 해준다면 제가 직접 나서서 '존속상해죄'로 고발해서 유치장에다 처넣고 싶은 심정입니다."

그 후로도 며칠을 두고 내게 거듭 사과를 하였고, 그 집 세 모자는 헐어버린 담을 다시 쌓아놓았다.

나는 이웃들과 이웃들의 살아가는 사정을 잘 알기 위해 매월 반상회에도 거의 빠지지 않고 참석하였다. 반상회에서는 반에 주민들이 통장님에게 불편하거나 개선할 점을 건의했다. 그날은 반원들이 하나같이 청소부와 오물 푸는 위생 수거 인들의 횡포를 호소했다. 매일같이 주민들과 마주치기만 하면 싸움질을 해야 하고 거름통을 마구 부수고 하니 동회에서 무슨 조치를 해야만 한다고들 했다. 또 우리 반이 고지대인 관계로 수돗물이 부족하니 불편하다는 건의, 인도에 블록이 깔리지 않아서 비만 오면 길바닥이 진창이 된다는 등의 건의도 하였다.

그 모든 건의는 합당하지만 통장님인들 무슨 수로 그 대책을 다 세우겠는가 싶어서 집에 와서 무슨 좋은 방법이 없을까 생각했다. 아무리 직업에 귀천이 없다 해도 솔직히 말해서 오물수거와 청소부들의 직업은 천히 여기는 측에 든다. 그러니 그분들에게는 불친절하게 대하면 대할수록 더 거칠게 나올 것이라는 생각이 들었다. 귀하다고 생각하는 직장에 종사하는 분들은 모두에게 존경을 받지만 천하다고 여기는 일을 하는 분들에게는 강제로 이래라 저래라 하면서 부리려는 듯한 언사를 쓰다 보니 그분들 또한 거칠게 상대할 것이라는 내 나름대로 판단이 섰다.

마침 겨울방학이 되어 하숙생들은 모두 각자 고향으로 가고 없으니 나도 덩달아 한가해졌다. 서문시장에 가서 앙고라 털실과 보드라운 가제 천을 사다가 우리 식구끼리 제단을 하고 실을 감았다. 앙고라 털실로는 아후강 바늘로 마스크를 떠서 만들고, 가제 천으로는 고운 색실로 가장자리를 떠서 손수건을 만들었다.

이것을 목장갑과 함께 각 50개씩 묶어서 연말연시를 기하여 동장님을 통해서 위행 수거하는 분들과 청소하는 분들 중에 특히 우리 동네 담당으로 소속된 분들에게 나누어 드리도록 부탁했다. 그분들에게 조금이나마 주민들이 따뜻하게 대접한다는 생각을 갖게 해주고 싶었다. 그러면 주민들이 차별하지 않는다는 생각을 가질 것 같았다.

그 다음 새벽에 쓰레기를 버리려고 나갔더니 청소하는 인부들이 내가 해준 마스크를 하고 장갑을 끼고 보란 듯이 가제손수건을 주머니에서 꺼내서는 얼굴들을 닦으면서 주민들에게 대하는 태도가 얼마나 부드럽던지 내 마음이 흐뭇하였다. 그러고 동장님께서 진심으로 고마워하더라고 우리 마을 담당서기가 일부러 와서는 인사를 했다. 나도 보람을 느껴 3년 동안 겨울마다 그렇게 하다가 보니 그분들과 주민들과 사이에 다툼이나 마찰로 불화하는 일이 없어졌다. 오히려 서로 대화가 오고가는 인정이 넘쳤다.

세월이 흘러 1977년도가 되었다. 어느 날 옆방에 세 들어 사는 아주머니들과 함께 반상회에 참석했다. 그날 반상회에서 통장님께서 4통에서는 새마을지도자를 한 사람 선출해야 하는데 동장님이나 통장님은 나를 추천한다고 했다. 나는 너무 갑작스런 일이라 집에 가서 생각해 보겠다고 했다.

무엇보다도 이런 일에 남편의 양해나 허락이 있어야 한다고 생각됐기 때문이다. 그리고 새마을지도자는 교육을 받으러 가야 한다는데 하숙생들 식사 때문에 쉬운 일이 아니니 다른 사람을 다시 추천해 보라고 했더니 우리 집에서 세 들어 사시는 아주머니들이 걱정하지 말라고 내 손을 들어주었다.

"새마을교육을 가시게 되면 우리들이 책임지고 하숙생 식사를 해줄 테니 아무 걱정 말고 하이소."

이렇게 하여 만장일치로 나는 갑자기 새마을지도자가 되었다. 어쨌든 집에 와서 다소 걱정스럽게 사실을 남편과 아이들에게 이야기했더니 이구동성으로 '축하한다'며 다 함께 협조해 주겠다고 했다.

그 후로 나는 더더욱 열심히 살면서 새마을 지도자의 자부심과 긍지를 갖고 마을일도 소홀히 하지 않았다. 하숙생 밥해 주랴, 새마을 지도자랍시고 동네일도 간섭하랴, 소심한 남편 시중들랴, 봄철만 되면 아무도 모르게 남편의 약을 함창까지 가서 지어 와 달여 먹였다. 남편은 대구에서 지어 온 보약인 줄 알고 봄철만 되면 꼭꼭 고정적으로 신경쇠약에 대한 약을 먹었다. 그렇게 하여 무사히 봄철을 나는 것을 생각하면 고런 고충은 아무것도 아니었다.

의처증

직장 따라 객지에서 혼자서 외롭게 지내던 탓인지는 모르지만 의처증 증세가 나타나기 시작했던 것이다. 남학생들을 상대로 하숙을 하게 되니 내가 하고 있는 일거일동을 그저 지나치는 일이 없을 정도로 예민하고 소심해졌다. 남편의 성격 변화에서 오는 정신적 괴로움을 잊고자 그저 정신없이 일만 하였다.

모든 마음속의 근심과 불안을 잊어버리려고 학생들을 학교에 보내 놓고 나면 날마다 약간의 공간이 생기는 틈에서는 홀치기를 했다. 하루는 아침에 출근한 남편이 한나절도 되기 전에 느닷없이 집으로 왔다. 남편은 곧장 방으로 들어와서는 내가 하고 있는 홀치기 틀을 쥐고는 마구 휘두르면서 내 뒤통수를 치지 않는가? 아픔에 나는 정신을 차릴 겨를도 없이 손으로 머리를 움켜싸고 그냥 쓰러졌는데 뒷머리에서는 선혈이 낭자했다.

그 광경을 본 옆방 윤표 할머니가 놀라 방으로 뛰어 들어와서 그이를 말렸다. 평생 바깥으로 큰소리 한번 안 내던 양반이 이게 무슨 짓이냐고 하면서 그이를 안정시켰다.

"이 여자는 나보다도 하숙생들을 더 생각하니까 당해야 됩니다."

할머니의 말에 이성을 잃은 남편은 입술을 바르르 떨면서 대답했다. 순간 내가 당하는 것은 열 번 아니, 백 번을 당한다 해도 원통할 것은 없지만 본의 아니게 한낮에 집에 와서 이성을 잃은 듯 나를 향하여 마구 폭력을 휘두른 그이가 불쌍했다. 남편이 불쌍하여 가슴이 찢어지는 듯한 아픔을 억지로 참느라 할머니 치마폭에 얼굴을 파묻고 엉엉 울었다.

그 후부터는 그이의 변태적인 성격을 누가 알세라 조바심하면서 그이 비위를 거스르지 않으려고 애를 썼다. 그래도 하숙생들이 대학교 진학을 위하여 밤늦도록 책상머리에 백열전구 스탠드 불빛 아래서 공부에 몰두하는 것을 보면 너무나 안쓰러워서 그이 몰래 살며시 나가서 계란이든지 우유 등을 야식으로 갖다 주었다. 그렇게라도 해야 잠을 청할 수 있는 내 심정을 일일이 그이가 알까 봐 쉬쉬 하면서 죄인 같은 기분으로 하숙을 해야 했다. 그이가 병적인 질투심만 부리지 않는다 해도 내 마음이 이렇게 조바심치지 않을 거였다. 거기다가 남자손님만 다녀갔다 하면 그이는 밤새도록 내 귀에다 대고 듣기에 거북스러운 말만 해댔다. 그이 몰래 약솜을 똘똘 비벼서 귀를 막고서 잠을 청하는 곤욕을 치루는 게 한두 번이 아니었다.

예천에서 형부가 오셨다. 나는 솔직히 남편에 대한 이야기를 했다. 형부는 신경병에 애쓰던 언니에게서 많은 곤욕을 치룬 분이기에 신경쇠약에 대해서는 실정을 잘 아시는 분이기에 나의 이 말 못할 고민, 누구에게 말할 수 없는 처지의 심정을 털어놓고 싶었다. 의처증으로 인해서 내가 겪는 숱한 곤욕을 치루면서 말 못했던 지난날의 숱한 아픔을 겪으면서 걸어온 일들을 이야기하고 현재의 내 처지까지 양해를 구했다. 내 이야기를 다 듣고 한참동안 할 말을 잊은 듯이 가만히 있던 형부가 말문을 열었다.

"하도 갑작스럽고 놀라운 일이라 정신이 다 없네. 그토록 고통스럽게 사는데도 말 한마디 없었으니 누가 알겠는가? 양가의 동기간들은 전혀 눈치도 못 채었으니……. 정말 뜻밖이네."

형부는 가까운 경일여관으로 모시고 가서 투숙하게 하고 집에 와서 하숙생들과 저녁을 같이 먹고 모여 앉아서 텔레비전을 시청하고 있는데 남편이 왔다. 그날따라 그이가 대청으로 들어오지 않고 부엌문을 갑자기 왈칵 열면서 빈정대지를 않는가?

"좀 전에 당신 형부가 사무실로 전화를 했더군. 당신 주위엔 남자들이 많아서 좋겠소."

그이는 학생들이 있는데도 욕설을 퍼부어대었다.

하숙생들이 한방에 모여 앉아서 휴식을 취하면서 텔레비전을 시청하고 있는데 이래서야 되겠느냐면서 달래다시피 해가지고는 아무도 없는 뒤꼍으로 가자고 해서 그이를 설득시켰다. 마음 같아서는 힘껏 소리라도 지르고 싶지만 학생들에게는 물론이요, 한집에 세 들어 사는 이들과 착하게만 자라는 우리 아이들은 어떻게 할까 싶어서였다. 오직 나 한 사람만 지금까지도 앞으로도 헌신과 희생과 사랑으로 감싸주지 않으면 안 될 이사람이야말로 진정 나의 이 작은 힘이 필요하다는 걸 알았다.

옆에 앉아서 귀를 약솜으로 막고 있는 나에게 횡설수설 가당치도 않는 말들을 늘어놓는 이 불쌍한 사람을 위함이라면 내 한 사람 죽음인들 지금에 와서 두려워할 수 없겠기에 혼자서만 이야기하고 있는 그이를 불렀다.

"여보, 이제는 방으로 들어가서 아이들과 같이 편하게 주무셔요. 나는 교회 가서 밤새우고 내일 새벽에 올게요."

찬송가와 성경책을 들고 나와서 교회로 가는 13번 시내버스를 탔는데 어느새 그이가 와서 함께 차를 타지 않는가? 하는 수 없이 같이 앉아서 가고 있는데 바로 앞좌석에서 내게 온갖 욕설과 비방을 다했다. 그래도 입을 다물고 있는 내게 달려들어 입을 비집으면서 "왜 말을 못하느냐?" 하면서 여러 승객들 앞에서 온갖 추태를 다 부렸다. 그렇게 교회까지 따라와서는 기도실에도 들어가지 않고 혼자서 바깥에서 서성대면서 나를 감시하고 있는 것을 보고는 기도를 마치고 내 형편을 속속들이 알고 계시는 여삼경 전도사님께 들어가서 이 답답한 내 마음을 털어놓았다. 나의 이런 처지를 어떻게 처신해야 할지 의논할 상대라고는 전도사님밖에 없었다. 그래서 나의 심정을 속시원하게 털어서 후련하게 이야기라도 듣고 싶었다. 모든 사정 이야기를 다 들으신 전도사님께서는 너무나 안쓰러워하면서 내 손을 마주잡아 주면서 이야기했다.

"불쌍해서 지금까지 그 남편을 버릴 수가 없어 지금까지 헌신봉사하면서 살아왔는데 그 보람도 없이 밑도 끝도 없으니 원. 그때가 몇 년째로? 그 병을 내가 처음 안지도 상주 제일교회 있을 때니 10년도 넘었어요. 한 해도 빠짐없이 이 연약한 몸으로 어떤 여자가 그런 남편을 위해서 그것도 남자 도리도 다 못하는 사람을 위해서 갖은 고통과 시련을 견딜 수가 있을까. 지금이라도 내 마음 같아서는 당장 치우면 좋겠어. 명색이 세무공무원이 그것도 대학까지 나온 사람이 자기 봉급 타는 것이 혼자 약값으로 다 들어가다시피 해 마누라가 하숙을 치고 홀치기를 해가면서 생활하는 것을 누가 알겠노. 마음 놓고 하숙도 못 치게 훼방만 하는 신랑이라니……."

전도사님의 말을 들으니 더 가슴이 쓰리고 그이가 불쌍한 생각이 들어서 참을 수가 없었다. 그래서 이왕 참아왔는데 내게 주어진 운명을 회피할 수는 없다는 생각을 하고서 밖으로 나오니까 그때까지 남편은 교회계단 밑에서 내가 나오기만 기다리다가 내가 나오니까 안심이 되는 듯 집으로 먼저 가지를 않는가. 나는 못 본 척 하고는 집으로 와서 말없이 그저 내일을 위하여서 조용히 밤을 새우고 이튿날 아침에 하숙생들과 식구들을 위하여서 아침밥을 지으며 부엌바닥에서 감자를 깎았다.

독약

여관에서 주무셨던 형부는 아침식사 때가 되어 오셨고, 학생들은 세수하느라 마당에서 체조도 하면서 시끌벅적했다. 난데없이 그이가 내가 학생들과 이야기하는 것을 보고는 세수한 구정물을 갑자기 내 머리 위에다 퍼석 덮어씌우지는 것이 않는가? 온 집안식구들이며, 학생들과 형부 앞에서였으니 모두들 눈이 휘둥그러진 놀란 표정들이었다. 그 광경을 본 형부가 몇 마디 위로를 하고는 집으로 돌아가셨다.

나는 집에 혼자 남게 되자 곰곰이 생각했다. 이제까지는 모든 잘못된 일들, 나쁘고 어설픈 일들은 다 내가 뒤집어쓰면서 자기에게는 털끝에 물방울 소리도 들키지 않으려 누구와 무슨 일이 있다 하더라도 내 불찰로 돌리곤 했었다. 남편은 왜 나의 이 심정을 몰라주고 자기 스스로가 남들 앞에서 실수를 자초하는지 모를 일이다. 저녁때까지 남편이 오기만을 기다렸다.

내게 어떤 몹쓸 짓을 하더라도 남몰래 한다면 아무 일 아닌 것처럼 혼자서 감내할 수 있으련만 그이가 남들 앞에서 추태를 보이는 것은 원망스럽기 그지없었다. 남편이 오기만을 고대하고 있는데 그이가 퇴근하여 집에 도착하자마자 또 시비를 걸기 시작했다. 나는 웃으면서 태연하게 "여보, 우리 집에서 입씨름하지 말고 어디로 좀 나가요."하고서 남편을 유인하였다.

내 심정을 자극하려고 오만 쌍스러운 말을 다 동원하여 퍼붓다가 밖으로 나가자는 말에는 남편도 주춤주춤 따라나섰다. 집 앞에서 우선 택시를 잡아타고는 운전기사 아저씨에게 앞산공원으로 가자고 했다.

"이왕이면 모처럼 나온 김에 시내에 가서 극장구경이라도 하지 않고……."

그이의 말은 개의치도 않고 무조건 앞산공원으로 갔다.

"여보, 어두운데 어디로 자꾸만 올라가요? 불빛도 없는데 넝쿨진 등성이로 올라가다가 뒹굴게 되면 어떻게 하려고……."

투덜대면서 억지로 따라 올라오는 그이를 보고는 벼르고 벼르던 울화통이 터져 나오는 데 산이 쩡쩡 울리도록 소리를 냅다 질렀다. 이왕 남들 보기에도 인간답지 않게 사는 것보다는 차라리 아무도 없는 이 산꼭대기에서 뒹굴어져 죽은들 무슨 대수냐고 하면서 참고 또 참았던 말들을 아무도 보이지 않고 보지 않는 산 중턱에서 목청껏 고함을 쳤던 것이다.

그이의 억지가 너무나 지나친 것 같아 이런 기회나 장소를 선택하지 않으면 안 되었다. 나의 구구절절 사무치기만 하였던 심정을 만에 하나라도 좀 깨우쳐서 자기 마음을 스스로 다져 가면서 반성하고 매사를 대범하게 처신하면 얼마나 좋겠는가.

"당신의 그 소심한 마음으로 말로는 사랑한다 하면서도 행동으로는 때와 장소를 가리지 않고 나를 괴롭히는 것은 당신의 그 지성인답지 않은 일이니까, 마음속에 있는 모든 이야기를 다 쏟아놓아 보세요."

조용한 자리를 선택하여서 산등성이 솔밭 사이에 우리 두 사람은 함께 나란히 앉았다. 집에서는 하숙생들이나 모든 이목이 있어서 자기의 어떤 횡포에도 순종하고 참아오던 아내가 산등성이에 와서는 딴사람같이 변하여 퍼부어대고 대들며 공격을 하자, 겁에 질린 그이가 두려워 목 메인 떨리는 소리로 말을 했다.

"여보, 당신 어쩌자고 이곳에 오자고 했소. 아무도 없는 이 산등성이에서 무슨 짓을 하려는 거요? 집에서는 우리 아이들과 하숙생들이 우리를 기다릴 텐데……."

나는 순간 내 마음이 이럴 때 일수록 약해져서는 안 된다는 생각이 들어서 마음을 단단히 다져 먹고는 미리 준비하여 가지고 간 드링크제를 그이 손에 한 병 쥐어 주며 말했다.

"우리 함께 이거 한 병씩 마셔요."

"여보, 이게 뭐요?"

"이 약을 마시면 우리는 다 같이 괴로움도 괴롭힘도 없는 곳으로 갈지도 몰라요. 세상 사람의 구경거리로 또, 커가는 아이들에게 올바른 본보기가 되지 못할 바에는 차라리 더 이상 살고 싶지도 않아요. 결혼 후 지금까지 숱한 원성을 들어가면서도, 당신의 그 소심한 변태성으로 인해서 갖은 곤욕을 치렀지만 아무도 모르게 그때그때 수습하곤 했는데, 이제는 남들이 보는 앞에서조차 당신이 분별없이 내게 하는 짓을 더 이상 보고 싶지 않으니 마음대로 하셔요."

그이의 표정을 살펴보니 불쌍하고 안쓰러웠다. 남들은 아이들 키우고 빨래하고 밥하기도 힘든다고 남편들에게 오만 투정으로 응석까지 부린다던데 나는 이게 무슨 짓인가. 내가 잠시 측은지심에 잠겨 있는데 드링크 병을 쥐고서 그이가 먼저 입을 연다.

"여보, 다시 생각해 봐요. 하필이면 이런 곳에 와서 이 독약을 먹을 필요가 뭐가 있어요. 정 당신이 이 약을 마시자 하면 마시기는 하지만 생각해 보니 그동안 내가 당신에게 너무했던 것 같소. 당신 나한테 시집와서 숱한 고생을 하면서도 나를 너그럽게 용서하고 나를 감싸주곤 하였는데 나는 당신을 괴롭히기만 하였소. 앞으로는 당신이 하숙을 그만둘 때까지 당신을 괴롭히는 일은 없을 테니 그만 참고 집으로 내려가요."

그이가 드링크 병을 들고 나를 달래는 모습이 측은하였다. 나는 들고 있던 드링크를 훌짝 먼저 마셨다.

"여보, 왜 이래요. 당신 혼자서 그 약을 마시면 어떻게 한단 말이요? 여보!"

당황한 남편이 이렇게 어쩔 줄 몰라 허둥대다 나를 부둥켜안은 채 들고 있던 드링크를 마셨다.

얼마의 시간이 흘렀다. 남편이 먼저 침묵을 깼다.

"여보, 약을 마셨는데도 아무렇지도 않으니 어찌된 일이요?"

우리는 서로 부둥켜안고 한참동안 숨을 죽이고 생각에 잠겼다. 고개를 들고 소나무 숲 사이로 하늘을 보고 크게 숨을 내쉬면서 유난히도 반짝이는 별들을 쳐다보며 속으로 외쳤다.

'하나님, 저는 이럴 때는 어떻게 처신을 해야 될까요?'

"여보, 당신 지금 무슨 생각을 하고 있어요?"

"우리 집에 가서 성경책 로마서 12장을 같이 한번 읽어 볼까요? 나는 항상 그 구절을 외우면서 생각하고 살아요. 결혼 전에 교회에서 성경구절 외우기 대회 할 때 외웠던 구절인데 나는 그 구절을 잊을 수가 없어서 언제인가 당신이 나와 함께 교회에 나가게 되면 그때 가서 나도 직분을 가질 것이고 그때 성경 로마서 12장을 당신께도 외우게 하려고 했어요."

"여보, 이제는 아무 걱정 말아요. 나도 교회 함께 나갈게. 그리고 당신 말대로 로마서 12장도 읽어 볼게."

우리는 올라갈 때와 달리 가벼운 마음으로 어깨를 부둥켜안은 채 서로 부축해 가면서 산을 내려오던 중이었다. 남편이 교회에 나가겠다는 말을 듣고 나는 감격하여 그이 몰래 울컥울컥 울음이라도 터뜨릴 것 같이 연방 콧날이 시큰시큰 했다.

두 사람은 아무 일도 없었던 것 같이 가벼운 마음으로 집에 왔는데 와서 보니 분위기가 심각해져 모두들 우리 부부가 들어오기를 기다린다.

남편을 방으로 들여보내고 나는 얼음 주스를 한 잔씩 준비해 가지고 학생들 방으로 들어가서는 아침 일을 변명했다.

"아줌마가 이야기 안 하셔도 우리는 다 알아요."

모여 있던 하숙생들이 위로의 말을 했다.

입시기간이 가까우니까 이번에는 하숙생들에게 문제가 생겼다. 학생 세 명이 공부에 열중 몰두하다가 보니 신경노이로제에 걸린 것 같았다. 한 명은 합천에 있는 재수생이고 한 명은 계성고등학교 학생인데 집은 경산이다. 또 한 명은 경북공고 학생인데 역시 고향은 합천이었다. 이들은 불안하고 초조한 나머지 항상 어깨를 축 처져서는 남들이 눈치라도 챌까 하고 억지로 태연한 척했지만 하숙생 하나하나를 관찰하는 내 눈은 못 속였다.

그러는 학생들이 측은하고 안타까워서 나는 특별히 그들을 위해서 시간 나는 대로 그 학생들과 따뜻한 면담을 하고 충고와 설득을 아끼지 않았다. 그리고 학생들 모르게 그들의 부모님들과 의논을 했다. 나는 그 학생들 부모님들을 설득시켜서 하숙비와 약값을 받아서는 한 명 한 명 차례대로 학생들을 함창에 있는 경주한의원엘 데리고 가서 탕약을 지어서는 학생들에게 약을 달여서 정성껏 마시도록 했다. 내 자식 사랑하듯이 또 신경쇠약이라면 말 못할 고통과 남들이 이해 못하는 괴로움으로 불안과 초조에서 헤어나지 못하는 병이라는 것을 우리 그이를 통하여 실감해 본 터라 잘 그냥 둘 수 없었다.

그렇게 하여 합천에 있는 재수생은 낙방은 했지만 병은 완전히 고치고 갔으며, 계성고등학교 학생 역시 신경노이로제에서 벗어나 군에 입대했으며, 경북공고 학생 역시 신경병의 굴레에서 벗어나 학교 졸업도 하기 전에 취업이 되었다.

그렇게 병이 나은 건강한 몸으로 우리 집을 떠난 학생들은 수차례 전화로 서로의 안부가 오고갔다. 그 학생들은 어디를 가든지 아주머니의 보답은 잊지 않을 것이라고 했다.

차례대로 세 번째 경북공고 학생을 데리고 또 함창 경주한의원엘 갔더니만 박 원장께서 반색을 하셨다.

"내가 이곳에 와서 한방의원을 차린 지도 꽤 오래됐는데 부인 같은 분은 처음 봤습니다. 남편의 그 신경쇠약으로 인해서 해마다 봄이면 약을 지으러 오면서도 항상 밝게 웃음 띤 얼굴이라 그 믿음으로 약이 많은 효험을 본 것 같은데, 남의 자식들까지도 직접 앞세우고 오셔서는 그들을 위하여 진심을 다하는 것을 보니까 부인의 정성으로 모든 환자들이 얽매인 신경병에서 거뜬히 털고 일어나는 모양입니다."

한의대를 나온 한의사 원장 부자는 내게 칭찬을 아끼지 않았다. 나는 약을 보따리에 싸가지고 집으로 곧장 와서는 달여서 아침저녁으로 시간 맞추어 먹였다. 그렇게 정성을 들였던 만큼 그들이 건전한 정신으로 건강하게 이 사회 어느 한 구석에서든지 필요로 하는 사람으로 살아간다는 소식이 기뻤다.

1977년 12월 17일자로 나는 교회에서 직분을 받았다. 그이가 나보다도 더 기뻐했다. 드디어 우리 집에 집사님이 탄생했다면서 그렇게 즐겨 마시던 술도 끊고 교회에도 함께 나갔다. 수십 년 동안 남편을 교회로 인도하지 못하여 항상 남편의 교회 출석을 갈망하고 기다렸는데 세례를 받고 직분을 받고 보니 목사님의 권유 말씀대로 참 잘했다는 생각이 들었다.

사랑의 보람

연말연시가 곧 다가왔다. 해마다 무엇인가 상장을 들고 오던 남편이 빈손으로 들어오지 않는가?

"여보, 왜 금년에는 아무것도 없어요?"

"아니야, 타기야 탔지만 당신 보기가 너무 미안해서 사무실 책상 서랍에 넣어 놓고 왔어요. 해마다 내가 타오는 표창장은 그만큼이나 당신을 고생시켰다는 증거가 아니겠소. 여보, 미안해요. 금년에도 또 신정연휴에 내가 사무실을 지키면서 일직을 맡기로 했어요."

하는 그이가 내심 원망스러웠다. 지난 추석이나 신정연휴를 손꼽아 기다리면서 설마 이번에는 우리도 한 가정의 가장인 그이와 함께 명절을 지낼 수 있겠지 하고 기다렸는데 또 일직이라면 하는 수 없이 나는 홀로 독수공방이다 싶었지만 내색할 수 없었다.

"이왕 맡은 일이니 하는 수 없지요 뭐. 그런데 돈 없는 우리 같은 이는 아무것도 모르고 집에 있는 것이 마음은 편하겠지만 집에 있더라도 당신과 같이 있었으면 명절 기분이 들겠다 싶어요. 명절에 고향에 가도 항상 나 혼자서 가게 되니 집안 동서네들이나 대소가 어른들이 오해를 해요. 내게 억울하게 여자가 어떻고 어때서 남편은 집에서 집이나 지키게 하고 여자 혼자서 고향에 오는 줄 알고.”

"여보, 당신과 아이들 보기가 좀 미안해서 그렇지 명절이라도 없는 처지에 고향에 간들 괴로움만 당하는 걸 싶어서 사실은 연휴 때마다 사무실에서 일직을 하게 되는 것은 내가 스스로 자청해서 하는 거요. 만약에 내가 하지 않으면 우리 사무실 직원 중에 누군가가 해야 하는데 다들 고향 간다고 좋아하다가 혼자서 사무실 지키게 될 것을 생각해 봐요. 그 얼마나 외롭겠어요. 그러니 차라리 내가 일직을 하는 것이 속 편하지 않겠어요.”

남편의 이 말은 아예 명절 때는 휴가를 기대하지 말라는 뜻으로 들렸다.

평일에는 바빠서 일에 쫓기느라, 또 명절이나 연휴 때에는 그이는 사무실을 지키고, 나는 다들 고향으로 보내고 텅 빈 집 지키느라 가족이 오붓하게 이야기 한번 마음 놓고 할 수 없다는 게 씁쓸했다. 타고난 운명이라 감수해야 하는 사랑의 외로움이려니 하는 생각도 잠시뿐이었다.

명절이 되어 고향에 갔던 하숙생들이 한두 명씩 돌아왔다. 각자 무슨 보따리 하나씩을 가지고 와서는 서로 앞 다투어 가면서 내게 들여놓아 주는 것이었다. 아들이 몸을 담고 있는 하숙집이라 보내온 인정의 보따리인 것 같아서 고마운 마음으로 받았다.

그것은 직접 밭에서 농사지은 녹두나 팥 같은 잡곡이거나 참깨, 고추 같은 양념거리였다. 그런 것이 아니면 하다못해 수수빗자루를 엮어 보낸 부모도 있었다. 단 한 사람도 빈손으로 온 학생이 없고 보니 고마움은 물론이요, 시골의 훈훈한 인정들이 메마르지 않았음에 더욱 흐뭇했다.

뜻밖에도 그이가 그렇게도 즐겨 마시던 술도 금하고 시간이 있을 때마다 교회에도 함께 나가 이제껏 내가 바라고 바라던 일이 이루어지는가 싶었다. 그동안 그 어려운 가운데도 그이에게 마음을 다해 정성들여 온 보람이 이제야 나타나나 보다 했다. 이것은 나 혼자 생각뿐 그이가 나를 향하는 소심한 마음은 매한가지로 내게 부담을 주어 그저 즐거운 마음은 잠시일 뿐이었다.

그래서 그 바쁜 틈바구니에서도 그이의 심기를 건드리는 일이 없도록 마음 조여 가면서 일편단심 두 손 모아 남편을 위해 기도했다. 오직 그이의 건강과 직장 일을 원만히 잘하도록 빌었지만 언제 어느 때 갑자스럽게 의처증 증세를 보일까 몰라 항상 마음이 조심스러웠다. 그이는 유별나게 손톱, 발톱, 수염을 깎는 일까지 내 손으로 해주기를 바랐다. 그 별스런 비위를 맞추어 주어야 하는 그 웃지 못 할 상황이 내게는 일상이 되어버렸다. 또 하루하루 내가 어떤 일을 할까? 조바심하고 기다리는 그이를 위해서 바쁜 틈을 타서 수시로 수화기를 들었다.

"여보, 당신 사무실에서 별일 없지요? 나 지금 당신 생각 하고 있어요."

전화상이지만 내 이 내키지 않는 안부 한마디의 위로가 그이의 기분을 많이 안정되게 한 듯싶다. 그뿐 아니라 솔직히 말해서 아내를 진심으로 사랑하고 있는 남편들이라면 누구나 공통된 바람일지 모른다 싶어서 아무리 바쁘고 일을 보는 도중이라도 전화로 그이에게 용기를 주었다.

막상 그이가 집에 들면 우리는 단 두 사람만이 앉아서 마음 놓고 손 한번 잡아 볼 자리가 없었다. 밤늦도록 무엇인가 일을 하면서 긴장을 하고 잠을 자야만이 새벽에 일찍 일어날 것 같아서 항상 밤늦은 시간에는 스킬자수인 오토바이 안장에 사용되는 깔개를 한 장씩 만들어 놓고 잘 때가 다반사였다. 그러다가 보면 아이들 옆에서 곤히 자던 그이가 잠결에 옆자리를 더듬을 때는 재빨리 한쪽 옆으로 비켜 앉으면서 하던 일을 마치려고 팔을 벌리는 그이에게 베개를 안겨 줬다.

"여보, 이제는 밤이 너무 깊었으니 그만 자요."

눈을 뜬 남편이 고요한 밤을 이용해서 우리 두 사람은 오직 우리들의 세상인 양 아이들의 발꿈치를 피해 가면서 술래잡기와 행복한 실랑이를 하다가는 결국은 그이에게 내가 양보하는 때가 허다했다.

나는 열 번이고 백 번이고 그이에겐 언제든지 무엇이든지 아낌없이 양보해 가면서 살리라는 다짐을 굳혔다. 그렇게 하므로 그이 역시 신경쇠약에서 차츰 벗어나서 온전한 건강을 되찾는 것 같았다.

나는 하숙치는 일 외에 학생들을 학교에 보내 놓고 나면 스킬자수 보다가는 좀 더 많은 소득이 있는 일을 찾아보았다. 그이의 바람을 다 이루도록 해줄 수만 있다면 무엇이든지 해보겠다는 신념으로 학생들을 학교에 보내 놓고 자수 놓든 수틀을 집어치우고는 세 들어 있는 방 두 칸을 전세도지로 내놓았다. 그 돈으로 자그마한 집을 한 채를 계약했다. 운이 좋았던지 불과 몇 개월 만에 삼백육십만 원이란 차액을 남기고 그 집을 되팔았다. 그것도 하숙생들 포함하여서 열세 식구를 거느리면서 밤중에 집 판 돈을 가방에 넣어 가지고 오는데 등에서 식은땀이 흘렀다. 헐레벌떡 오는데 그날따라 일찍 퇴근해 아이들과 함께 속편하게 자고 있던 그이가 겁에 질려서 벌떡 일어났다.

"여자가 어디를 싸돌아다니다가 이제야 들어오는 거요?"

내가 무슨 일을 하고 어떻게 왔는지도 모르고 꾸중만 할 줄 아는 남편을 대하니 답답하고 외롭다는 생각이 들었다. 그래도 공직에 몸담아 있는 그이에게 아무런 부담 안 주고 내가 힘닿는 데까지 노력해서 좀 더 반듯한 집을 하나 만들어 보려 집을 매매한 것인데 마침 집을 파는 사람이 공무원이기에 하는 수 없이 밤에 그 대금을 받게 되었던 것이다. 이런 사정도 모르고 이렇게 호되게 나무랄 수가 있나 싶어서 혼자서 서러웠지만 참고 마음을 안정시킨 다음 한마디 했다.

"여보, 이 세상에 당신처럼 복이 많고 팔자가 좋은 남자는 없을 거예요. 명색이 남들은 세무 공무원이랍시고 얼마나 좋은 집에서 잘 사는 줄 알아요. 우리는 잘은 못 살아도 노력한 만큼은 살아야 되겠기에 별의별 노릇을 다 해서 산 집을 팔아서 여자 혼자서 거금을 밤중에 받아서 등골에 식은땀을 흘리면서 왔는데 전후 사정을 알아보지도 않고 그렇게 나무라기만 하면 어떡해요. 나는 생전 처음 내 힘으로 큰돈을 만들었다고 얼마나 기분이 좋았는데 그동안에 내가 피나는 노력의 대가로 남은 돈이 자그

마치 360만원이나 돼요."

"여보, 그럼 그 돈을 조금만 떼어서 녹음기 하나 사도록 해요."

아이처럼 천진난만하게 말하는 남편을 보고 울 수도 웃을 수도 없었다.

"그래요. 그 녹음기가 얼마인데요?"

나의 말에 그이는 기뻐서 아이들에게 들떠서 이야기 했다.

"봐라, 병희야, 우리도 이제는 녹음기가 생겼다. 그러니 이제부터는 모두들 노래를 불러서 녹음이나 좀 하자꾸나."

남편은 이튿날 독수리표 녹음기 한 대 값으로 53,000원을 주었더니 당장 병희를 데리고 가서 녹음기를 사가지고 왔다. 마침 친정엄마가 와 계셨는데 몸은 우리 집에 계시면서도 마음은 서울 사는 막내딸에게 있는 것 같아서 엄마를 위로할 겸 온 식구가 돌아가면서 노래를 불러 녹음기에 녹음을 했다. 그리고 서울로 전화를 걸어서 막내 동생과 엄마가 대화하는 것도 녹음을 해놓았다가 엄마가 막내 동생 생각을 할 때마다 들려드렸다.

나는 어떻게 하면 어머니가 기뻐하실까 생각하며 좋아하는 모습을 보려고 애를 썼다. 그이의 기분을 맞추어 주듯, 친정엄마가 기뻐하는 일이라면 무슨 짓인들 못할까 싶었다. 우리 집에 와 계시는 친정어머니께 내 나름대로는 정성껏 모시며 살아보려고 식구들은 헐벗고 영양실조에 걸려도 친정어머니에게만은 항상 잘 해드리려 애썼다. 시가, 친가 양가어른들께 이제까지 못 다 한 것들도 많아 늘 마음이 아팠다. 가난했다는 핑계로 그냥 지나쳐 온 일들이 생각나서 친정엄마에게라면 무슨 일이든지 원하시는 것을 다 해드리고 싶었다. 이번 기회에 그 소원을 들어드리려고 물어보았더니 엄마에게도 자식들에게 말 못한 소원이 있다고 했다.

아들, 며느리들이 있다 해도 여유 없이 살아가는 농촌생활에서 어머니 소원 들어드리기가 수월치 않았다. 그래서 마음속에 간직하고만 있던 소원은 '수의'를 장만해 놓는 것이라고 했다. 그래서 손으로 짜놓은 명주를 몇 필을 샀다. 날을 정하여 동네 어른들이 함께 모여 살아생전에 수의를 만들어서 그동안 자식들의 눈치만 보면서 마음속에 구겨두셨던 어머니의 소원을 이루어드리고 보니 내 마음도 그렇게 기쁠 수가 없었다.

친정에 관한 일이라 남편보기에는 조금 미안했지만 지난날 뼈저리게 가난했던 유교학자이신 아버지께 배운 배려와 교훈을 잊지 않고 내 힘닿는 데까지 노력해서 내가 할 수 있는 데까지 했기에 그이 역시 나를 탓하지는 않았다. 시가나 친가 어디에서든지 크고 작은 길흉사에 해야 할 도리는 내 형편일랑 다 접어두고서라도 참석할 수 있는 것만도 다행스럽게 생각했으며, 명색이 안방이라고 들어와 보면 이불 하나 얹어 놓을 장롱 하나 없이 고물상에나 가 있을 비맞은 녹슨 캐비닛 하나만으로 살아오지만 그 어떤 잘사는 집들의 번쩍거리는 자개장농도 부럽지 않게 살고 있다.

아픈 고향

그해따라 시댁 고향에서 아이들 삼촌인 시동생이 된장 담그는 메주를 쑤어 놓았다면서 가지러 오라고 했다. 반가운 마음으로 시댁 고향으로 갔다. 시동생은 고향에서 형님인 그이 앞으로 배정된 아버님의 유산을 자기가 관리하며 농사하고 있었다. 그러므로 해마다 메주콩을 쑤어 준다 해도 당연하겠지만 그래도 우리는 아무리 어려운 일을 당해도 우리끼리 우리의 힘으로 헤쳐 나왔을 뿐 동기간에게는 그 어떤 부담도 준 일이 없었다.

몇 년 만에 찾아간 고향인지라 무척 반겨 맞아주시는 어른들이 고맙긴 했지만 마음 한구석엔 조바심이 일었다. 내가 기독교 신자라는 것이 그 꼬투리였다. 집안의 모든 식구들은 본심은 착한 것 같은데 왜 나만 보면 그토록 이해할 수 없는 짓만 하는지 모를 일이었다. 세월이 흐른 지금까지도 지난날의 기억들이 몸서리쳐지게 생생했다.

그이의 토지를 시동생이 경작하고 있는지라 동네 어른들께 인사를 하고 시동생 집으로 갔다.

　우리가 대구에 집을 샀다는 소문이 고향에까지 전해진 것이
다. 맏동서와 조카는 자신들에게도 당연히 시어머니요, 할머니
인데 남편의 어머니께 갖은 구박을 자행하였다. 우리 부부가 고
향에 찾아갔을 때는 병석에서 신음하시며 누워 계셨는데 간병은
고사하고 오히려 구박을 일삼으면서 맏며느리와 막내아들인 시
동생은 운명하실 날만 기다리면서 병석에 혼수상태로 누워 계신
어머니를 서로가 번갈아 원망하고 있었다. 그이는 의원을 불러
왕진케 했다. 병명이 창정이라고 배가 부어오르는 증세로 혈압
은 떨어지고 통증은 심하여서 무척 고통스러워하시는 시어머님
께 미음을 끓여 드시게 했더니 그 미음을 받아 드시면서 어머님
은 내게 이야기하셨다.

　"애야, 병희 어멈아, 날 용서해라. 내가 니한테 너무 비정하게
했구나. 니가 지금까지 이 집으로 시집와서 얼마나 고통을 당했
는지 내가 다 안다. 그렇지만 니는 잘 살 끼다. 부디 아범을 잘
섬겨다오. 그것이 군에 갔다 와서인지, 공부하느라고 너무 정신
을 팔아서 그런지 니한테 못할 짓을 한다만 그래도 참고 잘 살아
주기 바란다."

　이 말씀이 어머님의 작별 인사가 되었다.

　우리는 객지에 있어 시어머니의 마지막 임종을 지키지 못했
다.

　우리들은 시어머님이 별세하셔서 장례를 하기 위해 내려왔는
데 돌아가신 어른의 시신을 이용하셔서 그이의 형수인 맏동서나

조카가 삼촌부인 우리에게 퍼붓는 횡포는 그 어느 하늘 아래에서도 이런 경우는 없을 성싶다. 그이와 나는 말없이 고이 잠드신 시어머님의 시신을 부둥켜안고 흐느끼면서 용서를 빌고 있었다. 우리는 무지하고 가난하여 어머님 생전에 편히 모셔드리지 못한 이 불효자 내외를 무어라 좀 꾸짖어 주십사 하고. 장조카가 슬픔에 잠겨 있는 내 멱살을 움켜잡고는 뜨락으로 질질 끌고 나가는 것이 정신 나간 미친 사람 같았다.

"예수 믿는 사람은 돈이나 한 뭉치 내놓고 상재노릇을 하려면 하지 그렇지 않으려거든 울지도 마소."

그 뒤에서 조종한 종시숙과 맏동서의 행패 앞에서 그이는 사색이 되어서도 중치가 막혀 말을 못했다. 지금껏 공들여 애써 그만했던 그이의 신경쇠약이 지금에 와서 다시금 과거와 같은 날들을 반복하게 될까봐서 멱살을 잡혀 끌려 나가면서도 나는 그이를 안심시켰다.

"조카가 술이 취한 모양이에요."

이 일로 인해서 초상집은 더욱 수라장이 되었다. 세상에 맏며느리 맏손자라는 이유로 이런 횡포가 어디 있을까 싶었다. 참고 또 참으면서 장례와 삼우제까지 치르고 우리는 이런 저런 이유들로 갑절의 슬픔을 안고 고향마을을 떠나오던 날 때아니게 내리는 비를 맞으면서 솔밭모퉁이에서 서로 부둥켜안고 한바탕 통곡을 했었다. 그간의 일에 대하여 남편은 백방으로 사죄를 하며 형수와 조카가 행한 일들은 내게 용서해 달라고 했다. '나는 그 어떤 고통도 당신만 무사하시다면 나는 견뎌요' 하고 속으로 간신히 받아들였다.

이것이 끝이 아니었다. 조카들이 큰집 큰아버지가 뒤쫓아 가서 끌고서라도 오라고 해서 따라왔다는 날벼락 같은 소리를 했다. 완력에 못 이겨 우리는 두 조카에게 다시 끌려갔다. 비를 맞아 전신에 물구덩이가 된 몸으로 조카와 맏동서에게 그러라고 시켰다는 몇 분의 어른들이 방에 모여 앉아 있었다. 끌려간 우리 부부는 무슨 죄인처럼 방 한가운데에서 형틀에 매어서 고문을 당하는 식으로 앉혀졌다. 그러자 종시숙으로부터 그이에게 호령이 퍼부어진다.

"이놈 자석아, 이 병신 같은 놈아, 그래도 최소한 세무공무원이라면 돈 구덩이에 산다는 걸로 아는데 이럴 때 돈 한 뭉치 못 내놓느냐?"

이 고문에 그이는 기가 차는지 아무 말도 못하고 부들부들 떨기만 하자 보기도 듣기도 민망스러워서 내가 한마디 했다.

"제발 아주버님이나 집안 어른들께서는 저이를 너무 고통스럽게 하지 않으셨으면 좋겠습니다. 가장 정직하게 살아야 하는 공무원이 부정 없이 어떻게 허세를 부리겠습니까. 부모님들에게 물려받은 유산은 도박으로 탕진하고서 그것도 부족하여서 정직하게 살아가고자 맨주먹으로 알뜰히 살아가는 동생에게 격려는 못 해주실망정 부정을 강조하신다는 것은 도저히 있을 수도 없는 일입니다."

"동생에게 말했지 제수씨에게는 말하지 않았으니까 그만 밖으로 나가십시오."

하자 내 말에 그 시숙님은 화를 버럭 내면서 나를 밖으로 나가라 하기에 내가 밖으로 나오자 종시숙께서는 서슬이 퍼렇게 그이에게 야단이었다.

"야 이눔자석, 똥물에 빠져 죽어라. 여자가 남자들 하는 말에 나서서 이야기하는 것은 무슨 경우냐? 당장 그 버릇 고치는 뜻에서라도 니 식구 모르게 어서 돈이나 한 뭉치 내놓고 가거라."

"그렇게는 못합니다. 지금까지 형님이 하신 이야기는 이 자리에서 모두 취소하십시오. 우리 부부는 형님이 생각하시는 것 같이 그렇게 마구잡이로 생활을 할 수 없습니다."

그 일 후로는 그이는 고향에 일체 가지 않고 지나오던 참이라 오랜만에 내가 또 메주를 가지러 간 거였다. 그런데 손위의 동서라는 분이 아직도 그 나쁜 성질을 못 버리고 아들인 맏조카를 앞세우고 와서는 하는 짓이 나를 방에 가둔 채 문고리를 잠그고는 술주정을 했다.

"예수쟁이 숙모, 우리 삼촌이 세무서에서 벌어다 주는 돈 혼자만 쓰면서 잘 살지 말고 덕분에 우리도 좀 얻어 씁시다."

소주를 연거푸 병째로 마시고는 폭언을 하며 술주정으로 밤을 새우면서 동네나 집안 어른들께 연락도 할 수 없게 안팎으로 문을 잠근 탓으로 고스란히 당했다. 이 광경을 구경만 할 수밖에 없었던 손아래동서가 마침 아기를 출산한 방이라 이 웃지 못 할 횡포를 혼자서 감당하기에는 너무 힘들었다.

모처럼 고향 가서 밤을 꼬박 새면서 시달림을 받는 등 온갖 횡포를 한없이 참아야 했고 용서해야 했던 나의 이 처지야말로 아무도 모르는 대로 묻어버리기에는 너무나 억울했고 안타까운 생생한 사실이다.

세무공무원의 비애와 작은 행복

이제는 새벽 4시 통행금지 시간이 해제되면 일어나서 열두 명인 대가족이 맛있게 먹을 수 있는 음식을 정성들여 지어내는 것만도 마음의 뿌듯함을 느끼는 생활이었다.

지나간 모든 일들의 허물은 염두에 둘 수도 없어 현실에서 만족하면서 하루해를 하숙생들의 밥상을 차려내기에 잠시도 허리 펼 사이도 없을 뿐 아니라 손끝에 물마를 여가도 없지만 맨 나중에 내 처소로 들어올 그 한 사람 남편을 위함이라면 그저 시간이 짧기만 하였다.

저녁 설거지를 해놓고서 우리 아이들 잠이 든 머리맡에서 스킬자수를 놓고 앉았노라면 어김없이 누런 봉투에 넣어가지고 다니던 서류뭉치와 도시락을 내 앞자락 옆에 내놓으면서 그이는 친절하게 내게 고마움을 표시한다.

"여보, 오늘 점심도 맛있게 잘 먹었어요. 당신 피곤하지."

하면서 양복 주머니에서 작은 병 하나를 꺼내 내밀었다.

"쉬, 아이들 깰라."

"이게 뭔데요?"

"왜 언젠가 당신과 내가 마시고 천국행 열차를 탈 뻔 했던 그 독약 드링크잖아. 내 힘으로 당신에게 줄 수 있는 선물이 겨우 이렇소. 내가 걸어 다니는 길목에 잘 아는 약국이 있는데 내게 인사를 할 때면 그저 지나올 수가 없고 해서 산 거요. 자, 피로한데 어서 마셔요."

"여보, 고마워요."

나는 남편이 마시게 해주는 드링크를 마시며 속으로 비는 마음도 간절하다.

'제발 이 순간이 영원히 지속되었으면 좋겠어요. 어느 때 당신 자신도 모르게 신경에 변화가 온다면 내게 있어서는 한없는 슬픔과 외로움을 줄 수 있는 그 당신의 고질적인 신경쇠약이 이제는 다 물러 간 것이 맞지요? 여보.'

그이의 하루생활에 대한 이야기를 들으면서 특별히 그이를 위하여서 질그릇에 밥 뜸 올리는 시간이 가장 행복한 시간이었다.

그이는 무슨 일이 있어도 저녁 식사만은 내가 지은 밥이라야만 배부르게 먹게 되고 하루일과를 마무리하는 것 같다고 한없이 고마워했다. 그래서 나는 남들 보기에는 고달픈 생활을 하는 것 같지만 나로서는 보람과 희망에 부풀어 지금까지 살아왔다. 오직 나 혼자만이 남편을 위하고 우리 부부만이 사랑하는 것 같은 기분으로 날개라도 있어서 날 것 같은 느낌이 들 때도 있다.

어느 날 대낮에 난데없이 셋째 조카가 느닷없이 대문을 박차고 들어왔다. 삼촌은 공부를 많이 해서 세무공무원이 되었는데 벌어오는 돈을 왜 못 나눠 주느냐며 고래고래 고함을 치면서 나에게 온갖 협박을 다했다.

그이는 초등학교 5학년 때 형님이 노름도박으로 재산을 탕진하는 바람에 고향에 부지할 길 없어 스스로 집을 뛰쳐나왔다고 했다. 그렇게 집을 나와서 안 해본 일 없이 고학으로 지금에 이르렀는데 이제 와서는 형수되는 사람이 그 철부지 자식들을 내세워서 갖은 모략을 다하는 것을 참아내자니 마음이 몹시 아프다. 정말 이럴 때는 가난이 원망스러웠다. 그렇다고 앞앞이 내 생활이 이렇소 하고 뒤집어 보일 수도 없는 노릇이었다.

"이제는 나도 더 이상은 참을 수 없어."

퇴근해 집에 온 그이가 내가 전번에 고향 가서 당한 일과 자기 형수가 조카들을 앞세워서 나를 괴롭힌 일을 들추며 버릇을 고쳐놔야 한다고 했다. 그 길로 조카들이 살고 있는 집에 가서는 자기가 지금까지 살아온 경로를 조카들에게 다 이야기했다.

"그러니 앞으로는 더 이상 너의 숙모를 괴롭히지 말아라. 나 같은 사람에게 시집 와서 고생만 죽도록 하고 있는데 왜 너희들마저 괴로움만 주느냐?"

"삼촌이 세무서에서 벌어오는 돈을 숙모가 다 쥐고 있으니까요."

답답하다. 우리들의 진실된 현 생활은 결코 이해를 하지 않을 것을 알면서 각오하고 살아간다.

어느 날 저녁에 그이는 아이들이 일찍이 누워서 잠을 자려고 하니까 아이들을 나무라면서 엄마를 핑계를 대며 훈계했다.

"애들아, 한 시간이라도 잠을 줄이고 근면 성실하면 미래에 어버이가 될 것이다. 너의 엄마는 전에 뜨개질할 때 '밤이 깊었으니 그만하고 자자'고 하면 뭐라 했는지 아느냐? '여보, 부지런함은 미래의 어버이요, 게으름과 졸리는 잠은 미래의 도적이 아니겠어요. 그러니 우리는 애써 잠 덜 자고 열심히 노력하고 벌어서 우리보다 더 불우한 사람들을 도와가면서 살아요' 하면서 천한 일, 고된 일 가리지 않고 얼마나 열심히 했는지 아냐? 지금도 너희들이 보면 알 수 있겠지만 너의 엄마는 항상 새벽에 일어나서 밤이 늦어서야 잠자리에 들지 않던. 이 아빠는 무능하고 천치 같다는 말을 동료직원이나 집안 어른들에게 들으면서도 엄마 덕분에 지금 이렇게 우리 집에서 행복하게 살고 있지 않냐? 그러니 너희들도 앞으로는 여간 졸리더라도 참아가면서 조금씩 잠을 이기는 습관을 들여라."

1979년 9월에 전국적으로 서울에서 시범세무서가 하나 생기는데 각 청 관할에서 모범공무원을 차출해서 올려라 했는데 그이가 1차로 추천을 받았다. 그런데 이 영광스러운 추천에도 응할 수 없이 우리는 사양하지 않으면 안 되었다. 생활이 너무 쪼들리는 관계로 내가 하숙을 쳐가면서 가계부를 꾸려 살아가는데 게다가 초, 중, 고등학교에 다니는 아이들 셋을 데리고 서울생활을 도저히 감당할 수가 없을 것 같았다. 그렇다고 또 식구가 헤어져서 지낼 형편도 안 되고 해서 섭섭하지만 사양했었다.

승진 그리고 별리

그해 9월 20일자로 그이는 승진과 함께 의성세무서로 전근발령이 났다. 그와 함께 우리 가정이 관할청에서 뽑는 모범가정이되었다. 승진도 되고 모범가정으로도 뽑히니 기쁘기는 한이 없지만 애들 아빠와 또 헤어져서 살게 되니 섭섭함을 비길 데가 없었다. 그이 역시 중년이 넘으려는 나이에 가족과 또 떨어져서 지낼 생각을 하니 서글픈 생각이 완연한 것 같아서 나의 섭섭함은감히 내색도 할 수 없었다.

그이를 위로하면서 짐 보따리를 챙기기 시작했다. 임지로 부임할 날짜가 되어 함께 보따리를 들고 의성으로 갔다. 그이가 편히 지낼 수 있는 하숙집을 정해 놓고는 우리 부부의 떨어져서 사는 삶이 언제까지여야 할지는 모르지만 다만 떨어져 있는 동안이라도 그리움과 외로움, 고달픔도 서로 참고 견디며 살자고 약속을 하고 나서 나는 당일로 돌아와야 했다.

잠시라도 비워 둘 수 없이 내가 해야 할 일들이 많아 하룻밤도

거를 수가 없다. 집으로 와서는 그이의 몫까지 더 열심히 하면서 공휴일이면 기다리는 즐거움으로 지낼 생각을 했다. 그이는 의성세무서에서 조사계 지도계장으로 보직을 받게 되었다. 더욱이 당시만 하여도 국가시책에 따라 부정부패의 비리공무원들을 가려내야만 하는 막중한 중책인 직장정화추진위원장으로도 선출이 되었다. 그이는 남달리 인정이 유한 성품으로는 지극히 힘 드는 일이라면서 주말에 집에 오면 걱정을 털어 놓았다.

"여보, 당신 생각에 무슨 좋은 방법이 없겠소?"

"직장에서 당신이 직책상 행할 수 있는 일이라면 공사간의 모든 처리는 냉정을 기하여 결정지을 일이기에 극히 걱정될 일은 아닐 것이라, 숙청대상과 포상대상을 가리는데 있어서는 원리원칙으로 처리한다면 그에 대해서 그 누군들 거론할 수 있겠어요?"

"여보, 나는 당신이 부럽소. 거 무슨 일이든지 구애됨 없이 용감하고 대담하게 처리할 수 있는 성격, 주저하지 않고 정당하고 옳은 일이라면 한 치 양보도 않는 당신이야말로 진정한 정의파 같소."

혼자서 하숙방에서 사무실에서 처리해야 하는 모든 일들이 혼자서 해결하기에 머리가 복잡했던지 평일 밤 열 시에 그이가 초인종을 눌렀다. 아이들 데리고 뜨개질하랴 스킬자수를 놓고 있으면서 초인종이 두 번 이상 울리면 그이라는 것을 알고는 애들을 불렀다.

"얘들아, 아빠가 의성에서 오셨는갑다. 어서 나가서 대문 열어 드려라."

"예, 나가요, 아빠."

아이들이 좋아라고 앞을 다투어서 밖으로 나가서 대문을 열면 그이는 장승같이 문 밖에 서서는 문 안으로 들어오지 않았다.

"나는 엄마가 나와서 대문을 열어 주지 않으면 못 들어간다고 해라."

하고는 아이들만 들여보내고는 들어오시지 않는다. 의성에서 차타고 오시느라 얼마나 피곤할까 싶어서 아이들이 들어와서 나에게 고하기 전에 일손을 놓고 나가 익살을 떨었다.

"거, 누구요? 누구시길래 이 밤늦은 시간에 들어오시지 않고 밖에서 면회를 요청하시오?"

"여보, 나요 나."

"나라니요, 우리 집에 나 씨가 찾아오실 리가 없는데요."

하면서 나무대문을 활짝 열어 재치고 추위에 떨고 선 그이의 두 손을 덥석 잡아서 대문 안으로 이끌었다.

"내일 새벽이면 또 가셔야 하는데 어떻게 오셨어요?"

"여보, 내가 왔다고 당신 너무 나무라지 말아요, 제발. 혼자서 하숙방에 있자니 당신이나 아이들이 생각나서 도저히 견딜 수가 없어서 왔어요."

내 뒤를 따라서 방 안으로 들어서는 그이가 측은하기도 하고 생각 같아선 당장이라도 사표를 내고 짐 보따리를 싸들고 집으로 와서 온 식구가 다 함께 지내자고 하고 싶었다. 나 혼자 생각뿐 만약에 내색이라도 하면 그이는 앞뒤 가릴 것 없이 그렇게 하겠다고 하실 것 같아서 함부로 내색할 수도 없었다. 그이나 내가 그동안 바른 공무원 생활을 위하여 얼마나 공들여 쌓아올린 탑인데 싶어서 혹시나 그이가 이럴 때를 생각해서 미리 사두었던 '세무사가 될 수 있는 책'을 그이 앞에 내놓았다.

"여보, 이게 뭐요?"

"보시다시피 책이잖아요. 내일 새벽에 가실 때 잊어버리지 마시고 가지고 가세요. 당신 정년퇴직을 하게 되면 당신이 세무서에 다니셨다는 표적이 있어야 되지 않겠어요. 그 표적이 돈인 줄 알아요? 천만에요. 세무공무원이었으니까 모두들 당연히 돈이 많을 것이라는 생각을 하겠지만 우리는 실제로 돈 같은 것은 한 푼 없지만 그 어떤 돈 많고 잘 사는 이들 부러워하지 않아요. 그러나 재력보다 가치 있고 보람 있는 단 한 가지 세무사 자격증을 퇴직 전에 따놓을 생각을 해보시라고 공부하는데 필요한 책을 샀으니 가지고 가셔서 집 식구들 생각날 때면 책을 보시고 공부를 해보셔요. 정신수양도 될 것이고 장래에 우리들의 꿈도 실현될 것이니."

"여보, 알았어요. 내가 거기까지 생각을 왜 못했는지 몰라. 그렇지만 시험날이 언젠지 알 수가 있나?"

"'80년 6월 6일자로 서울에 마포구 염리동에 있는 세무사회에 가서 시험을 치른다니 그때까지 밤마다 공부나 하셔요. 서울에 가서 원서 내는 일과 그밖에 모든 다니면서 수속하는 일은 내가 알아서 다 해드릴게요."

하고서 이튿날 그이를 설득시켜서 의성으로 가게 하였다. 그런데 그이는 오직 마음뿐이지 실현하기에는 힘이 들던지 퇴근 후 대구행 차를 타고 집으로 왔다.

그래서 대구에서 의성세무서까지 통근을 하면 어떨까 했지만 교통편이 여의치 않아서 마음대로 되지 않았다.

하루는 새벽이 되어도 그이가 일어나서 의성세무서로 출근할 생각을 않고서 무슨 공포증에 시달리는 사람처럼 우울하고 초조한 기색이 완연히 비치면서 신경노이로제가 또 발생한 것 같았다. 그래서 나는 부랴부랴 하숙생들을 다 등교시켜 놓고 의성세무서에 전화로 3일 간 병가를 냈다. 그리고는 서둘러서 그이의 신경쇠약에 해당되는 약을 지으러 가려고 하다가 문득 얼마 전에 그이가 대구세무서에 계실 때 있었던 일이 생각났다. 그때 또한 발병증세로 인해서 이웃에 사는 직원들 집에 가서 그이의 몸살감기로 출근을 못하시게 됐으니까 사무실에 가시거든 병가로 며칠을 쉬게 하려고 부탁을 하자 그 직원이 하는 말이 왜 그렇게 답답하게 살려고 하느냐는 거였다.

"집식구 생활도 못 꾸려 나가서 집에서는 하숙을 치게 만들 바에야 무엇하러 억지로 직장엘 나가게 합니까? 사무실에서도 모두들 하나같이 최 주사만 보면은 답답한 위인이라고들 합니다. 그러니 애써 모범공무원을 만들기 위하여서 그렇게 할 것 없어요. 모범공무원이면 뭣해요. 집식구들은 골병들고 본인 또한 남들에게 바보 소리만 듣는 걸. 그래서 사무실에서는 모두들 최 주사님과는 한 조가 되어서 조사하러 함께 나가지를 않는답니다. 두 사람 한 조가 되어서 중앙통에 있는 업주들에게 부과세조사차 나가게 되면 그들이 내놓는 차 한 잔이라도 그저 마시지 않고 도리어 그들에게 설득당하기 바쁘니 누가 함께 일을 하려고 하겠어요. 그래서 요즈음은 최 주사님과는 아무도 함께 다니려 하지 않아서 출장도 혼자서 다니고 그 많은 일도 혼자서 도맡아서

하게 되니 딴 직원들까지 민망스럽게 하는데 본인은 병 아니라 무엇인들 안 날라고요. 모두들 그 집 형편을 다 알고 있는 터라 안타까워하고 있지만 자기 개인 실속이라곤 조금도 차릴 줄 모르니 산다는 게 무엇입니까? 적당하게 자기 실속 차려가면서 집식구들도 생각해 가면서 살아야지. 그런 식으로 직장엘 다닐 바에는 당장이라도 사표를 내게 하는 것이 차라리 나을 거요."

그렇게 말하던 사람은 얼마 안 있어 좋은 주택을 새로 건축하여 이사를 갔다. 마치 자랑처럼 그 직원은 뻐겨가면서 이야기하는 것을 듣고 있자니 울화가 치밀고 그이가 더없이 불쌍했다.

병은 다시 도지고

그토록 정직하고 성실하게 공직생활을 한다면 그분의 모범됨을 칭찬하고 격려해 줄 줄 모르고 돌아서 비웃고 차라리 직장을 그만두어라 하는 식으로 소외감을 느끼게 하는 그들을 한심스럽게 여긴 적이 있었다. 그러나 그이는 나의 이 간절한 소망도 다 저버린 채 또 발병증세가 있으니 이 일을 어떻게 수습해야 할 것인가? 돌이켜 그이를 생각해야 했다. 불안하고 초조하여 두 무릎을 꿇고 양손 손바닥을 마주 비비면서 어쩔 줄을 모르고 안절부절 울먹이는 그이는 입술도 파랗게 질려 있어 금방이라도 쓰러질 것 같았다.

"여보, 그러고 있지 말고 마음 푹 놓고 소리라도 한 번 크게 질러보고 마음 후련하도록 실컷 울어 보든지 웃어 보든지 해봐요. 그렇게 하면 한결 마음이 풀릴 것이니까."

"여보, 나 한 번 실컷 울어 보았으면 좋겠어요. 괜찮겠지요."

그리고 그이는 목을 놓아 흐느끼면서 울었다. 눈물 콧물 뒤범

벅이 되어 가지고 울고 있는 그이를 부둥켜안고 수건으로 그이의 얼굴을 닦아주었다.

"여보, 모든 서러움은 오늘로서 다 털어버려요. 그리고 모든 언짢은 일들은 마음에 두지 마셔요. 그래야만 당신 신상이 편합니다."

울고 난 그이를 집에 있으라고 하고서 해가 질 무렵에야 함창의 경주한의원에 갔다. 아무래도 그이의 신경쇠약에 당한 약을 지어 와야 할 것 같았다. 내가 나설 채비를 하자 목놓아 슬피 울던 그이도 함께 가겠다면서 따라나선다.

하숙생들의 저녁밥은 부탁을 해놓았다. 불안해 하는 남편을 집에 있게 하기 보다는 같이 가는 것이 내 마음의 걱정이 덜될 것 같아서 함께 가자고 했다.

함창에 도착하여 경주한의원에 도착할 즈음은 시간이 어둑어둑 어둠살이 골목에 가득한 때였다. 문을 열고 들어서니 한의원 부자가 반가이 맞아준다. 동행한 남편은 실컷 울고 나서 진이 빠져서인지 의원에 도착할 때는 혼수상태에 이른 사람같이 보였다. 멍하니 허공을 허우적거리며 꿈속에서 헤매는 것처럼 옆에서 말하는 우리의 말조차 못 알아듣는 사람처럼 멍청하게 있는 그이를 보자니 너무나 답답하여 의사분과 조수인 아들과 함께 그이를 부축했다.

"최 주사님 정신을 바로 차리십시오. 정신을 차리고 우선 식사부터 하세요."

그이는 저녁밥상을 들여놓아도 혼미한 상태에서 깨어나지 못했다. 온 전신에 마비증세가 오고 손발이 휘 꼬이는 것을 보시던 의원께서 갑자기 발생한 것 같은 증세라 종잡을 수가 없다고 했다.

나는 신경쇠약에 해당되는 약을 지어 주기를 바랐다. 원장님은 해마다 지어가던 처방대로 약을 조제하기에 바쁘시고 조수로 일하는 원장님의 자제분과 나는 남편에게 저녁식사를 좀 먹게 하려고 두 사람이 함께 한 사람은 남편의 입을 벌리게 하고 한 사람은 음식을 떠서 남편의 입에 넣어 주었다. 음식을 입에 넣어 주어도 음식을 입안에 둔 채 입을 꾹 다물고 씹을 생각도 않고 물을 떠 넣어도 삼킬 줄을 모르는 그이의 너무나 딱한 모습을 보며 한의사 부자가 나를 동정하는 눈으로 보면서 위로하신다.

"최 주사는 부인을 봐서라도 정상적인 건강을 되찾기를 바랐습니다. 그런데 항상 부인이 더 딱하게 생각됩니다. 그때가 언제입니까? 아득한 옛날 같은 생각이 드는 세월, 강산이 두 번씩이나 변한다는 20년 세월 동안 조금도 변함없는 부인의 성의에 보람도 없이 끝내 이런 일이 생기니 더 이상은 별 희망성이 없는 것 같습니다."

"아닙니다. 그렇지가 않아요. 틀림없이 우리 이이는 회복될 겁니다. 그러니 부디 저를 돕는 셈 치고 좋은 약을 조제해 주십시오."

"여보, 여기가 어디요?"

그때서야 정신이 좀 드는지 그이가 어리둥절한 눈으로 사방을 살핀다.

"여기는 상주 함창 경주한의원이에요. 해마다 당신을 건강하게 해주시던 한의원요."

그이의 정신을 차리게 하려고 말해 주었다.

우리 부부는 서둘러서 대구행 마지막 버스를 타고 대구에 도착하니 세 아이들은 엄마 아빠 돌아오기만을 눈이 벌겋게 기다리면서도 공부를 하고 있었다.

지금까지 아빠가 신경쇠약으로 온갖 고통 다 겪으면서도 그 누구도 몰래 치료를 해오고 있지만 더군다나 우리 아이들은 어린 나이에 아무것도 모르고 그저 어떤 일이 있을 때는 엄마가 극성스럽다는 것밖에 모르고 지냈지만 이제는 큰아이가 고등학생이고 보니 모든 사실을 알고 있는 것이 좋을 것 같았다. 그래서 아이들을 불러놓고 자초지종 이야기해 주고 당부도 했다.

"앞으로 아빠가 어떤 이상한 말이나 행동을 해도 놀라지 말고 순종하며 아빠가 하시는 대로 말없이 참아주기를 바란다."

하는데 그이가 갑자기 방으로 들어오면서 아이들을 부둥켜안고는 횡설수설했다.

"너희들 눈에는 병균이 가득하구나. 이 아빠가 무능해서 미리 예방을 못해 준 탓이란다."

"엄마, 아빠가 이상하셔요. 우리들의 눈은 아무렇지도 않은데……."

"빨리 안과병원에 가서 치료를 하고 오란 말이야."

그이는 갑자기 아이들 뺨을 마구 때리면서 당장 안과에 가라고 다그쳤다. 그래서 나는 아이들을 데리고 안과에 간다며 집을 나와 남문시장에 갔다. 그이의 약에 넣을 생강과 대추를 사러 가면서 아빠의 병을 대강 이야기하였더니 작은 아이들은 아무것도 모르고 엄마 이야기를 듣기만 하는데 큰아이가 고등학생이고 보니 사리를 그런대로 판단하는 듯 한마디했다.

"정말이지 엄마가 더 답답해."

그렇지만 나로서는 그러지 않으면 아니 될 운명의 끄나풀에 묶여 있는 것 같이 오직 그이만을 위하여 헌신 봉사하지 않으면 아니 되었다. 이 세상에서 나라는 보잘것없는 인간을 필요로 하는 이에게 최선을 다함이 나에게는 가장 큰 보람으로 여겨져서 지금까지 살아오다 보니 결국 아이들까지도 다 알게 되었구나 싶었다. 아이들이 어릴 때는 혹시나 그이의 본의 아닌 발병증세로 인하여 내가 잠든 순간에라도 어떤 일이 일어나지나 않을까 항상 조바심으로 마음 놓고 깊은 잠 한 번 제대로 자지 못했다. 그래서 밤 시간을 이용해서 하는 일이 더 많았다.

지금은 아이들이 그런대로 자라고 보니 이 엄마가 하숙을 치는 일에도 도움이 되려고 각자 맡은 일들도 곧잘 거들어주면서 때로는 의성에서 아빠가 오시면 궁금한 일이 있을 때는 질문도 하고 이야기 상대도 되어주어서 그이의 마음을 흐뭇하고 너그럽게 녹여 줄 때도 있으니 그 얼마나 다행한 일인가? 그런데 남편은 왜 지친 사람처럼 온전한 정신을 가다듬지 못할까 싶은 생각을 하는 생각이 들었다.

약탕기를 구공탄 불 위에 얹어놓고는 큰아이 병희와 경희를 밖으로 살짝 불렀다.

"엄마는 밤새워 부뚜막에 앉아서 아빠의 약을 달여질 때까지 지켜봐야 하니까 너희들은 아빠의 거동을 잘 살피거라."

조금 있다가 방에서 아이들이 "엄마, 빨리 방에 들어오셔요.

아빠가 이상해요." 하고 소리쳤다. 그래서 불 위에 얹었던 약탕기를 부뚜막에 내려놓고 방에 들어가 보니까 곤히 잠자야 할 아이들을 다 일으켜 세워놓고는 자기 어깨에 무거운 짐이 얹혀 있다면서 잠자는 아이들을 깨워놓고는 그 짐을 함께 떠 받쳐 달라고 하였으니 아이들이 이상하다고 할 수밖에 없었다.

나는 한걸음에 들어가서 "그 무거운 짐은 내가 다 받쳐 주든지 방바닥에 내려놓게 하든지 할 터이니 너희들은 그만 자거라."

아이들에게 그렇게 말하고는 그이를 달랬다.

"그토록 무거운 짐이 당신 어깨에 얹혀 있다면 나를 불러서 내려 달라 하시지 않고서 왜 잠자는 아이들을 괴롭혀요?"

그이에게 약을 마시게 하고 어린아이처럼 달래고 다독거려서 그이를 잠들게 하고나자 벌써 창문이 훤해지는 아침이 되었다.

남편과 아이들

그이의 병가기간인 3일이 빠르게 지나갔다. 남편을 출근하게 해야겠기에 나는 집안일들은 모두 미루어 두고 남은 한약들과 약을 달이는 약탕기를 싼 보따리를 들고 나섰다. 이 세상에 그 어떤 일도 다 마다하고 팽개치는 한이 있어도 내가 그이에게 전부가 되듯이 남편 역시 내게는 전부였기에 그이를 따라 근무하는 세무서가 있는 의성으로 하숙집까지 갔다. 그이가 묵고 있는 하숙집 주인아주머니는 우리 부부가 함께 들어가자 눈이 휘둥그레지면서 "아이고, 사모님이 우쩐 일입니꺼?" 하며 맞는다.

"얼마 동안은 그이의 약을 달여야 하겠기에 함께 있으려 합니다."

"아이고 잘 됐네요. 우리 집에는 군청, 세무서, 경찰서 직원들이 한 십여 명 하숙을 하고 있는데 모두들 대구에서 오신 분들이 대부분이라 부인들이 자주 오는데 최 계장님 사모님을 왜 한 번도 안 데리고 오시느냐고 물으니, 뭐 사모님은 대구에서 하숙을 친다고 하시길래 우리 내외는 그렇게 짐작을 했어요. 공무원들 많이 겪어봤는데 최 계장님 같은 분은 잘 없었어요. 그렇게 청간스럽게 고지식한 신랑하고 살면 세무서 아니라 어디 다닌다 해도 여자가 벌어야 살아요. 그래서 대구에서 대학을 다니는 우리 아들을 최 계장님 집에 하숙을 시키려는 생각까지 했어요."

그날부터 그이는 언제 몸이 아팠느냐는 듯이 거뜬히 일어나서는 일찍부터 출근준비를 분주히 했다.

"여보, 내가 점심 때 올 때까지 당신은 편안하게 쉬고 있어요."

그이는 집에 두고 온 아이들에 대한 걱정은 안중에도 없는 듯 기분 좋게 출근했다. 퇴근길에는 여직원들에게 부탁해서 구했다면서 월간 잡지책들을 구입해 가지고 왔다.

"당신 심심한데 이 책들이나 봐요. 나는 당신이 여기 와 있으니까 얼마나 마음이 든든한지 몰라요."

집 걱정 아이들 걱정에 답답하고 타는 내 심정은 모르고 자기 혼자만 기분 좋아하는 그이가 더없이 안쓰러웠다. 결국은 혼자서 빈 하숙방에서 중얼거려야 하는 내 마음은 몇 번씩이나 마음으로만 대구의 우리 집에 오고갈 뿐이었다. 내가 무슨 할일 없는 사람처럼 고스란히 하숙비까지 주어가면서 이러고 있단 말인가? 우리 집 하숙생들의 시중은 누가 들어주고 또 우리 아이들 셋은 이 추운데 어떻게 지내라고 나는 이 시간에 이렇게 한가하고 무료한 시간을 보내야 하는가? 이제 겨우 중학교 2학년짜리 경희가 고사리 같은 손으로 무슨 수로 밥을 지어서 그 많은 식구들을 나누어 먹일 것인가? 나 혼자 있는 하숙방에서 집 생각에 피가 바싹바싹 마르는 것 같은데 그이는 헐레벌떡 점심때가 넘었다면서 12시 종이 땡 치기가 바쁘게 들어왔다.

"여보, 당신이 이곳에 와 있다는 생각을 하니까 시간이 얼마나 잘 가는지 몰라요. 왜 이렇지? 나는 당신과 같이 있다는 생각만 해도 일이 저절로 잘되는 것 같아."

그런 남편에게 달여 놓은 탕약을 짜서 마시게 했다. 그리고는 조심스럽게 말을 꺼냈다.

"여보, 당신은 대구에 있는 아이들 걱정이 되지 않아요?"

"아, 우리 아이들 뭐 저들 나름대로 공부 잘하고 있겠지 뭐. 우리 아이들은 워낙 착해서 별일 없을 거야."

"별일이 문젠가요. 어른도 해내기에 힘에 벅찬 하숙생이 일곱 명이나 있는데 무슨 수로 경희가 감당해 내겠어요?"

걱정으로 애타는 내 마음은 천 갈래 만 갈래로 찢어지는 듯한 가운데서 일주일이 지나고 나니 어느덧 80년의 신정연휴가 되었다. 아직 남아 있는 약봉지들을 보따리에 싸놓았다. 만년 일직자라고 내가 불러 준 그이는 행여나 다를까 일직근무를 하루라도 하고 가야 된다면서 연휴 첫날은 사무실로 일찌감치 출근을 해 늦도록 기다렸다. 그렇게 지루한 하루를 보내고 밤늦게야 막차를 타고 대구 집으로 왔다.

엄동설한 추운 계절에 엄마 없이 저희들 나름대로 고생이 극심했던 터라 아이들은 저마다 엄마 아빠를 향해 할 말들이 많았다.

"그래 그래. 우리 새끼들 수고가 많았구나."

아이들의 어리광을 아빠가 다 들어 준다. 나는 나 혼자 속마음으로 빌었다.

'여보, 제발 우리 아이들을 봐서라도 당신의 그 약한 건강을 지켜 주세요. 꿋꿋한 용기로 참으며 이겨 내세요.'

아빠의 건강 때문에 나뿐만 아니라 아이들까지 겪은 고생을 생각하니 너무 애달파서 눈시울이 뜨거워진다. 아이들이 잘 감당해 주고 하숙생들도 참아 준 것에 고마운 마음으로 아이들을 돌보아주며 하숙생들의 시중에 살뜰한 마음으로 감당해 주었다.

근검절약으로 생활비를 아끼며 하숙으로 들어오는 수입으로 새마을 예금통장이 새록새록 포실하게 커가며 불어날 재미를 생각하면 마음은 즐거움으로 든든한데, 객지에서 혼자 외롭게 하숙방에서 집 생각에 묻혀 있을 그이를 생각하면 또 가슴이 미어지는 듯 아려온다. 가족이 함께 지내보는 짧은 이틀의 신정휴가가 지나면 또 그이를 보내야 할일이 아득하다. 식구들 곁을 떠나길 못내 아쉬워하는 그이를 생각만 해도 불쌍하게 여겨진다. 내 자신 역시 결혼한 후 20년의 세월 속에서 무엇을 하다가 40고개에 발을 들여놓는지 이때까지 자신일랑 눈곱만큼도 생각하거나 돌보지 않고 살아오는 이게 도대체 인생이란 말인가? 그렇게 젊은시절 좋은 때를 보내버렸단 말인가? 생각하니 아찔한 현기증 같은 것이 머릿속을 스친다. 이런 감상에 젖어 있다가도 후다닥 놀래 깨는 사람같이 떨치고 살아가야 할 형편이고 보니 사치스러운 감상에 잠길 겨를도 없는가 보다.

금반지

그이가 탕약을 다 복용했다. 1980년 새해에는 더욱 힘차게 더욱 착하게 더욱 정직하게 우리 식구 다함께 남은 꿈을 실현하자라는 다짐을 주고받은 뒤 그이는 의성세무서로 갔다. 그이는 주말에 집으로 오는 꿈으로, 우리는 남편과 아빠를 기다리며 한 주를 살았다. 막상 만나면 둘이서만 오붓하게 마음 놓고 이야기 한 번 한다거나 안아 주고 쓸어 주고 지친 몸과 마음 뜨거워져 힘껏 포옹하고 싶어도 그러지 못하는 처지이지만, 오직 이 세상에는 우리 두 사람만의 세상 같은 부푼 마음으로 기다리며 살았다. 그이가 아내인 나를 향하는 마음이 마지막 황혼의 더 진한 빛같이 곁에 있고 싶어 안절부절 애쓰는 기색이 완연했다.

살을 에는 듯한 바람 끝이 보드라워져 가는 3월의 초순 어느 날이었다. 공휴일도 아닌데 아침 일찍이 의성에서 오는 길이라면서 남편이 들어왔다.

"여보, 내가 오늘은 당신에게 긴히 전할 물건이 있어서 이렇게 일찍이 왔어요. 마침 서내에서 체육대회를 하는 참이고 해서……."

느긋하게 어서 방으로 들어오라고 하는 말에 설거지하던 일손을 멈추고 앞치마에 손을 닦으면서 방으로 들어섰다. 그때 방에는 친정엄마도 계셨지만 개의치 않고 아직 물기가 촉촉한 내 손을 덥석 잡았다.

"여보, 당신 손 한번 펴 보시오."

"왜요?"

물으면서 손을 내밀었더니 그이는 결혼 20년 만에 금반지를 내 손에 끼워 주는 것이었다.

"여보, 내 성의로 알고 기뻐해 주어요. 이 무능하고 못난 남편이 20년 만에 벼르고 벼르던 금반지 한 돈쭝을 샀소. 빙모님이 계시는데 하는 이야기지만 언제고 당신은 그 숱한 고생을 하면서도 반지를 사주려고 하면 빙모님 손에 반지를 안 끼워드리고는 절대로 반지를 낄 수가 없다고 하는 당신 말대로 빙모님 회갑 때 반지 해드린 후 연이어 동생 결혼과 친가, 처가에 잦은 잔치들로 이 가냘프고 작은 손에다가 내 힘으로 금반지 한 돈쭝을 못 끼워준 것이 항상 미안했었소. 그러던 차에 이번 3월 3일부로 국세청장님 표창장과 세무서장님 표창을 한꺼번에 타게 됐는데 부상이 조금 나왔기에 이번 서내 체육대회 기금으로 기부하고 간신히 당신 금반지 한 돈쭝 값인 20,000원을 남겨서 이렇게 사가지고 왔으니 아끼지 말고 항상 손에 끼고 있어요. 오늘이 바로 우리들의 결혼 20주년 되는 당신의 생일날이라 기념으로 산거요. 그러니 그대로 끼고 있어요. 그리고 앞으로는 전국 명승지로 관광도 좀 가도록 하자고요."

"그러네, 우리 최실이는 어릴 적부터 저거 어른한테나 나한테는 입안에 혀같이 매사를 마음에 들도록 할 뿐 아니라 어떤 일이든지 남에게 미룰 줄 모르고 지가 먼저 한다고 나서는 일이 많아서 동네 어른들한테서 칭찬을 많이 받아가면서 컸다네."

그날따라 엄마와 그이는 약속이나 한 듯이 나를 칭찬하기에 바빴다. 나는 그이가 타다가 주는 빛나는 표창장과 한 돈쭝 반지가 한 냥쭝 반지 이상으로 소중하여서 소중히 간직하기로 했다. 그리고 아이들에게도 한마디했다.

"아빠의 20년 공무원 생활에서 타 오신 이 값지고 소중한 표창장은 어느 때까지라도 너희들에게는 자랑할 만하다. 오로지 성실과 정직으로 살아온 열매인 만큼 뜻깊은 가보로 여겨야 한다."

대구상업고등학교에 다니는 큰아이가 말을 받았다.

"엄마, 그렇지만 우리 학교에서는 아빠가 세무서 부가가치세 과에 근무하신다고 하니까 선생님과 우리 반 아이들이 모두들 '그렇다면 너의 아버지는 돈이 많이 생기는 직장에 다니시는데 왜 너의 어머니는 하숙을 치시고 너는 또 교복이 그게 뭐꼬? 무릎은 마구 누벼 가지고는 작아서 입지도 못할 것을 입고 다니고······' 하면서 모두들 얼마나 놀려댔는지 몰라요."

"그래, 모두가 다 우리 생활사정과 너의 아빠 성품을 몰라서하는 소리니까 아예 그 허황된 말은 귀담아 듣지도 말아라. 본래 사람들은 남의 이야기하기를 좋아하니까."

금년에는 그이로 인한 정신적 부담 없이 가정생활에 전념할 수 있기에 하숙치는 일이 고되고 바빠도 남편을 중심으로 온 가족과 함께 진정으로 즐거운 나날을 보낼 수 있었다. 그리고 앞으로 다가오는 6월 6일에 있을 세무사 자격시험 공부로 열심히 그이가 준비하는 것을 보며 하루하루 지냈다.

그이 보고 교회에 함께 가자고 했더니 그이는 마음이 별로 내키지 않는 듯했다.

"모처럼 집에 와봐야 당신과는 한시도 함께 있을 시간이 없지 않소?"

그렇다 하숙을 한 명이라도 더 치기 위해서 우리는 지금까지도 단칸방에서 아이들과 친정엄마와 항상 함께 지냈다. 그렇다 보니 주말에 그이가 집이라고 와 보았자 단칸방에서 새우잠으로 기름을 짜듯 했다. 나는 살짝 그이를 뒤꼍으로 데리고 갔다.

"여보, 나하고 같이 교회 갔다 돌아오는 길에 우리 두 사람만이 지낼 수 있는 곳에 가요. 그러니 아무 말 마시고 같이 교회 가요."

하자 그이는 어리둥절해 하면서 교회를 따라나선다. 교회 가서 함께 예배를 드리고는 돌아오는 길에 일신목욕탕의 가족탕 201호실을 우리 부부가 단 둘이서 만나는 장소로 정해 놓았다. 어쩌다가 그이가 주말에 집에 오면 함께 교회 갔다가 오는 길에는 으레 일신목욕탕 201호실을 거쳤다. 그러자 남편의 기분은 훨씬 더 밝아지며 더없이 기뻐했다. 둘이서 부부가 정답게 회포를 풀어보는 공간이나 시간을 우리는 이때 201호실에서 해결하였던 것이다. 일주일 간 집을 떠나 혼자서 외롭게 하숙생활을 하다가 모처럼 집에 왔을 때 하숙생들 틈에서 호젓하게 우리 두 사람만이 마주 앉아서 이야기할 자리도 없었다. 더욱이 주말이면 사위를 보겠다고 찾아오시는 친정어머니와 정신분열증세로 우리 집에서 탕약을 지어 복용하고 간 언니가 또한 주말마다 와서 살다시피 했다.

나는 그런대로 만성이 된 듯 참고 살아갈 수 있겠는데 허겁지겁 기쁜 마음으로 집을 찾아오는 남편 마음은 불편하지 않을 수 없었을 것이다. 가족을 만나는 기대로 특히 아내를 보기 위해 왔는데 기대에 부풀어 와 봤자 항상 잔치 집같이 뜰에는 낯선 신발들로 가득 차있으니 정녕 그이의 신발은 비집고라도 벗어놓을 자리조차도 없을 형편이니 남편은 아예 집에 와도 방으로 곧바로 들어오지 않고 부엌을 지나서 뒤꼍으로 들어가서는 나를 불렀다.

"여보, 나 왔소. 손 씻을 물 좀 떠 주구려."

나는 단숨에 달려 나가서 남편의 눈치를 살펴가면서 스텐 대야에 물을 떠서 그이 앞에 갖다 놓는 순간에도 마음이 조마조마했다. 혹시나 남편의 입에서 어떤 불평을 듣지나 않을까 조바심하는데 손을 씻던 그이가 나를 불렀다.

"여보, 이리 앉아서 당신 손 좀 내놔 봐요. 그동안 떨어져서 지냈으니까 얼마나 그리웠는지 몰라요. 그러니 당신 손이라도 한번 만져 봅시다, 여보!"

우리는 물대야 속에 손을 담그고는 서로가 만져 주면서 많은 이야기를 나누었다. 그이는 나에게 애원하듯 진정어린 이야기를 한다.

"여보, 제발 이제는 당신 하숙 그만 집어치우고 어디든지 우리 식구끼리 한번 오순도순 지낼 수 있는 곳으로 갔으면 좋겠소. 하다못해 변두리 단칸방 오두막이라도 좋으니까 당신과 나만이 한번 마음 놓고 공휴일에는 휴식을 취할 수 있는 곳이 없을까? 왜 우리는 옛날이나 지금이나 시골손님들이 그칠 날 없이 끼어드는지 몰라. 정 오시려거든 내가 없을 때 당신 혼자 있을 때 좀 오시면 오죽이나 좋겠소. 신혼 초부터 우리 두 사람만 지낼 때가 언제 한번 있은 적이 있소? 처음 시작할 때 대구에서부터는 우리 고향 조카들이 와서 함께 지내는 바람에 신혼이 무엇인지도 모르고 또 가난에 시달리며 지냈지. 그리고 김천, 영주에서는 작은처남 폐결핵 치료하는 일로 우리 집에 와서 계셨지. 또 우리 형님도 덧붙여서 지냈고 또 상주에서는 당신이 편물한다고 처제와 빙모님과 우리 어머니와 단칸방에서 지냈고, 근근이 대구에 오면 집이야 작더라도 내 집이면 설마 손님이 와도 했는데 당신은 또 방 한 칸이라도 더 많은 하숙생을 들이기 위해서 단칸방에 겨우 골방 하나 병희에게 주고 있으니 모처럼 집에 와봐야 나는 당신 곁은 고사하고 아들방인 병희 방에서 자고 가야 할 입장이고 보니 괜히 당신한테 투정이 자꾸만 나오는구려. 여보!"

하는 순간 나는 물속에서 서로 잡은 손을 그대로 하고 그이의 이야기를 듣는 순간 눈에서는 하염없이 눈물만 쏟아졌다.

"여보, 나도 그렇답니다. 당신 앞에서 내 입장 한번 내세운 일도 장소도 없었어요. 처음부터 나는 세워놓은 계획도 있고, 희망과 꿈을 실현하려고 참자고 참고 살자고만 했던 것이죠. 20년 세월이 흐르도록 우리에게 기대를 걸어온 분들에게 실망을 주지 않으려고 안간힘으로 온갖 노력을 다하다 보니 내 한 몸으로는 벅차고 힘에 겨웠어요. 그래도 나는 미래에 당신과 함께 살며 하숙을 하지 않아도 되는 때를 생각하며 견디어 왔어요. 당신 세무사 자격증이나 따고 정년퇴직하면 그 누구의 방해도 받지 말고 우리 두 사람만 행복하게 옛말 해가면서 살아요. 여보, 말 안하는 내 형편 말 못하는 내 심정도 누구 못지않게 당신이 그립고 보고 싶어서 당신 곁으로 달려가고 싶을 때도 있었지만 이런 희망과 꿈으로 내 마음 위로하고 참고 사는 거예요."

흐르는 눈물을 닦을 수도 없이 그이 앞에서 조금만 더 참고 살자는 애원을 내 쪽에서 하다 보니까 방에서는 최서방이 왔다는데 왜 방에는 안 들어오느냐며 시골 어른들이 성화다.

"거 봐요. 당신이 찾아오는 손님들에게 너무나 잘해 주니까 당신만 찾잖아요."

눈물을 닦고서 우리는 아무 일도 없었던 것처럼 함께 세수하고 손 씻고 방으로 들어갔다. 그리고 교회 가는 걸로 하고 나는 그이의 갈아입을 속옷들을 챙겨서 가방에 넣어가지고는 그이와 함께 집을 나왔다. 지금 형편으로는 우리 부부가 단 둘이서 만나서 이야기할 곳이라고는 집에 없으니 다른 방법이 없었다.

이렇게라도 아내 된 도리로 남편을 위해 주지 않으면 도저히 그이를 위해 줄 수 없었기 때문에 일신탕 201호실을 선택했었고 이런 해결책으로 그이나 내가 부부 만남의 진정한 즐거움을 나눌 수가 있었다.

아름다운 추억

여름방학이 되었다. 지루한 장마와 폭우로 농경지에 피해가 많다는 소식이 들렸다. 오랜만에 아이들에게 시골바람도 좀 씌어 줄 겸 친정집 농사는 피해가 없는지 궁금하여 의성 다인, 봉정마을 친정집엘 갔다.

여름방학이면 친정어머니가 친정댁 조카들을 데리고 해마다 다녀가셨다. 금년에는 우리 아이들을 데리고 외가에 가겠다고 하고서는 큰아이 병희는 집을 보게 하고 경희와 병택이를 데리고 갔다. 막상 가서 생각해 보니까 시골의 맑은 공기도 좋고 거의 7년 동안이나 처가댁을 오지 못했다면서 그이에게 공휴일에 대구로 가지 말고 이곳 처가로 부르라고 어른들이 말씀하셨다. 8월 첫 휴일 전날 토요일에 의성세무서로 전화를 걸었다.

"내가 아이들 데리고 친정에 와 있으니까 당신도 대구로 가시지 말고 이곳 처가로 오세요."

오후가 되자 그이가 오래간만에 어려운 걸음으로 처가로 왔다. 온 집안식구들이 반가움 속에서 밤이 이슥하도록 이야기들을 하다가 잠자리에 들었다. 친정 엄마와 조카들과 한방에서 잠을 자게 됐는데 옆에 누운 그이가 좀처럼 잠을 이룰 수가 없다면서 "여보, 우리 오래간만에 만났는데 밖에 나가서 이야기나 좀 해요." 한다.

우리는 자리에서 일어나 어둠이 내려와 밤이 깊어 인적이 없는 마을 앞 신작로의 길섶 잔디밭에 나란히 앉았다. 그이는 내 손을 꼭 쥐면서 나에게 속삭였다.

"참, 이번에는 처가에 오면 오래간만이고 하니 당신과 나 두 사람이 같이 지낼 수 있으리라는 기대를 걸고 왔더니만 아이들과 조카 모두 다 한방에서 지내다니…… 참 우리는 단 둘이서는 지낼 수 없게 항상 누군가가 우리 사이를 끼어들어 어디 가나 마음 놓고 잠 한번 잘 수 없구려. 그렇지 않으면 각자 헤어져서 그리워해야 하고 당신 말마따나 이것도 운명이라 그런가. 우리가 너도 나도 좋아라 하는 성격 탓인가 몰라. 20년 전에 당신도 생각 나지. 결혼 후 처음으로 정초에 근친 왔을 때 일을 잊을 수가 없었는데 지금 처가에 와서 온 식구가 한방에서 자게 되니까 문득 그때 생각이 나지 뭐요. 그때는 자그마한 흙벽토담 오두막집이라서 당신은 안방에서 여자들끼리 자고 나는 또 사랑방에서 빙장어른과 지내다가 모처럼 정월 열나흘 날 병장어른은 동네 사랑에 동신제 날받이 가셔서 주무시게 되었다면서 사랑방에서 오래간만에 당신과 함께 지내라는 허락이 내려졌지. 처가댁에 간 지 열하루 만에 드디어 색시와 함께 동방을 하나 보다 싶어 마음 푹 놓고 당신과 함께 옷 다 벗고 막 호롱불을 끄고 이불 속에 들

어가 잠을 자려 하는데, 동네 사랑방에서 돌아오신 빙장어른께
서 문 밖에서 기침을 하시는 바람에 후다닥 급히 일어나서 미처
바지를 주워 입지 못하고 당신이 벗어 놓은 다홍말기치마로 두
르고 일어서자 빙장어른이 쳐다보고 '니는 그 꼴이 뭐꼬?' 하시
자 난 송구스러워서 몸 둘 바를 모르는데, 내게 치마를 빼앗긴
당신은 옆에서 깔깔대고 웃어대는 바람에 내가 얼마나 부끄러웠
는지 몰라요. 우리의 그런 일을 아직까지 아무도 모르잖아. 그리
고 또 결국 그 이튿날은 정월보름날이라 보름달 보러(달맞이) 당
신 친구들과 진등 말랭이에 올라갔다 오는 길에 우리 두 사람은
집으로 들어가면 각자 헤어져야 하겠기에 함께 있는 시간이 너
무 아쉬워서 아랫골에 쌓아놓은 보릿짚가리 밑에서 솔가지를 꺾
어서 앞을 가리고 삽작 삼아 쳐놓고 내가 입고 간 옥당목 두루마
기를 벗어서는 두 사람 이불삼아 덮고는 짚단을 나는 베개 삼고
당신은 내 팔을 베고 서로가 보듬어 안은 채 보릿짚가리 속에서
단잠을 자고는 새벽녘에 그 아쉬운 보금자리를 남겨 두고 집으
로 들어가던 일. 그래도 나는 오래간만에 사랑하는 당신과 같이
지내게 돼서 그런지 그 보릿짚가리가 어떤 호화스런 안방에 솜
털로 에워싼 안락 침대보다도 더 아늑하고 행복했었어요. 당신
은 어떻게 생각해?"

'나도 그랬어요.'

속으로 대답하고 딴 소리를 했다.

"여보, 우리 오늘 당신이 하시려고 하던 이야기나 해보셔요.
그런 옛날의 우리들 추억이 서린 이야기는 아껴 놓았다가 이다
음에 우리 아이들에게 일러주어요."

고즈넉한 어둠 속에서 들려오는 풀벌레 소리에 좀처럼 잠이 오지 않아 이리 뒤척 저리 뒤척 잠을 청하다가 늦게 선잠이 들었다.

겨우 눈 좀 붙였을까 싶은데 새벽같이 일어나 일하는 기척에 우리도 일어나 부부가 함께 들 구경을 나갔다. 들판은 온통 폭우로 인한 수해 흔적으로 뒤덮여 있고 허물어진 논두렁이며 흙에 묻힌 나락(벼)포기며 너나 할 것 없이 복구 작업에 손발을 걷어붙이고 있었다. 쓰러지고 묻힌 나락포기들을 일으켜 세우는 농촌사람들의 힘든 노동력으로 우리들은 도시에서 잔등에 흙탕물 안 묻히고 지내게 됨을 감사했다.

논두렁길을 따라 방천둑 밤나무숲을 거닐다가는 시냇물에 떼지어 몰려다니는 물고기떼들을 구경하려고 밤나무 그늘 아래 잔디 위에 엉덩이를 붙이고 앉았다. 지루한 장마가 끝나고 맑은 하늘로 활짝 갠 날씨 때문인지 냇물은 유리처럼 더없이 맑아 냇물 바닥이 다 들여다보였다. 송사리떼들이 올라가고 피라미떼들이 뒤따라 물고 가듯이 올라가고 있었다. 방천둑 섶 돌 틈 사이로는 메기도 가끔 숨바꼭질을 하고 모래가 있는 곳에는 미꾸라지가 꼬리를 살랑대며 파고드는 광경도 불 수 있었다.

맑은 물속에서 마냥 오르내리는 물고기들의 생동하는 광경은 실로 장관이 아닐 수 없다. 옆에서 함께 시냇물 속 물고기떼들을 구경하던 그이도 감탄을 했다.

"여보, 사방팔방 둘러보니 산천이 참 아름답네요. 들판도 푸르고 맑은 물 흐름 따라 떼지어 살랑대면서 오르내리는 물고기떼도 아름답고, 이처럼 아름다운 고을에서 당신이 나고 자랐기에 그 착한 마음 역시 그 어디 비길 데 없이 아름답고요."

그렇게 이야기를 하면서 사방을 휙 둘러보는 그이의 얼굴에는 소박하고 순수한 행복을 가득 담고 세상을 바라보는 여유로운 감회가 서려 있는 듯했다.

"여보, 그러고 앉아서 자연에 대한 감탄만 하시지 말고 이리로 와 내 무릎을 베고 누워서 좀 쉬어요. 내일이면 또 우리는 헤어져서 서로의 바쁘게 뛰어야 할 건데 잠시라도 편히 쉬어요. 내가 당신 귀지를 파 줄게요."

나는 풀잎파리를 꺾어서 꼬부려서 그이의 귓구멍을 살살 간질이면서 귀지를 파주니 그이는 간지러운지 발끝을 움칠움칠하면서 우리들의 지난날에 대한 가장 아름답고 행복했던 추억을 이야기했다.

"여보, 나는 당신의 무릎을 베고 누워서 당신이 내 귀를 후벼 줄 때와 얼굴에 잔털과 수염들을 당신 손으로 면도하여 줄 때가 제일 행복하오."

남편은 지난날 우리 부부가 떨어져 살다가 만나는 일, 신혼 초부터 우리 부부생활에는 항상 객식구가 함께 기거하여서 때때로 둘이서 바깥으로 야외로 나가서 정을 나누던 일 등을 회상하며 20년 세월에 우리가 함께 지냈던 날들을 손꼽아 보았다. 신혼시절 대구에서 살았을 때는 그이의 조카가 함께 있다가 가고 나면 수시로 시동생, 친정어머니, 쉴 새 없이 인척들이 들고 났었지만 그래도 지금의 오늘이 있기까지는 우리는 무던히도 잘 참아왔다는 생각이 든다.

김천으로 전근 가서 병이 나서 죽을 뻔 했던 일, 다섯 달 후에는 영주로 전근 가서 살 때 작은 오빠가 폐결핵치료 때문에 우리 집에 와서 오래도록 함께 단칸방에서 기거했기 때문에 잠자리가 불편하여 여름철에는 폭포수 옆 모래사장에 가서 지내다가 여름이 지나서는 재민루 정자 뒷산 솔밭에서 뒹굴다가 오빠와 아이들이 잠든 방으로 들어오던 일, 상주로 전근 가던 때는 이사한 이튿날 아침에 막내 병택이를 분만해서 영양실조로 앞을 보지 못하고 그런 중에 두 달 만에 또 의성으로 발령이 나서 의성 세무서장님 관사에서 서장님 모시고 지내던 일, 다시 상주세무서로 전근 가서 막내동생과 함께 지내느라 불편했던 일, 그 다음 대구로 와서부터는 서울에 있는 둘째동생과 함께 지내느라 전세금 내줄랴 집 사느라 졌던 빚 갚기 위해서는 길에 나가 몰래 행상을 하던 일이며, 그이가 영덕으로 전근 간 후에는 살림 꾸려나가랴 집 팔아 헌 집 사서 다시 수리하고 고칠 때 옆집 사람들에게 폭행당하고 첩년 소리 들어가면서도 이를 악물고 참아가면서 하숙생 모아서 하숙치랴. 이때부터는 본격적으로 고향 친가, 시가 양가의 친척들이 붐비게 찾아왔다.

"고향에서 잔치하는 집들 혼수 장만하러 대구에 올 때 우리 집을 찾아왔고 시골에서 관광 떠나는 이들의 모임장소로 우리 집이 또한 정해진 것처럼 붐비는 덕분에 우리 부부는 일신목욕탕을 전용 데이트 장소로 정해 놓고 남들이 못해 본 오붓한 데이트도 즐기고, 또 주말이 지나면 헤어지고 주말에는 연애시절처럼 가슴 두근대며 기다리는 설렘 속에서의 만남이 우리들에게는 영원히 잊을 수 없는 즐거운 추억들이었어요. 지금 생각해 보니까 우리도 지나온 길을 뒤돌아보니까 아름답고 못 잊을 추억들이

서리서리 많이 있군요."

호젓하게 끝없는 우리들의 높고 낮은 파도 같은 구비들을 되짚어 보니 소박한 부부의 애정은 그 어디를 가든지 항상 함께 있었다, 우리들의 마음은 변함없었다는 말을 하고서 이제 그이만 다시 대구로 와 함께 지내게만 되면 남들처럼 행복할 것이라는 기대 속에서 그때까지만 참자고 약속했다.

저만치 신작로로 우리가 타고 가야 할 시외버스가 빠앙빠앙 하면서 들어온다는 신호가 시골마을 앞뒤 산을 울렸다. 이어서 경희하고 병택이가 외할머니 손을 잡고 우리를 불렀다.

"아빠! 엄마! 차가 들어와요. 어서 빨리 집으로 들어오셔요."

우리 부부는 잔디밭에서 아쉬운 마음을 남겨 놓고 일어나면서 엉덩이를 툭툭 털었다. 출발시간이 되어 우리는 친정 동네 대소가 식구들의 배웅을 받으면서 작별의 인사를 하고 버스에 몸을 싣고 대구를 향하여 우리들의 보금자리를 찾아왔다.

여보, 나, 가요

집에 도착하자마자 시골 갔다 온 옷들을 벗겨서 빨래를 했다. 그이는 쪽문으로 내다보면서 "밤이 늦었으니까 그만 자자."고 했지만 피곤하다고 오늘 할일 미뤄 두고 잠을 잔다면 내일에 할일로 내 손을 기다리기에 이왕 시작한 빨래이니 다 마치고 들어와 12시가 훨씬 넘은 시각에 불을 끄고 잤다.

고단한 나머지 나는 잠결에 옆에 있던 그이를 더듬어 보았더니 그이는 잠이 오지 않는다면서 내 얼굴과 아이들을 번갈아 들여다보다가 속삭이듯 말했다.

"여보, 당신이 많이 고단했던 모양이야. 오늘 아침에는 일어나지 말고 그대로 누워서 잠을 더 자요. 나는 이대로 일어나서 첫차 타고 의성으로 갈게."

잠결에 놀란 듯이 일어나서는 계란을 부치여서 먹고 가게 했는데 그날은 기어코 맨입으로 그냥 가겠다는 그이를 보냈는데 뜰까지 나가던 그이가 내가 내다봐 주기를 기다리는 듯 "여보,

나, 가요" 했다. 나 역시 "알았어요" 대답하니 대문 밖에 서서 또 그이는 "여보, 나 이제 갈게" 했다.

항상 그이는 집을 나설 때 내가 따라 나오지 않으면 세 번씩 인사를 하는가 하면 들어올 때도 마찬가지로 내가 내다보지 않을 때면 "여보, 나 왔소"를 연거푸 했다. 그래서 항상 주말에 왔다가 새벽에 떠날 때는 휙 가지를 않고 가다가 인사하고, 가다가 돌아보면서 집을 못 잊어 하는 듯, 아쉬워하는 그이를 혼자 보내기가 마음 아파서 배웅하며 모퉁이마다 따라가다가 보면 어떤 때는 따라서 차를 타고 의성세무서가 보이는 보건소 앞까지 가서 그이가 세무서로 들어가는 것을 보고서야 돌아올 때도 가끔 있었다.

주말마다 그이가 올 시간이 되면 별도로 질그릇에다가 밥을 지어 뜸을 들여놓고는 그이를 기다리면서 주말연속극 '종점'을 시청하곤 했는데, 그날은 내게 고단하다는 말과 미안하다는 말을 자꾸만 되풀이하면서 대문 앞에서 내 어깨를 쓰다듬었다.

"여보, 이제는 들어가서 한숨 더 자다가 아침을 지어요. 그리고 다음부터는 나를 위하여서 특별한 반찬과 질그릇 밥일랑 짓지 말도록 해요. 나 때문에 당신이 얼마나 일이 더 많은지……. 그 때문에 나는 당신 보기가 미안해서 원."

그이는 내 등을 툭툭 치고는 담 모퉁이를 돌아가면서 왼손을 번쩍 들어서 흔들어 보이고는 떠났다. 그리고 그날 저녁에는 하숙생 중에 충청도에서 온 계명대학생 두 명이 군에 입대하게 되어서 맥주랑 수박을 사다가 송별회를 열어주고 학생들과 자리를 같이하다가 방에 들어오니까 시간이 너무 늦어서 그이에게 밤

문안 전화를 못 걸었다.

매일 밤 혼자서 하숙생활에 얼마나 외로울까 싶어서 저녁 9시에서 10시 사이에는 꼭 전화로 통화를 했었는데 그날은 밤이 늦었던 관계로 전화를 못하고 이튿날 군으로 떠나는 학생들을 일찍이 떠나보내고 2박 3일 간의 새마을교육을 받기 위해서 동사무소에 갔다가 콧노래를 흥얼대면서 집으로 오니까 옆방 아주머니가 반색을 한다.

"병희엄마, 어디 갔다 이제 왔어요? 조금 전 9시경에 의성에서 병희아빠가 몸이 불편하시다는 전화가 왔는데 직접 한번 확인해 봐요."

"그럴 리가 없어요. 어제 아침에 아무 탈 없이 가신 분이 하룻밤 사이에 몸이 불편하다니요."

방으로 들어와서는 전화를 걸었다. 그이가 하숙하고 있는 집으로 했더니 곧 이어서 하숙집 아주머니가 전화를 받는다.

"아주머니, 대구의 최 계장님 집인데요. 그이가 어디 몸이 불편하시다고요."

"아유, 사모님. 몸이 불편하긴요. 하매 벌써 최 계장님은 숨을 거둔 지 오랜 걸요."

순간 나는 머리를 철태로 조이는 것 같은, 생각을 길게 할 정신도 없어 그만 정신을 잃고 말았다. 옆방, 아랫방 아주머니들이 축 늘어진 나를 부축하여 택시를 잡아 태우고 그이가 있는 의성 하숙집으로 데리고 갔다.

하숙집 마당과 입구 골목에는 경찰서 직원, 세무서 직원, 검찰지청의 직원들과 그이의 하숙방 주변에는 모두들 변사한 그이의 배우자인 내가 오기만을 기다리고 있었다. 하숙집 마당에는 동네 분들이 모여 있다가 나를 보고서 모두들 소맷자락으로 혹은 손등으로 눈물을 닦았다.

"세상에 하늘도 무심하시지, 저렇게 젊은 부인이 어린 아이들 데리고 어떻게 지내라고 세상에 법 없이도 사실 분을 저 모양으로 돌아가시게 하는가."

흐트러진 머리에다가 맨발로 축 늘어져서 남들의 부축을 받으면서 끌려가다시피 하는 나를 보는 이는 저마다 측은한 눈으로 바라보며 안쓰러워하고 있었다. 나는 그이가 거처하던 방으로 들어갔다.

그이는 끝내 외롭고 쓸쓸히 지내다가 외롭게 홀로 갔다. 누워 있는 상태에서 괴로움을 억제 못하고 몸부림치다가 홀로 갔나 보다. 중치가 막혀서 그이의 시신을 안은 채 정신을 잃고 말았다. 세무서 과장님들과 그외 기관 분들은 이런 광경을 보고는 남편의 시신 옆에 내가 쓰러지자 줄초상이 났노라고 하면서 나를 침으로 마구 찌르면서 물을 얼굴에다가 끼얹었다가는 의사선생님을 왕진까지 시켜서 사관을 트고 있었다.

이렇게 참혹한 광경은 어떻게 설명해야 할지, 어찌 붓과 글로써 표현을 다 할 수 있을까? 이 시간까지 우리 부부가 쌓아오던 꿈도 희망과 보람도 순식간에 모두 휩쓸고 가버린 것이다. 남편은 내 꿈과 희망과 보람의 전부였는데 남편이 이렇게 덧없이 갔으니…….

눈은 뜬 채 아랫입술은 꼭 다물고 대답은커녕 본체만체 하니 그렇게 야속할 수가 없었다. 입술을 깨문 채 주먹은 꼭 쥔 채로 아무리 흔들고 불러 보아도 대답이 없었다.

"그토록 집에 두고 떠나는 사랑하는 처자식 못 잊어서 뒤돌아보느라고 숱하게 차시간도 놓쳤고 집으로 오실 때는 급한 마음에 보따리를 찻간에 두고 내려서 많이도 잊어버리고 집에 들자마자 '여보, 나 당신 없이는 하루도 살 수가 없소!' 하시던 분이 이처럼 매정하게 남겨 주는 말 한마디 없이 떠나시다니요. 목을 껴안고 몸부림쳐 봐도 끝없이 숱하게도 겪어온 한 많은 여정을 연약한 나에게 안겨주고는 떠나신 당신이 한없이 불쌍하고 한없이 원망스러워요. 여보! 어디로 떠나셨나요. 혼자서 눈 못 감고 떠나실 때 아내인 나를 그 얼마나 부르셨나요? 병희엄마, 경희, 병택엄마, 여보! 여보! 나 좀 살려 달라면서 얼마나 혼자서 고통에 몸부림을 쳤을까요? 여보, 어디 갔어요? 당신이 가신 곳을 알고 싶어요."

넋두리를 하다가 숨을 죽이고 눈을 감았다. 그이를, 한 번 잃어버린 그이를 찾을 길이 없었다. 세무서 직원들이 실신한 나를 만류하면서 정신을 차리란다.

"이 세상에 최 계장 같이 순한 양과 같고 천사와 같은 분은 이 세상 그 어디에서도 없을 것입니다."

세무서 과장, 계장, 직원 분들이나 모여 있던 사람들의 입을 통하여서 이 말을 들으니 나는 더 견딜 수가 없었다. 그렇지만 나는 이렇게 처참한 형편에도 이러고만 있을 수가 없었다. 내가 해야 할 일이 너무나 많고 또 처리해야 할 복잡한 문제들이 많았기 때문이다. 우선은 의성검찰지청에서 나오신 분이나 경찰서 직원, 세무서 직원들과 그이의 시신을 검진한 의사들로 둘러싸인 자리에서 일단 사인은 심장마비라지만 변사체로 발견됐기에 그이의 배우자인 내 의견에 따라서 시신을 부검할 준비가 마련됐다면서 내 의견을 물었다.

나는 마음속으로 그이가 어떻게 해서 무슨 일로 돌아가시게 됐는지 그 원인을 차근히 생각해 봐야겠다는 생각이 들었다. 돌아가시기 전날 저녁 시골 풀밭에서 그이에게서 사무실에서 일어나고 있는 일들을 들은 바가 있었기에 독극물에 의한 사망의 원인은 아닐 것이라는 생각에 시체를 부검할 이유가 없다는 생각이 들었다.

"돌아가신 우리 그이에게 세무서에서 어떻게 처리해 주시느냐가 문제입니다."

"암, 그 일은 걱정을 하시지 마십시오. 오직 최 계장은 직장밖에 몰랐으니까……."

"그러시다면 이분은 분명히 순직으로 처리가 되어야 합니다."

"그 점은 우리가 다 알아서 처리할 것이니까, 부인께서는 최 계장 시신이나 인수인계를 받아야 하지 않겠습니까?"

그래서 그이 시신을 내가 인수받기 위하여서 담당경찰관 앞에서 내가 진술을 하게 됐다. 아무도 내 주변에는 근접을 못하게 하였다. 그런데 울며불며 진술하는 나를 저만큼 떨어진 포도나 무넝쿨 밑에서 감색바지를 입고 있는 한 청년이 몰래 지켜보고 있었다. 나는 순경이 묻는 대로 대답을 하면서도 그 청년을 유심히 관찰해 보았다. 나는 그 청년을 관찰하면서 순경의 질문에 답해 주었다.

"남편이 그렇게 직장만 위하였다는데 이렇게 돌아가신 데 대하여 어떻게 생각하느냐? 그 일에 대하여 의의가 없느냐?"

"어차피 우리 그이는 국가공무원으로서 진정 세무서에서 자기 할일에 충실하다가 돌아가셨다면 당연한 걸로 받아들이겠습니다."

"부인은 세무공무원의 아내로서 집에서는 무엇을 하고 지냈습니까?"

그이의 살아생전에는 그 누구에게도 세무공무원의 아내가 하숙을 친다고 하면은 자기가 부끄러운 일이라면서 아무에게도 이야기하는 것을 원치 않아서 지금까지 숨겨 왔지만 이 자리에서는 별 수 없이 이야기해야겠기에 집에서 하숙을 친다고 했다.

"남편이 공무원인데 왜 하숙을 쳤습니까?"

남편이 깨끗한 공무원, 모범공무원이 될 수 있도록 뒷받침이 되고자 하여 우리 식구들의 생계를 유지하고 아이들 교육을 시키자면 하숙을 치지 않고는 안 될 처지였다고 했다.

그 외에도 많은 진술을 했다. 그이의 시신 사후처리 등등에 대하여 진술을 마치고 직원들이 그이의 고향에 있는 동생과 장조카에게 연락을 취하고 다음은 처가와 시골 친척들에게 그이가 요절한 사실을 알리는 전화를 하고는 직원들은 염습에 필요한 물품을 사러 나갔고 나는 그이의 유류품들을 정리하였다. 그이는 서류정리를 하다가 그대로 둔 채였다. 흩어져 있는 한곳에 문득 눈에 띄는 것이 있었다. '정신일도 하사불성' 그리고 '지극히 높은 곳에서는 하나님께 영광이요, 땅에서는 기뻐하심을 입은

사람들 중에 평화로다' (눅2:14)

우리 집 식구들의 이름을 차례대로 적어 놓은 그 글귀 밑에 조그만 쪽지가 있다. 전에 우리 두 사람이 생각해낸 것인데 출장시에 혹시 누군가 금전으로 유혹을 할 때에는 극히 박절하게 거절하기가 난처할 때는 글귀를 써서 보여주라 했었는데 근간에 누군가에게서 입장 곤란한 일을 당했던지 그 쪽지의 글귀는 '귀하의 뜻은 잘 알고 있음. 다음 기회에는 실현될 것으로 사료됨. 귀하의 호의는 사양합니다' 라고 적힌 쪽지를 읽는 순간 나는 또 정신이 아찔해지는 것 같았다.

돌아오는 8월 18일 날 3박 4일 휴가를 얻는다면서 의성세무서 부임 이후 조금씩 저축한 돈을 휴가비로 쓰려고 받은 20만원을 찾아 이부자리 밑에 깔고 누워서 숨을 거두었으니 그 마음 오죽했겠는가 생각하며 망연자실하고 있는데, 친정에서 오빠들이 소식을 듣고 오셨다.

대구에서는 대학입시 재수 중인 큰아이 병희와 중3짜리 경희, 중1짜리 병택이 삼남매가 왔다. 나는 억장이 꽉 막혔다. 삼남매가 아빠의 시신을 붙잡고 "아빠---!" 하고 목 놓아 통곡하는 바람에 주위에는 온통 눈물바다가 되었다.

나는 그 순간을 견딜 수가 없어서 그이가 살아 일어날 것만 같아서 입과 코를 내 있는 힘을 다하여 빨면서 숨쉬기를 바랐지만 무슨 분비물만 입안으로 빨려 들어왔다. 솜에다가 받아 보았더니 불그스름한 분비물이었다. 모두들 쉬쉬하면서 숨을 거둔 지가 오래됐다는 말을 한다. 그러나 나는 그이가 살아나서 일어나기만을 기다리는데 염사가 염을 하겠다면서 모두들 조용해 하라고 했다.

간신히 흐느낌으로 슬픔을 억제하며 우는 아이들을 달래면서 아빠의 마지막 명복을 비는 마음으로 찬송가 291장을 불렀다.

'날빛보다 더 밝은 천국 믿는 맘 가지고 가겠네. 믿는 자 위하여 있을 곳 우리 주 예비해 두셨네. 며칠 후 며칠 후 요단강 건너가 만나리. 며칠 후 며칠 후 요단강 건너가 만나리.'

계속 찬송가를 불렀다. 점점 그이와는 멀어진다. 영영 멀어져 간다. 염습이 끝나고 관에 담기고 시신을 담은 관을 영구차에 실었다. 그동안 근무하던 의성세무서 골목을 한 바퀴 돌았다. 의성을 떠나 대구로 향했다.

따라 죽을 수도 없어서

영구차는 서서히 대구시가지로 접근했다. 남산 3동으로 들어섰다. 동네 골목에는 아주머니, 아저씨, 남녀노소 없이 동네 길을 메웠다. 동네 사람들은 더 서러움에 북받쳤다. 우리들의 애통에 모두들 함께 슬퍼해 주었다.

세상에서 이렇게 원통하고 애통하고 절통한 일이 어디에 또 있단 말인가? 하늘이 무너지고 땅이 천길 만길 허물어져 가라앉는다. 입에서 입으로 소문에 소문으로 갑자기 당한 변고의 소식에 접한 남산 3동 우리 집 주변 골목은 온통 인성만성하고 웅성웅성 했다.

"어제 아침 일찍 멀쩡하게 가시던 양반이 이게 웬일이란 말인가?"

보는 이마다 한마디씩 했다. 골목어귀에 선 영구차에서 관을 내려 네 사람이 받들고 집으로 모셨다. 하루 전에 이 대문을 걸어 나가면서 돌아오는 주말에 오겠다던 그이가 이처럼 어이없이 관에 담겨서 이 대문으로 들어오다니 슬프고 애통해서 문상객들이 방문할 때마다 까무러쳤다. 그 당시를 상상해 보면 내가 어떻게 그이의 뒤를 따라 죽지 않았던가 하는 생각이 든다. 사실은 그때 그 당시로는 나는 따라 죽을 수도 없었다. 그이를 위하여서도 그렇다. 아내 된 도리를 못 다한 것이 있었기에……

그이의 변사소식을 듣고 우리 집에는 발 들여놓을 자리가 없도록 올 만한 분들은 다 찾아와서 애통해하는 나를 위로해 주는데 꼭 와서 함께 참석해야 할 사람이 오지 않았다. 집안에 궂은 일에는 형제간이라 했건만 그이의 고향 분들은 그렇지가 않았다. 그이 생전에도 고향에만 갔다 하면 늘 괴로워하고 고통스러워했다. 그이는 그래서 고향 가기를 두려워했다. 고향의 큰조카와 그이의 동생이 숙부와 형을 고통스럽게 볶아댔다.

그이는 그래서 한참동안을 고향에 가보지 않은 채 세상을 떠난 것이다. 결국은 고향 길을 오랫동안 못 가본 채 돌아가셨다는 부고가 고향으로 전해졌지만 그이의 동생과 장조카와 형수, 그 아무도 나타나지 않았다. 아직은 철부지 나이의 맏상제인 병희와 경희, 병택이에게 날 광목천으로 숭덩숭덩 홀쳐서 만든 흰 상복을 입히고 머리에는 상포 두건을 씌웠다. 아버지 관 앞에서 슬프게 흐느끼는 아이들을 나란히 앉혀 놓고 보는 이들은 차마 눈 뜨고는 못 볼 지경이었다. 사람은 숨이 떨어지기가 바쁘게 모두들 땅속으로 묻혀야 하는지 슬픔에만 묻혀 있을 수도 없었다. 한쪽에서는 장례절차를 의논하고 있는 것을 보고는 나는 또 한 번 까무러쳐 기절하고 말았다. 억지인 줄 생각되면서도 나는 그이를 언제까지라도 나와 함께 있도록 두면 살아난다고 했다.

언젠가는 그이가 살아서 올 것 같은 생각이 들어서 도저히 장
례절차 같은 것은 있을 수 없다는 생각이었다. 그러나 그것은 나
혼자의 생각일 뿐이다. 모든 분들의 뜻을 따라야 했기에 남편의
안장지를 선택하고 결정해야 했다.

나중에서야 그이의 고향 동기간들이 들어와서는 슬퍼하는 것
은 고사하고 자기네들이 오지도 않았는데 입관까지 했다면서 트
집을 하고 소란을 피웠다. 남편의 동생이나 조카는 그이에게 있
어서 마지막까지 한을 남기고 말았다. 살아생전에는 그이에게
분재된 재물을 가로채는가 하면 조카는 돈을 보태 주지 않는다
는 이유로 온갖 행패를 부려서 언제나 가고 싶은 고향도 마음으
로만 그리워하다가 끝내는 고향 길을 10여 년 동안 가보지 못하
고 세상을 떠나게 했다. 이제 와서는 그이의 마지막 가는 길조차
온 집안을 아수라장으로 만들어 놓았다.

그동안 세무서에 근무했으니 돈을 많이 벌어놓았을 것이라는
생각에서 모두들 눈에 불을 켜고 이때가 마지막 담판짓는 기회
라고 생각하고 누구든지 마구 붙잡고 시비를 일삼으니 정령 사
람으로서 할 도리인가. 이런 경우 인간의 해야 할 도리조차 망각
한 듯하니 보는 이들이 보다 못하여 한마디씩 했다.

"진작에 자기네들이 와서 해야 할 일을 못하고서 뒤늦게 온 주
제에 행패들은 무슨 행패들이냐."

그래도 부끄러워할 줄도 모르고 장례절차를 기독교식으로 한
다고 트집을 잡았다. 기독교 예식으로 하는데도 막무가내 사사
건건 시비요, 음식을 마구 가져다가 먹어버리는가 하면 주점에
가서는 외상으로 날라다가 허비해버리는 것을 보고 가슴에서 한

숨이 절로 나왔다.

"저런 동기간이 그이에게 있어서 무슨 위로가 되겠는가?"

그들은 같은 핏줄에게 평생을 두고도 씻지 못할 인륜을 저버리건만 일말의 가책은커녕 도리어 고인의 인품에 욕이 되게 하니 더 가슴이 아플 따름이요, 보는 이들로 실망스러움만 더할 뿐이다.

비통한 내 마음은 더 고통스럽기가 그지없다. 이런 분위기 속에서도 장례절차는 기독교의식으로 진행했다. 교회 전도회원들의 마지막 찬송가를 끝으로 장례예배를 마쳤다. 남편의 관 앞에서 마지막으로 마음 후련하게 울라는 어른들의 말과 같이 내 몸부림과 통곡의 눈물로 바다를 이룬다 해도 모자람이 없을 것처럼 끝없이 눈물이 흘러내리는데 관을 실은 영구차는 집과 마을을 떠나갔다.

남편의 떠남을 통곡하는 이 마음을 하나님께서도 아시는 듯 갑자기 먹구름이 햇빛을 가리고 쏟아지는 소낙비는 그칠 줄을 모른다. 안장지인 대구근교 학명공원에 도착하여 하관을 하려는데 끝없이 내리는 빗물은 내 눈물과 섞여서 깡마른 내 작은 체구를 흠뻑 적셨다. 영원히 마르지 않을 것 같이 젖어버린 나는 땅바닥만 치고 또 칠뿐이다. 이러는 내 심정과 몰골을 아는지 모르는지 그이의 관 위로 한 치 두 치 흙을 덮었다.

"어허이야 달구야 어허이야 달구야."

상두꾼들이 그 위를 밟아 주고 있다. 선소리꾼 따라 무덤 위로 흙은 점점 쌓여 내 가슴에 남는 한과 같이 봉우리는 커져 갔다. 무덤 앞에 띄워놓은 새끼줄에는 친지들이 꽂아주는 지폐들이 늘어갔다. 상두꾼들은 건네주는 돈과 새끼줄에 꽂혀지는 지폐 수만큼 일을 해주는 것 같다. 마지막 가는 형의 장례식에서 흙 한 삽 던져 주는 일도 인색한 동생, 그 동생과 조카는 가슴을 찡하게 하는 달구질 선소리의 애절한 사설에도 눈하나 깜짝 않고 외면했다. 저 사람들이 어찌 동기간의 정을 가진 사람들이라 할 수 있을는지 세월이 흘러가고 오랜 날들이 지나간 때에야 이런 소행과 처신을 뉘우칠까. 눈물 한 방울조차도 인색한 저 사람들이라면 차라리 참석이라도 하지 말지. 오히려 갖은 행패와 트집으로 내 마음을 이토록 아프게 한단 말인가? 형이, 삼촌이 세무서에 다녔기 때문에 아마 부정으로 착복하고 마련해 둔 돈이 많을 것이라는 지레짐작으로 얼마나 많은 돈을 남겨 놓고 죽었을까하고 눈을 부릅뜨고 살피고 있을 것이다.

실은 그이나 나는 정직하게 살아보려고 돈 한 푼 없는 빈 털털이지만 내 나름대로는 결국 떠날 때는 빈손으로 떠나는데 그이 역시 빈손으로 떠나는데 나는 그이에게 말했다.

"여보, 당신은 그 누구보다도 지혜로운 분이라는 것을 세삼 느끼게 되는군요. 세상 사람들은 당신이 세무공무원이랍시고 돈을 모르고 산다는데 불만을 품고 모두들 바보천치라 하지만 실은 그렇지가 않아요. 당신은 값진 부를 지니고 떠나셨어요. 당신의 친동기간들은 당신이 돈을 많이 모아놓고 떠난 줄 알아요. 하지만 당신은 가장 명예로운 정직과 성실로 정의로운 자세를 조금도 흐트러짐 없이 간직하시다가 떠나신 당신을 위하여 명예로운 재산을 찾아서 지키겠어요. 다만 당신을 잃은 슬픔은 나 혼자서 안은 채 말입니다."

그이의 장례절차는 내 이 비통한 가운데서 무사히 치렀다. 밤새도록 장대비가 쏟아지는데 새벽같이 나는 미친 사람처럼 거리로 뛰쳐나갔다. 그리고 인적은 고요한데 허둥지둥 빗길에 질퍽이면서 달려오는 차를 잡았다. 그이의 안장지 무덤이 있는 학명공원을 찾았다. 살아서나 죽어서나 늘 외로운 당신 모습으로 우뚝 선 무덤에서 홀로 비를 맞으면서 주룩주룩 흐느끼는 듯싶은 빗줄기 속에 털썩 주저앉으면서 몸부림치는 내 이 쓸쓸한 몰골을 본체만체 외면하는 듯싶은 그이의 무덤은 조용한 새벽 산울림을 내어 한스러운 통곡 소리로 울리게 하였다.

　전신을 물 말기를 하고서 또 이튿날 그이와 함께 고요한 산등성이에서 밤을 새워 흐느끼고 통곡하고 있노라면 세상만사를 다 잊어버리고 싶지만 집에 두고 온 우리 아이들이 학교에 갔다 오면 나는 또 태연한 자세로 우리 아이들과 하숙생들을 안유해야만 하는 처지였다.

아내된 도리

그래도 비명횡사한 남편을 위하여 내가 아내된 도리를 해야 할 일이 있기에 실의에만 빠져 있을 수 없는 것을 생각하고 용기를 내었다. 삼우가 지나자 그이가 생전에 근무하시던 의성세무서로 전화를 걸었다. 그이의 사망원인과 직장에서 사망처리를 어떻게 하였나 싶어서였다. 총무과장님인 듯한 분이 전화를 받는다.

"최 계장님의 사망원인을 알아보기 위하여서 전화를 걸었습니다."

과장님이 세무서로 들어와서 이야기하자고 하기에 즉시 시외버스를 타고 의성세무서로 갔다. 사실은 남편을 잃은 지 겨우 삼우를 치룬 처지에 바깥출입을 하여 밝은 해 아래 다니기에는 사람들의 시선 때문에 부끄럽기는 말로 할 수 없었지만, 도리 없이 내 스스로 나서지 않으면 안 될 입장이었다. 이 죄 많은 여인의 운명치고는 너무나 가혹한 형벌의 채찍을 맞은 채 맥없는 발길로 남편의 근무처였던 의성세무서 사무실로 찾아갔다.

모든 직원들이 한꺼번에 조용히 동정어린 눈으로 보았다. 그 중에 그이의 직속 부하였던 이 주사가 조용한 음성으로 위로의 말을 한 다음 나를 세무서 서장실로 안내했다. 서장실에는 세무 서장님과 과장님 두 분이 합석하여서 내가 오기를 기다렸다면서 먼저 위로의 말을 해주었다.

"죄인된 몸으로 그 누구에게 위로나 받으러 다닐 입장이 못됨을 이 자리에서 솔직히 말씀드리고 싶어요."

"그렇다면 무슨 하실 말씀이 있어요? 퇴직금 관계의 말씀인가요? 그 일이라면 서류를 다 구비해 놓았습니다. 금방이라도 청구만 하시면 퇴직금은 곧 나올 것이니까 걱정 안 하셔도 될 것입니다."

그들은 시치미를 뚝 떼고 대화를 얼른 마무리하려는 눈치였다. 순간 나는 그분들이 측은한 생각이 들었다. 그래서 한참 그분들 태도를 살피다가 입을 열었다.

"이제 겨우 최 계장님이 돌아가시고 삼우가 지났는데 퇴직금이라니요. 아무 일 없이 그이가 돌아가셨다면 죄인된 몸으로 바깥출입을 할 수 없는 입장입니다. 하지만 할 수 없이 저는 고인의 죽음의 원인을 확실하게 알아야 할 일이기에 이렇게 서장님이나 과장님께서는 저에게 속 시원하게 이야기해 주실 줄 믿고 왔습니다."

그분들은 내 말을 무시해 버리면서 내게 결심을 굳히게 했다.

"집에 있는 부인이 뭘 안다고 최 계장 변사사실을 알려고 하는 거요?"

"죽은 자는 말이 없다는데 사무실 내부에서 설령 무슨 일이 있어서 최 계장이 돌아가셨다 하더라도 이제는 다 끝난 일이니 부인이 어느 누구에게 가서 무슨 이야기를 해봐야 아무도 믿어 주지 않을 거요. 그러니 괜히 혼자서 그러고 다니지 말고 퇴직금이나 되는 대로 타가지고 가서 아이들과 조용히 사십시오."

그 순간 나는 기가 막혀서 한참동안 말이 나오지 않았다. 이렇게 이기적인 상사들 밑에서 최선을 다하면서 고생하시다가 결국은 돌아가시게 된 그이가 불쌍하여 더욱 굳은 결심이 섰다. 이 한 목숨 다하도록 그이의 사인을 밝힐 것이며 일생 동안 오직 공무에만 성실 봉공하셨으며 국가와 직장을 위하여 애쓰다가 쓰러진 남편을 위하여서 마지막 아내의 도리를 다 하리라 다짐했다.

20년 간 모범공무원이었던 남편의 아내된 도리를 끝까지 해야겠기에 사무실 내부의 일들을 남편으로부터 죽기 전날 들어서 아는 대로 이야기하여서 죽은 자도 정의를 말할 수 있다는 것을 알리고 싶었다.

그분들이 얕잡아 보는 연약한 여자도 불의에는 굽힐 수 없다는 것을 아울러 깨우쳐 주고 싶었다. 해서 전후 사실이 세무서 내부에서 있었다는 일들을 그이로부터 들은 대로 확인해 보았다.

"요즈음 국가시책으로 세무서 내부에 상서롭지 못한 일이 있어서 정화작업으로 숙청대상이 있었지만 그분이 털어서 먼지를 내려고 하니까 서장님이나 과장님은 먼지가 날까 봐서 눈감아 주는 바람에 모든 일에 정직하고 완벽한 그분으로서는 그대로 묵인할 수 없는 성품으로 혼자서 심적 고통이 얼마나 심하였으면 혼자서 참다가 못하여 마지막으로 내게 이야기했겠습니까?"

"부인의 이야기가 다 사실입니다. 그렇지만 최 계장은 바보였습니다. 혼자서 충성하고 혼자서 모든 일을 신경 쓰는 사람이었습니다. 그래서 좋은 것이 뭐가 있습니까? 서내 청사 보수공사도 그렇지, 자기가 행정계장으로 맡은 바 시간만 적당히 때우고 그저 대강 하라고 해도 몇 백 년이나 살 것 같이 손수 얼마나 세밀하게 하는지. 그만한 분은 드물다고 봅니다. 서장님이나 과장님들이 아까운 부하직원을 잃은 데 대하여 가슴 아픔은 말로 다할 수 없습니다."

총무과장이 푸념을 늘어놓으면서 나를 어서 내보내고 싶어했지만 나는 그이가 죽기 전까지 말썽을 부리고 그이를 괴롭혔던 서무와 경리를 좀 만나게 해달라고 했다. 유부남인 서무와 나이 어린 경리가 불륜의 관계로 인해서 직장내부의 공금문제와 상서롭지 못한 일들을 그이가 알고 그들을 타일렀지만 그들은 오히려 그이에게 반항을 했다는 말을 들은 바 있어 서무와 경리를 만나고 싶어하자 서장님과 총무과장님은 서무를 어디론가 출장을 보내고 나와는 대면을 시키지 않았다. 그래서 나는 하는 수 없이 다음 기회로 미루고 집으로 오려고 하는데 그이의 상사들이 내게 말했다.

"최 계장의 죽음에 대한 처리문제는 우리가 알아서 할 것이니까 부인은 아무 걱정 말고 돌아가세요."

밖으로 나오니까 경리가 그이가 쓰던 유품들과 퇴직금을 탈수 있는 구비서류를 다 갖춰 내게 주지 않는가?

"퇴직금은 당분간 안탑니다. 내가 해야 할 일을 다 하고서는 몰라도.”

“사모님, 최 계장님은 틀림없이 순직으로 되셨을 겁니다. 사무실에서는 온 직원들이 하는 말이 ‘최 계장님은 세무서 일로 너무 정신적인 고통을 많이 겪어서 돌아가셨기 때문에 순직이 돼야 한다’ 고 했습니다.”

경리의 그 말을 듣고는 도저히 그대로 돌아올 수가 없어서 그이의 시체검안을 담당한 후광병원장을 만나서 물었다.

“우리 그이는 약주도 못하고 혈압도 정상인데 어떻게 해서 심장마비가 일어났어요?”

“어쨌든 최 계장은 시체검안 결과로는 많은 고통을 겪은 것은 틀림없었으며 신경을 많이 쓴 흔적도 있고요.”

하는 이야기를 듣고 돌아오는 발길이 한없이 무거웠다. 마지막 말 한마디 못 나눴고 어디론가 사라진 그이. 항상 이 하늘 아래에 내 남편으로 존재하고 있으리라는 생각에서 기다림으로 보답을 찾곤 했었는데……. 순간순간 생각하면서 의성에서 대구로 오는 도중에서 내려서 그이의 묘소가 있는 곳에 올라가 묘지 옆에 앉았노라면 지난날 파란만장한 내 운명이 파노라마로 펼쳐졌다.

어이 그리도 기구한지. 허무한 성을 쌓아서 허공에 세워 보다가 어느 날 주룩주룩 무너지는 것을 보고는 휘청휘청 힘없이 떨리는 다리를 겨우 이끌고 집으로 와서는 방을 한번 둘러보니 온통 방은 적막한 무덤 같았다. 그이 없는 세상에 빈방이 무슨 소용이 있겠는가? 그토록 우리 두 사람만이 오붓하게 있고 싶어 했건만 빈자리 없이 그리움만 쌓였었는데, 지금은 어찌하여 이

방이 이렇게 넓으며 적적하게 보이는지 옷을 입은 체 방 한가운데 털썩 주저앉았다. 진정 내가 죽은 목숨인지 살아있는 목숨인지 분간도 못하고 가물대는 정신을 가다듬고 있는데 철없는 병희와 경희, 병택 삼남매가 학교에서 돌아와서는 엄마 눈치를 보면서 위로를 한다.

"엄마, 우리가 있잖아요."

순간 나는 아이들을 와락 껴안고 울음을 터뜨리고 싶었지만 '안 된다. 그래서는 안 된다' 고 다짐하며 입술을 깨물었다. 내가 약해지면 남편을 위해 마지막 남은 아내 된 도리도 다 못할까 두렵고 그로 인해 아이들 마음에 조금이라도 아빠가 안 계신 영향을 미칠까 싶어서도 나는 힘과 용기와 슬기를 잃지 않아야 했다.

다만 가슴속으로 흘러내리는 눈물을 혼자서 감수하고 씻어 가면서 앞으로 하루하루 해야 할 일을 차근차근히 찾아야 했다. 그래서 초조한 마음으로 세무서에서 그이에 대한 사망처리에 어떤 소식이 올까 하고 기다렸다.

그런데 아무런 소식이 없어서 또 세무서로 갔다. 그이를 마지막 만났다는 서무 심 씨를 한번 만나서 그이에 대한 이야기를 마지막으로 듣고 싶어서 견딜 수가 없었다. 고향이 전라도이기 때문에 고향으로 휴가를 떠났다고 했다. 순간 나는 세무서장님이나 과장님이 야속했다. 전라도가 아니라 제주도로 휴가를 보냈던 사람이라도 그분과의 직접적인 관련이 있는 줄 알고 찾아왔다면 보냈던 사람도 불러서라도 한번쯤은 만나게 해주어야 함에도 불구하고 나만 세무서에 나타나면 서장님이나 과장님도 피하고 안 만나 주는가 하면 서무인 심 씨도 나와는 못 만나게 함은 물론이요, 아예 모든 직원들에게도 나와는 아무런 말도 못하게 지시를 했다 하니 나는 마음이 상할 대로 상한 나머지 현재 서무인 이 주사에게 이야기를 하고서 의성경찰서로 갔다.

수사계에 가서 내가 찾아온 경위를 이야기하면서 남편의 사인도 확실히 알아야 하겠고 세무서에서 피신을 시킨 심 씨를 만나게 해달라고 했더니만 수사계 직원들은 내 말에는 아랑곳 하지 않았다.

"아, 최 계장 변사사건이라면 세무서장님과 과장님의 말씀이 있어야 우리가 조사를 할 수 있어요."

그러나 내가 조금 전에 이곳에 들어오기 전에 세무서로 전화로 확인하고 서장님과 과장님을 만나러 왔더니만 정녕 나를 만나지 않으려고 자리를 비우고 어디론가 갔다는 말을 직원으로부터 듣고 왔으니까 그렇게 아시고 이곳에서는 내 남편이 돌아가시게 된 원인과 그이와 관계된 직원 심 씨를 만나게 하여 주도록 접수해 달라고 하니. 수사계에서는 그 원인을 조사하기 전에 먼저 돌아가신 남편의 시체부검을 의뢰해야 한다면서 엄포를 놓지 않는가?

그들은 내가 모든 것을 포기하고 조용히 집으로 가라는 유도작전을 쓰는 것 같았다. 그렇지만 나는 결심한 바를 이제 와서 주저앉을 수는 없었다. 죽기로 각오하고 결행키로 했다.

세무서에서 남편의 상사들이나 이곳 수사 담당직원들이나 남편이 변사한 일에 대하여 궁금한 점을 알고 싶어 하는 나를 따돌리려고 하는 그들의 안일한 사고방식에 한 치도 물러설 수는 없다는 생각이었다. 귀찮아하는 수사관들과 맞서서 실랑이를 하다가 보니까 수사계 사무실에서 밤 12시가 넘도록 고역을 치루기까지 하면서 기어코 내가 생각한 바를 실행하자니 남편의 변사사인을 확실하게 차질 없이 하려면 수사관들의 말대로 최종적으로 시체부검도 할 용의가 있으니까 어쨌든 확실한 사인을 알아야겠다고 그분들 앞에서 큰소리로 "어떤 일이건 수사에 도움이 되는 일이라면 응할 수 있어요." 했다.

그렇지만 한편으로는 세무서장님이나 과장님께서 안일한 생각을 버리시고 제발 속 시원하게 서무 심 씨를 만나게만 해주신다면 얼마나 좋을꼬. 하지만 나를 약자라는 생각으로 사실을 무시해 버리고, 귀찮다는 이유 때문에 만나면 적당하게 얼버무리면서 시일만 연장시켜 끌고 가려는 그분들을 믿을 수가 없었다. 시각을 다투어서 서둘러 내가 해야 할 일을 하지 않고는 잠시라도 남편의 죽음에 대한 원통함을 풀길이 없었다. 그래서 수사계 직원들이 반신반의하면서 공무원으로서의 책임과 의무를 힘써 하려고 하지 않음을 보고 나는 분명하게 말했다.

"당신네들은 이다음에 내게 원망은 마십시오. 비명에 변사하신 남편을 생각하면 통분을 이기지 못하고 그나마 사인(死因)을 알고 싶어서 조사를 해주기를 부탁하는 그 미망인에게 히죽히죽 비웃을 뿐이지 자기네들이 맡은 바 책임을 회피하는 당신네들에게는 더 이상 이야기할 필요도 없으니까 이 길로 가서 대구에 있는 경찰국에다 이 일을 의뢰할까 합니다. 그러니 당신네들은 세무서장과 과장님의 명령대로 하든지 말든지 하십시오."

하자 수사관들은 깜짝 놀랐다.

"부인, 그게 무슨 말입니까? 그 일을 경찰국에서 와서 수사하는 동안에 우리는 무엇을 하라고요?"

"경찰국 어른들이 일하는 동안에 당신네같이 다른 기관의 어른의 지시대로 행동하는 철없는 아이들은 한쪽구석에서 잠이나 자야지요."

하니까 그분들은 그제야 본격적으로 일을 하지 않고는 안 되겠다는 생각을 갖게 되었다. 어디론가 전화를 하니까 경찰서장 님과 수사과장님이 오셔서는 비상연락을 취하고 서서히 조사를 해보겠다고 했다.

"며칠 내로 최 계장의 시체부검을 해도 좋겠어요?"

"그럼요. 할 수 있는 데까지 하셔야지요."

설마 세무서에서 우리 그이에게 그렇게까지 하도록 하겠는가 싶은 마음으로 새벽녘에 힘없는 발길로 차를 타고 집으로 왔다. 와서 생각하니 그이의 상사들이 너무 야속하고 원망스러웠다. 그이가 그토록 생전에 불철주야 사무실에서 힘을 다하여 책임과 의무를 다하고, 행정계장의 직책상 세무서 청사 보수공사수리에 관한 일로 공휴일도 쉬지 못했다. 혼자서 건축 설계사무소로 다니면서 청사수리에 필요한 제반 참고자료를 수집하고, 제한된 경비를 절약하면서 더불어 완전한 청사수리가 되게 하기 위하여서 손수 얼마나 세밀하게 소임을 다했는가. 결국은 부하직원을 잃게 된 데 대하여 마음이 아프다 하면서도 상사들은 조금도 협조의 태도가 없으니 얼마나 야속한 일인가 싶다.

그러던 끝에 결국은 그이의 장례를 치룬 지 10일 만에 사체를 부검하기로 결정 났다면서 의성경찰서에서 통보가 왔다. 나는 그 통보를 받고 하늘이 무너지는 듯 앞이 캄캄하였다. 아이들은 어리고 그렇다고 어느 누구 한 사람 내가 겪고 감당해야 할 일에 대하여 이렇다 말 한마디 해주는 이 없었다. 이 외롭고도 고독한 나에게 마땅히 맞아야 할 채찍이라면 또 감수하고 맞을 수밖에 없다. 잠도 오지 않았고 혼자서 내일 아침 10시에는 그이의 안장지 학명공원묘지로 나가야 할 준비로 밤을 새웠다. 시체부검 후 남편의 시신을 다시 감싸 줄 수 있는 염포와 명주 바지저고리를 수의로 쓰려고 밤새워 준비하고 있자니까 적막을 깨뜨리는 요란한 전화벨이 울린다. 세무서에서 그분과 관재국 시절부터 함께 근무하시던 부과세 과장님이신 이 과장님이라면서 공원묘지에 가기 전에 만나서 이야기를 좀 하고 싶어서 우리 집으로 오시겠다는 전화였다.

무덤은 파헤쳐지고

새벽에 우리 집으로 온 이 과장님은 교회집사라고 했다. 서장님과 총무과장님이 이분으로 하여금 나를 설득시키려고 보낸 것 같았다. 오늘 실시될 사체부검을 지금이라도 취소하도록 하자는 것이었다. 하늘이 울고 땅이 울어야 할 이 못할 짓을 왜 하느냐는 거였다.

나는 무슨 말을 해야 할지 망연하였다. 서장님이나 총무과장님이 당연히 그분과의 직접 관련되어 있는 서무 심 씨와 경리 소씨를 만나게 해주는 것이 상사로서의 응당한 일임에도 불구하고, 기만과 기피로써 이리저리 핑계 댔다.

나를 따돌리려 하다가 지금에 와서 내가 시체부검을 해야 한다고 해서 취소하라면 그분들이 남편의 죽음에 대하여 무슨 도움이 될 것인가 싶어서 이 과장님에게 말했다.

"오늘 해야 할 일을 위해 저 나름대로는 만반의 준비가 되었고, 또 마음에 다짐도 했고 하니까 예정대로 약속대로 모든 일은 그대로 진행되어야 합니다."

"더 이상 할 말이 없습니다. 그럼 오늘 10시에 최 계장 묘지에서 만납시다."

이 과장님이 가시고, 나는 아이들을 학교에 보낸 후 시간 맞추어서 공원묘지로 갔다. 그이의 묘지를 가운데 두고 양 쪽으로 의성에서 온 검찰지청, 세무서, 경찰서, 병원, 각 기관장분들과 담당 직원분들, 또 병원에서 오신 의사분들이 각각 타고 오신 승용차들이 묘소 앞에 즐비하게 세워져 있었다. 또 각 기관에서 오신분들, 묘소를 관리하고 작업할 인부들도 적지 않고 보니 사람들은 산등성이를 덮을 만큼 모여 있었다. 그 가운데서 그이의 배우자인 나로 인하여 입회를 서게 하고 공원묘지 관리소장님이 묘지를 파헤쳐야 하는 공사비용을 지불해야 한다고 했다.

세무서 총무과장님과 부과세과 과장님 맞은편에 내가 앉아서 오늘의 크나큰 공사를 무사히 진행되도록 의논을 하게 됐다. 묘지 관리소장님이 공사비 12만원을 지불받아야만 공사를 시작한다고 했다. 그러나 아무도 묵묵부답으로 서로 눈치만 쳐다볼 뿐 아무도 입을 열지 않고 앉아 있다. 물론 검찰청(의성지청) 직원과 경찰서직원들이 둘러선 가운데서 나는 잠시 생각했다.

단돈 12만원으로 인해서 사무처리가 이렇게 늦어지고 있다는 것이 별로 이롭지 않다는 것을 눈치 채고 또 이런다고 해서 오늘 해야 할 시체부검이 취소될 일도 아닌데 싶어서 답답한 내가 입을 열었다.

"공사비 12만원은 세무서 총무과장님이 감당하셔야지요?"

"허, 내가 왜 최 계장의 묘지를 돈 들여가면서 파헤치나. 부인은 무슨 말 하는지 모르겠네. 말하자면 부인은 가족이고 나는 남인데 당치도 않는 말을 하니 원."

"그래요. 저는 분명히 가족입니다. 가족의 입장으로 따진다면 우리 그이 시체부검 못합니다. 그러나 그이의 사망 원인만은 세무서에서나 경찰서에서 확실하게 밝혀 주셔야 합니다. 생각해 보면 저는 가족으로서 수사에 협조하는 뜻으로 시체부검을 허락했기에 오늘의 부검이 끝나기 전인 지금 이 시간은 그이의 사체 여부를 국가에서만이 마음대로 할 수 있는 줄로 알고 있습니다. 그러니 그 비용은 당연히 세무서에서 내든지 경찰서에서 내야 하는 것이 아닙니까? 다시 한 번 분명히 말하지만 우리 그이는 어떤 일로 죽었든지 간에 저 가족입장으로는 의문의 변사를 하셨으니까 당연히 기관에서 사망 원인을 밝혀주는 것이 도리인 줄 알고 있는데 단돈 12만 원이 문제가 된다면 제가 그 돈을 낼 수가 있습니다. 그렇지만 그렇게 법을 어겨도 된다면 이 시간 이후로 우리 그이 시체부검은 취소해야겠습니다. 당신네들의 무사안일과 나에게 대한 기만성으로 남편의 시체부검까지 해야 하는 내 입장을 조금이라도 생각해 보았습니까? 졸지에 남편을 잃고 그도 모자라서 그의 상사들의 무책임으로 인하여 시체부검까지 하게 만드는 당신네들이라면 마음대로 하십시오. 나로서는 도저히 행할 수 없지만 법을 따르는 일이기에 그저 태연하게 따르고 있을 뿐입니다."

"듣고 보니 부인의 그 말이 맞구만. 그래 지금은 국가의 시체이니까. 우리가 오늘의 경비를 내야 하겠네. 이 과장, 돈 갖고 온 것 있으면 어서 지불하게."

그렇게 하여서 남편의 무덤은 공사인부들로 하여금 파헤쳐졌다. 안장된 지 10일 만에 다시 파헤쳐진 남편의 시신은 병원의사들로 인하여 시술(부검)이 시작됐다.

 묘소 뚝 위에 남편의 시신을 들어내 놓고 각 기관장들이 둘러선 가운데서 염포로 단단히 묶여 있던 남편의 시신은 서서히 풀려서 부검이 시작됐다. 뼈를 깎는 듯한 아픈 마음 견딜 수가 없다.

 여러 기관장들의 만류로 그 자리에 머물 수 없어 한쪽 옆 남의 묘지 옆에 앉아 있자니 부검하는 기구 소리에 견딜 수가 없어서 몸부림을 치다가 와락 뛰쳐나와서 그이의 시신을 둘러싸고 앉아서 의사들이 부검하는 광경을 세밀히 보았다. 찌는 듯한 더운 날인데도 잠자는 듯한 그이의 시신에 칼을 대고 두개골 갈라서 시술을 해야만 하는 이 파란 많은, 이 죄 많은 여인의 운명이야말로 어디에다 비길 데 없이 암담하기만 했지만 나는 태연하게 끝까지 마음속으로만 남편을 부르면서 몸부림쳤을 뿐 마음은 한 치도 흔들림 없이 참아냈다.

 부검은 의사들로 인하여 무사히 끝나고 기관의 분들은 다들 떠났다. 다시금 남편에게 새로운 명주옷을 입히고 준비해 가지고 간 염포로 보듬어서 고이 안장한 다음 나는 그 자리에서 오금이 붙은 듯 꼼짝도 못하고 멍하니 앉아 있자니 지금까지 내가 걸어 온 길이 허탈하기만 하다.

 눈물도 나지 않았다. 애지중지 감싸가면서 살아온 내 자신이 그 누구에게 속아서 살아온 듯한 이 억울함을 어디 가서 하소연

할 것인가? 앉은자리에서 자지러지고 싶지만 아직도 내 이 작은 어깨에는 멍에가 무겁게 지워져 있기에 또 참아야 한다는 생각이 휘청거리는 이 전신을 바로 세우게 하는 힘일지도 모른다.

매장된 지 10일 만에 나는 남편의 그 처참한 시신을 목격하고 집으로 와서는 앞으로 내게 부닥칠 일들을 차근차근 생각하자니 마음 참담했다.

그로부터 며칠 후 그이의 사망처리가 어떻게 되어 있는지 궁금하여서 지방국세청 총무과장님을 만나서 물어 보았다.

"부인의 말대로라면 당연히 순직으로 처리되었어야 하는데도 세무서에서 올라온 서류대로 일반 사망으로 되었습니다."

총무과장은 이 길로 의성세무서에 가서 세무서장님께 청하여 최 계장이 심장마비가 일어나게 된 경위를 상세히 적어서 올려 주십사 해보라고 했다. 그 이야기를 듣고는 곧바로 쏟아지는 빗길을 헤치고 의성세무서로 가서 서장님과 총무과장님께 말씀드렸다.

"서 내에서 크고 작은 모든 일들이며 그동안 발생한 사건으로 보아, 각 직장마다 정화운동이 한창 전개되는 이 시점에서 그분 자신으로서는 도저히 묵과할 수 없는 정화대상자가 있었습니다. 서장님이나 총무과장님도 아시고 계시는 사실인데도 자신의 안일을 생각해서 눈감아 주고 있으니까, 그분으로서는 혼자서 공무수행 상 심신에 피로가 누적되어 과로로 인하여 심장마비가 일어나서 사망한 것으로 짐작합니다. 그러니 제 남편의 '순직' 사실을 마땅히 서장님이 작성해서 상부로 올려야 되지 않겠습니까?"

나의 말에 서장님이 울먹이면서 말씀하신다.

"최 계장이 서 내의 모든 일들을 혼자서 책임지고 과중한 업무에 시달린 것은 사실이지만 지금 와서 그 일을 번거롭게 할 수 없으니까 서 내의 보안유지를 위해서라도 이쯤해서 참아주십시오."

"하여튼 바보가 따로 없어. 그저 모든 일은 적당히 보아두라고 해도 최 계장은 매사를 그렇게 정직하고 성실히 업무에 열중하는 것을 볼 때에는 우리들도 고개가 숙여지지만, 그렇게 해본들 자기 하나 죽고 나면 자기만 손해고 식구들만 고생시키는 것을. 그러니 부인, 잘 생각해 보고 이미 고인이 된 몸, 사자는 말이 없다고 하지 않습니까? 이제 와서 부인이 최 계장에게서 들은 이야기를 해본들 아무도 안 믿을 것이니까 지난일은 더 이상 들추지 맙시다."

서장과 총무과장의 말에 나는 순간 억울하여 분개했다. 남편이 사망한 후 지금까지 나에게 집에 가서 안정하고 있으면 최 계장의 순직에 대한 일들은 자기네들이 알아서 잘 처리하겠다고 했다. 그런데 이제 와서 이게 무슨 어처구니없는 말인가. 기만을 당하고 보니 남편을 잃은 슬픔보다 남편의 상사들의 고인에 대한 배려와 그동안 많은 시련과 냉대를 짐작할 수 있었다. 그들은 차일피일 미루어서 사실을 무시해 버리려고 하는 안일한 사고방식이 더없이 안타까웠다. 그래서 답답한 나머지 서장님께 한마디 했다.

"예, 그동안에 있었던 모든 사실은 하는 수 없이 상부로 진정을 올리는 수밖에 없습니다. 그러니 서장님이나 과장님께서는 더 이상은 저의 남편인 최 계장님의 사망원인에 대해서는 걱정을 안 하셔도 되실 겁니다."

하고는 집으로 왔다.

집에 와서는 신중히 생각해 보았다. 그리고 반성도 해보았다. 지나간 한 세월 동안은 남편이 생존해 있을 때는 언제까지 영원히 그대로인 줄 알고 한 공무원의 아내라는 테두리 안에서 혹시나 남편의 그 공무원이라는 세 글자에 어떤 누가 되는 아내가 되지는 않을까 청렴하고 정직한 남편의 외롭고 쓸쓸하고 고독한 생애를 그저 참고 견디다가 보면 우리에게도 언젠가는 좋은 날이 있으리라는 설득의 말로 그이를 위로 격려했었다.

그토록 찢어지게 가난한 삶을 살면서도 남들이 생각하고 말하는 세무공무원의 아내답지 않게 노동판, 도로공사, 심지어는 보따리장사까지도 해가면서 그 어떤 험한 일, 힘든 고통도 남편과 남편의 직장을 위하는 일이라면 내 한 몸 죽을힘 다해서 내조하였다. 이 나라에 제일가는 모범공무원이 되게 하는 것만이 내 소원이요, 보람으로 알고 살아온 이 한 많은 여인의 생애가 이렇게 실망과 절망 속에서 끝낼 수는 없었다. 옛날에 무지하게 가난했던 시절 옛사람들이 남긴 '고진감래(苦盡甘來)'란 말이 무슨 소용이 있겠는가?

천진한 아이들처럼 한없이 사랑스럽고 한없이 귀여운 가족이 그립고 자신이 외로워도 묵묵히 현직에 봉사하고, 공휴일을 이용해서 보고 싶고 그립던 가족들 곁으로 와서는 모처럼의 상봉을 했던 남편, 늘 하숙생들과 시골손님들로 둘러싸여서 골물을 치다가 보니 어디 한번 편한 자리에서 조용히 손잡고 이야기하지도 못했었다. 일에 묻혀 지내는 나를 그이는 뒤꼍으로 불러 놓고 "여보, 왜 우리 부부는 항상 단 두 사람이 함께 할 시간조차 없이 바쁘고 복잡하게 살아야 하오. 제발 소원이요. 우리 식구끼리 한번 오붓하게 살아보았으면 좋겠소. 지금 생각해 보니 두 사람이 겨우 누울 자리로 단칸방을 얻어서 지낼 때 내 타박을 다 들어주면서도 밤새워 뜨개질하던 당신 모습이 보고 싶구려." 하는 이야기를 했었다.

그이가 세무공무원이랍시고 친가, 시가에서 앞 다투다시피 찾아오는 손님들로 접대는 물론 심지어는 잠자리마저도 손님들에게 내어주어야 할 때도 허다했다.

그럴 때는 그이는 "이렇게 우리는 언제까지 남의 시중이나 들고 지내다 우리들 일생은 끝이 날 거요." 하고 나를 쳐다보는 눈에 원망스러움이 가득한 것 같았다.

그렇지만 나도 어떻게 할 수 없어서 우리 부부는 두 손을 서로 감싸고 울 수밖에 없었다. 그리고 그이에게 말했다.

"여보, 너무 책망하시지 마세요. 하루가 멀다 하고 이렇게 찾아와서 먹고 자고 묵는 사람들을 오지 말라고 할 수도 없잖아요? 우리가 이렇게 힘들고 고통스럽다는 그 사정을 누가 알겠어요?"

하고서 그이의 가슴팍에 파고들어 흐느껴 울던 날이 어제인 듯싶은데 내가 그렇게 살아온 길이 '고진감래'란 말인가? 내가 이렇게 엊그제 같은 지난 사연들을 생각하고 있는 줄을 그 누가 꿈엔들 생각했겠는가? 그러나 지금은 아무도 없는 텅 빈 방이 넓기도 하고 조용한 방에서 이런 생각 저런 생각 끝에 무심결에 남편을 불러 보았다.

"여보, 이럴 때 당신이 찾아오신다면 이렇게 조용하고 넓은 방에서 그동안 못 다한 이야기를 실컷 해보고 싶은데 왜 이럴 때는 오지 않고 누구를 따라 갔단 말입니까? 왜 나만 홀로 남겨 두고 떠나셨습니까?"

탄원서

나는 입술을 꼭 깨물었다. 그 고결한 당신의 명예를 찾아서 국가의 공인으로 세울 것이라는 결심을 또 했다. 그리고 텅 빈 방에 앉아 있자니 땅은 꺼지고 천정은 무너지는 듯 아득히 어두운 나날을 보내노라니 전신이 녹아내리는 것 같아서 안절부절 허둥대는데 전화벨이 울린다. 대구에 집이 있다는 그이의 상사인 부과세과 이 과장님이었다. 나를 만나자는 용건이었다.

나는 단숨에 뛰어나갔다. 금강다방 28번 자리에서 만나 이야기를 나누었다. 세무서장님과 총무과장님을 대신해서 오셨다면서 상부로 올리려고 했던 최 계장님의 순직사실인 진정서는 당분간 참아달라는 것이었다. 그 이야기를 하면서 그분의 마지막 9월분 보너스 일부를 가지고 왔다면서 월급봉투를 내놓았다. 나는 그 마지막 봉투를 보는 순간 눈물이 왈칵 쏟아지려는 것을 테이블 모서리에 앞가슴을 꾹 누르고 참느라 안간힘을 썼다.

기만과 이기심으로 가득한 그이의 상사들 앞에서 내 약한 몰골을 보여 가면서 가면적인 동정을 사기 싫어서였다. 그래서 나는 웃으면서 담담하게 그동안 서장님이나 과장님들의 기만과 이기적인 언동으로 내 앞에서 무책임하게 얼버무리고 사실을 회피하려고 하는 그분들이 오히려 측은한 생각이 든다고 했다.

자기들만의 안일을 바라고 불행 중에 있는 전 동료의 가족을 아껴 줄줄 모르는 현실풍토가 더 없이 개탄스럽고 더더욱 사실을 사실대로 밝혀서 의로움을 그대로 인정받고 싶을 따름이지, 서장님이나 과장님들과 어떤 누구도 남편의 죽음에 어떤 관련이 설령 있다 하더라도 어차피 가신 분의 뜻이 아니고서야 별다른 사심은 없노라고 했더니 이 과장님이 사무실에는 내가 책임지고 설득하여서 최 계장의 순직을 주장해 보겠으니까 당분간 내 말을 믿고 기다려 보라고 하고서 가셨다.

그렇다. 어떤 일이건 기다림은 희망이 있다는 뜻이라고 생각된다 싶어서 다음에 이 과장님이 연락을 해줄 것을 약속받고는 연락이 올 때까지 기다리기로 했다.

그 후 얼마간을 기다린 끝에 이 과장님이 만나자는 전화가 왔다. 얼마나 반가운 소식이 올까 마음 조이며 약속 장소로 나갔다.

한일극장 앞에 있는 미도다방 13번 테이블에서 만났다. 그분은 같은 크리스천임을 특히 먼저 강조하셨다. 그리고는 조금만 더 기다려 달라고 했다. 이번에야말로 최 계장 순직상신을 거절당할 때는 부인이 마음대로 상부로 진정서를 올려도 늦지 않을 것이니까 지금까지도 참아왔는데 조금만 더 참아달라고 하셨다.

이 과장님의 말을 일단 믿기로 하고 돌아와서 그래도 혹시나 해서 집에서 소식을 기다리는 동안에 진정서를 구구절절이 썼다. 밤을 새워 만든 글귀들 제대로 쓰여 졌는지 의논하고 싶어서 전직이 경찰관이었던 남편을 둔 친구를 찾아갔다. 만약의 경우를 생각해서 의논도 할 겸 문의도 할 겸 갔더니만 친구의 말인즉슨 어처구니가 없었다.

"이런 일을 그냥 어떻게 해줄 수 있느냐?"

얼마의 돈이 필요하다는 것이었다. 나는 불쾌하고 슬펐다. 그리고 또 깨달았다. 그동안 우리 부부는 힘닿는 데까지 상대방이 필요로 할 때는 어떤 일이건 기꺼이 도와주곤 했었는데 친구지간에 돈이 다 무엇인지, 비극이란 남편을 잃은 것보다 모든 인심들이 너무 메마른 것이 더 내게는 비극적이었다.

그로부터는 어느 누구에게든지 내가 하고자 하는 일을 일체 발설하지 않고 혼자서 내가 처해 있는 현실을 헤쳐 나가야만 된다는 생각에서 밤샘을 하면서 차근차근 이어나가는 도중 문득 생각이 난다. 이 과장님으로부터 연락이 와야 할 기간이 지났는데도 아무런 소식이 없어서 궁금한 나머지 내 쪽에서 전화를 걸어 보았다. 마침 이 과장님이 전화를 받았다.

"이 과장님, 전번에 저와 약속하신 일은 어떻게 됐습니까?"

"약속이라니요? 내가 언제 부인과 무슨 약속을 했기에 그러십니까?"

"이 과장님, 일차로는 금강다방에서 약속하셨고, 두 번째는 미도다방에서 조금만 더 기다리라고 하셨는데요."

"아, 나는 이제는 서장님이나 세무서와는 아무런 관련이 없어졌어요. 정년퇴임을 하고 나왔습니다. 지난번의 입장과는 다르기 때문에 이제는 부인이 상부로 진정서를 올리든지 청원서를 올리든지 마음대로 하십시오."

나는 너무 어처구니가 없어서 혹시나 싶어서 그 길로 봉덕시장 입구에 집이 있다는 세무서장님 집을 물어물어 찾아갔다.

깨끗한 한복으로 갈아입은 서장님이 나를 맞아주었다. 서장님을 보는 순간 눈물이 왈칵 쏟아지려 하는데 간신히 진정을 하고서 차근차근 이야기를 드렸다. 세상에 이럴 수가 있는가? 기가 막혔다. 서장님은 시치미를 뚝 떼면서 나의 청을 단호히 거부하셨다.

"부인 혼자서 그러고 다녀봤자 될 일도 아니니까 나로서는 더 이상 말할 필요도 없습니다. 나는 80년 12월 30일자로 세무서와는 인연을 끝마치고 퇴임을 한 지금 이 마당에 와서 무엇 때문에 이러쿵저러쿵 할 필요가 있겠어요? 더 이상은 말할 필요도 없습니다."

하며 일언지하에 사정없이 내 청을 거절하였다.

나는 분한 마음을 참고 떨리는 가슴을 다지면서 집으로 돌아왔다. 그 이튿날부터 그들이 계획적으로 퇴직일을 앞두고 미루어 온 것을 깨닫고는 혼자 곰곰이 생각해 보았다. 비록 그 양반들의 기만수법에 속아서 지금까지 미루어 오기는 왔지만 언젠가는 정의가 승리하고 진실이 인정받으리라는 생각으로 각오를 다졌다. 그리고 진정서를 썼고 청원서를 만들었다. 그리고 상부기관으로 차례로 올렸다. 그러면 답변서들이 왔다. 답변서의 내용인즉슨 남편이 근무하던 기관의 기관장의 확실한 인정서가 없으면 가능성이 희박하다는 내용이었다.

나는 미칠 것 같은 심정을 간신히 진정시켰다. 밤마다 생전에 남편과의 가난을 극복하면서도 정의롭게 살아왔으며, 그동안 짧은 기간이나마 그이의 상사들에게나 몇몇 기관장분들을 통하여 보아오고 들어온 이야기와 기만과 이기심으로 자신들만이 안일하게 살려고 하는 이 현실에 우리 부부의 지난 20년 세월의 생활이 어리석지 않았음을 탄원서로 엮었다. 그리고는 동사무소에 가서 몇 부로 복사를 했다. 그리고 그 복사한 탄원서를 한 보따리 싸가지고 서울로 갔다. 중앙에 높은 분들만 계시는 기관마다 직접 가서 접수를 시켰다. 그리고는 답변서를 기다렸다. 그렇게 서울까지 올라가서 접수시킨 탄원서로 해서 곧바로 의성세무서와 검찰지청으로 지방 국세청으로 지시가 내려온 모양이었다.

의성세무서에서 연락이 왔다. 세무서로 나오라는 호출장이었다. 새로 부임한 서장님이 하는 말인즉슨 한마디로 냉대였다.

"왜 이런 사사로운 일로 이런 것을 써 올려서 사람 귀찮게 하십니까?"

옆에 있던 과장님과 그이의 후임으로 온 행정계장인 듯싶은 사람들이 한마디씩 덧붙였다.

"괜히 그런 쓸데없는 것을 올려서 공문서 창구만 복잡하게 만들지 말고 가만히 집에 가서 할 일이나 하시오."

"여보세요, 사람의 탈을 바로 쓴 분들이라면 바른 것은 바로 보아야 할 겁니다. 정의사회구현이 왜 필요합니까? 그 구호를 멋으로 걸어 놓았습니까? 저는 어떻게 하든 '정의사회구현' 이란 그 구호만 믿고 다닙니다. 당신네들 보기에는 사사로운 일이겠지만 내 남편 최 계장님이 지금까지 살아온 길은 오직 그와 직장을 같이한 분들이라면 다 인정하실 겁니다."

"그것은 부인의 말이 맞습니다만 그렇다고 아무도 몰라라 하는데 혼자서 이러고 나선다고 될 일입니까? 참 딱합니다. 부디 더 이상 이런 일로 사람 귀찮게 만들지 맙시다."

"하지만 내 결심은 한 치도 변함이 없습니다. 내 목숨이 붙어 있는 한 말입니다."

나는 그들에게서 냉대를 받으면 받을수록 더욱 용기와 결심이 생겼다. 집에 와보니 지방 국세청에서 보낸 답변서가 와 있다. 내용인즉 '조사를 해본 결과 관할기관장의 아무런 응답이 없었고 또 사망원인은 심근경색 협심증으로 사망했다'고 되어 있었다. 또 며칠 있다가 엽서가 한 장이 날아왔다. 보내온 발신지가 의성검찰지청장인 내용은 의성검찰지청으로 출두하라는 것이었다. 지체 없이 곧장 의성검찰지청으로 갔다. 지청에 들어갔더니 지청장님이 내게 꾸중과 훈계조로 나무랐다.

"부인은 직업을 잘못 선택한 것 같소. 가정주부로 있지 말고 변호사나 소설가가 되지 않고서 어떻게 그 많은 글을 탄원서로 써서 상부로 올립니까? 이 바쁜 시간에 누가 읽으란 말입니까?"

옆에서 그 탄원서를 읽으셨다는 과장님이란 분이 웃으면서 거들었다.

"부인이 올린 그 탄원서 다 읽느라 등골에 진땀 뺐습니다. 사실은 혼자 보기에는 아까웠습니다. 모든 공무원 부인들이 이것을 읽는다면 어떻게 생각할까 싶도록 구구절절 땀을 빼면서도 한 줄도 놓치지 않고 읽었습니다."

"미안합니다. 탄원서가 너무 두서가 없어서요."

"아닙니다. 한장 한장 넘겨가면서 읽다 보니까 다음 장이 궁금했으며 또한 공무원 부인으로서 너무나 묘한 사연들이 있기에 호기심에서 다음 장을 읽게 되었고 그러다 보니까 마지막 장이 아쉽더군요. 그리고 이 탄원서를 쓴 이가 어떤 부인일까? 하고 생각하게 되고요. 우리 집도 대구 범어동에 있기 때문에 언제 한 번 공휴일에 대구 가면 보겠구나 했는데, 부인을 직접 보게 되니까 탄원서 내용대로 사실 분 같습니다."

나는 지청장님께 물었다.

"왜 오라고 하셨는지요?"

"아! 다시는 이런 글을 써서 남의 등골에 땀 빼는 짓 하지 말라는 말을 하려고 불렀지 딴 뜻은 없소."

"그러시다면 전화로 이야기하셔도 충분히 될 텐데 왜 사람을 오라거니 가라거니 하십니까?"

나는 화가 나 집으로 왔다.

각 기관에서는 답변서와 총무처로부터는 심사결과 부결이 됐다는 통보도 함께 와 있었다. 나는 순간 절망을 느꼈지만 새로운 용기로 도전할 결심을 했다. '뭐 한번 부결됐다고 하여 단념하고 물러서지는 않을 것이다.' 하고 또 덧붙여서 써가지고 총무처장관께 재심청구를 원했다. 그러자니 밤마다 무엇인가를 자꾸 써야만 했다. 그 모습이 안쓰러웠던지 아이들이 도와주려고도 했다.

"괜찮다. 어디까지나 아빠에 대한 일이라면 당연히 엄마가 해야 할 일이기에 엄마 걱정은 조금도 하지 말고 너희들은 각자 해야 할 공부나 열심히 하도록 하여라."

나는 또 다음을 대비해서 무엇인가 해야 하는 일이 당연한 일과로 생각하고 자나 깨나 연구하고 썼다. 총무처로부터 재심청구가 또 부결이 났을 경우를 대비해서 국가를 상대로 소송을 제기할 준비를 했다. 나는 끝까지 남편이 청렴하고 바르게 살아온 공무원이었음을 주장해서 모든 분들 앞에서 명예로운 국가유공자임을 일깨워 주는 길이 나의 마지막 소원이며 그이의 아내된 도리라 믿었다. 또 생각하면서 소송장의 취지를 생각 그대로 진실을 적었다.

적으면서 나 스스로를 내가 격려하면서 그릇된 인식 앞에서 진실과 사실 그대로를 엮어서 체험한 현실을 그대로 낱낱이 적었다. 재심청구마저도 총무처로부터 부결된 서류들을 들고 법률구조협회로, 또한 여러 변호사 사무실로 다니면서 국가를 상대로 하여 소송을 재기할 수 있는 양식을 배웠다. 그리고 서울고등법원에 남편의 순직 부결처분 취소사건에 대한 소장을 제출하고는 집으로 왔다.

조바심으로 얼마를 지나자 고등법원으로부터 변론기일 소환장이 날아왔다. 나는 혼자서 감당하기에는 암담했다. 어떤 판결이 날지는 모르지만 그 누구도 협조의 기색이 없이 오직 나 혼자의 결심으로 끝내는 법정까지 올라가게 되었구나 하는 생각으로 마음이 착잡했다. 그러나 마음을 다잡고 모두들 안일한 사고방식으로 연약한 여자라고 얕잡아보는 그들에게도 나의 집념을 꺾을 수 없다는 것을 보여주고 싶었다. 법정에서는 왠지 정의가 승리하는 문이 있을 것이라 믿었다.

남편의 순직을 알면서 묵인할 수 없는 굳은 집념으로 수십 년 세월이 설령 흐른다 해도 꺾을 수 없는 결심으로 법정에 출석하게 됨을 나는 크나큰 영광으로 생각했다.

이 일로 인해서 내가 할 수 있는 일이며 사회도 배울 것이라 생각하고는 그 소환장을 들고 서울에 갔다. 변호사, 사법서사 사무실이라고 쓰인 간판이 붙은 곳은 빠짐없이 문을 두드려 문의하고 상담을 했다. 어떤 변호사들은 변론비용이 삼칠제라는 말을 하면서 변론을 해주겠다고 했다. 그러나 내 입장이 돈 한 푼 없이 시작한 재판이고 또 어떤 보상을 바라기보다는 청렴결백하게 오직 공무에만 일생을 바쳤다 해도 과언이 아닌 그이의 명예를 찾는 취지이다. 때문에 변호사의 변론보다는 내가 직접 남편을 위함이라 생각하고 사실 그대로 변론을 하도록 해줄 것을 간곡히 소원했다. 법률사무소로 다니면서 순서와 모든 절차를 10분 상담으로 듣고서 직접 판결을 듣기로 했다.

집이 대구이니 변론시간이 오전 10시가 될 때에는 하루 전날 서울에 와서 여관에서 하룻밤 자야 하는 번거로움이 있기에 변론시간이 끝나자 법원 사무관님께 요청을 드렸다.

"앞으로는 당일 재판을 받고 다시 대구로 돌아가도록 해주십시오."

"여관에 투숙해야 할 정도로 서울에 친척이 없습니까? 보아하니 변론시간에도 방청석에 아무도 없이 부인 혼자서 재판을 받고 가는 것 같던데……."

"저도 서울에 친척과 친구들도 많이 살고 있습니다. 그러나 이는 어디까지나 저 개인적인 문제이기에 누구에게라도 신세를 지거나 폐를 끼칠 수는 없습니다. 그러니 당일로 가능하도록 배려해 주시기를 바랍니다."

　이렇게 부탁을 하는데 눈물이 흘러 재판정 마룻바닥에 방울방울 떨어졌다. 그런 내가 측은했던지 재판장님께서 "부인의 뜻을 잘 알겠습니다." 하시면서 다음 변론기일에는 시간을 오후 2시로 정하겠다고 했다. 세상에 이렇게 고마울 수가 있는가 싶었다.

　그로부터 3주마다 받는 재판을 세 번째 받는 날이었다. 재판장님이 내가 접수시킨 서류를 보고서 변론을 인정을 받을 수 있는 서류를 구비하여 올리지 않는 한 판결에 조금도 도움이 되지 않는다고 했다. 판사 서기가 고인의 상사인 세무서장님과 과장님의 증빙서류와 인정이 될 만한 같은 직장 직원들의 피력서라도 받아서 올리라고 말했다.

승소하는 그날까지

 나는 그 길로 내려와서는 정년퇴직이 1년이 늦은 총무과장님을 찾아서 상주세무서로 갔다. 그분이야말로 20년 전부터 남편에 대한 모든 것을 사실 그대로 너무나 잘 알고 있었고, 또 얼마 전에 찾아갔을 때 만약에 재판을 받게 될 때는 서슴없이 증인이 되겠다고 하신 일이 있었기에 과장님께 이야기했다. 당시에 있었던 사실과 남편이 순직이라는 것을 상세히 좀 써서 올려 달라고 하자 완강히 거절했다.

"이 부인이 정신이 있나 없나? 내가 왜 최 계장 재판하는데 증인되어요. 나는 한 달 전에 정년퇴직하고 지금은 집에 있으니 세무서와는 아무런 상관이 없으니 다시는 나를 찾지 마시오."

이렇게 그분의 상사들에게 냉대를 받으면서 살얼음판을 걷듯이 했다. 나는 그분들이 재직 중에 만났을 때에는 "최 계장은 오로지 직장만을 위하다가 죽었으니까 순직이 처리되어야 한다."고 한 말을 소형녹음기에 담아 놨었다. 그러나 그들 몰래 녹음된

이야기보다는 그분들이 직접 해주는 증빙서류로 협조를 받고 싶었는데 결국은 거절당하고는 의성세무서로 갔다. 하는 수 없이 그이의 부하 직원이었던 이들에게라도 피력서를 받고 싶었기 때문이다. 그 또한 허탕이었다.

그이가 떠난 지도 2년이란 세월이 흐른 뒤이고 보니 모두들 까마득하게 잊어버린 일인 듯했다. 당시에 근무하던 직원들은 전국 각처 세무서로 전근 발령받아 흩어져 있었다. 그러나 나는 전국 어느 곳의 세무서라도 그들을 찾아서 나서기로 했다.

일차로 당시의 서무였던 심 씨를 만나기 위하여서 전라도 해남세무서로 갔다. 그 또한 말보다가는 행동이 이기적일 경우를 생각해서 소형녹음기를 착용해 가지고 전라도가 초행길이라 마음을 단단히 먹고 나섰다. 이 하늘 아래 땅 끝까지라도 오직 남편의 변론에 도움이 되는 일이라면 어딘들 못 가랴 하는 마음이었다.

광주에 가서 하룻밤을 지내고 물어물어 해남세무서로 갔다. 역시 심 씨는 출장 중이라 자리에 없었다. 며칠을 기다려서라도 만나고 간다는 각오로 출장 간 행선지까지 찾아가서 만났다.

심 씨하고는 초면인지라 그는 의아해 하면서 누구냐고 물었다.

"대구에서 온 의성세무서에 근무하던 최 계장님이 제 남편입니다."

나의 소개에 긴장된 듯한 심 씨는 남편의 죽음과 어떤 관련이 있는지 목소리가 떨려나왔다.

"어떤 일로 사모님이 이곳까지 오셨지라오? 저를 찾아서 이곳까지 오실 줄은 몰랐으라. 이 어떤 처벌이라도 달게 받을랑게요. 사모님을 직접 대면한 지금에 와서 무슨 할 말이 있겠스라오. 하지만 저를 용서해 주시요이. 저 최 계장님 속 많이 썩혔시요이."

세무서 앞 대한다방 2층에서 만나 이야기를 하는데 심 씨는 커피도 못 마시고 파랗게 질린 듯한 얼굴로 지난날의 죄책감으로 용서를 빌고 있었다. 나는 따뜻한 말로 커피를 권했다.

"식기 전에 커피부터 드세요. 따지고 다그치고 책망하려고 이곳까지 찾아온 것이 아니니까 마음 푹 놓으세요. 지난날의 일들로 누구를 벌주고 누구를 해코지할 마음은 없습니다. 최 계장님이 돌아가시게 됨은 심 씨나 경리 소 씨나 그이 상사들의 안일한 사고방식이 원인이라는 것도 알고 있어요. 그렇지만 그것은 다 공적인 문제이니 개인적인 감정으로 처리할 사항이 아니지요. 이미 지난 이야기는 하고 싶지 않으나 제가 찾아온 것은 최 계장님이 살아계실 당시에 세무서에서 그분이 하신 일에 대해서 거짓 없이 사실대로 이야기 좀 해주십사 하고 왔습니다."

하고서 주머니에 손을 넣고 녹음기를 작동했다.

그는 지금까지 2년 동안이나 최 계장님의 죽음으로 고생하고 다녔다는 이야기와 그분을 상사로 모시고 있을 당시에 인자했던 태도에 감동을 받았던 일과 직원들에게 고향이 전라도라고 따돌림을 받고 외로웠던 일과 내가 자기에게 따뜻하게 대해주면서 남편을 위해서 이러고 다니는 것 등에 감동했다며 눈물을 흘린다. 나 또한 울고 있었다. 심 씨는 손수건을 꺼내서 눈물을 닦았다.

"저, 사모님이 이렇게 훌륭한 분인 줄 몰랐시요. 이제 생각해 보니께 최 계장님이 그렇게 인자하시고 정직하심도 다 사모님의 내조 때문인가 싶으구만이라이. 저 지금부터 사모님이 하시는 일에 도움이 된다면 무슨 일이든지 다 해드리겠서라오."

하면서 나를 사무실로 데리고 가서 직접 피력서를 적어서 주는 거였다.

"저, 사모님이 용서만 해주신다면 최 계장님의 뜻을 받들어서 정직하고 성실하게 공무원 생활 잘 할 것이요이."

나는 겁에 질려 어쩔 줄 몰라 하던 심 씨를 따뜻한 마음을 가지고 서로의 많은 대화를 나눈 다음 그분이 써 준 피력서를 갖고 돌아섰다.

"사모님, 언제든지 제가 필요하시거든 불러주시요이."

나는 그의 말에 용기를 얻어서 서울로 전근 간 성동세무서, 성북세무서 또 대구에 와서 북대구세무서로 각처에 흩어져 있는 직원들을 찾아다니면서 감동어린 피력서와 기안용지와 당시의 남편 건강진단서와 모든 서류를 구비하여 마지막 변론 준비를 마쳐 놓고 변론 일을 기다렸다.

하루는 그이가 생전에 마지막으로 다니던 의성세무서에서 여직원 두 명이 일부러 나를 만나자는 연락이 왔다.

"사무실에서는 서장님이나 과장님들의 당부로 감히 입도 뻥긋 못하게 하시기에……. 사모님이 애쓰고 다니시는데 모르는 체하고 있자니 도저히 양심상 괴로워서 우리 두 사람이라도 최 계장님의 공적을 말씀드리고 싶어서 왔습니다."

"같은 여자로서 우리는 너무나 사모님을 존경합니다. 만약에 우리가 결혼해서 사모님 같은 입장이라면 벌써 모든 것을 포기

했을 거예요."

하면서 두 여직원은 당시의 세무서에서 있었던 이야기 일체를 해줬다.

"아무쪼록 사모님이 하시는 일이 원만하게 이루어지기를 빕니다. 맘 같아서는 저희들이 증인도 하고 싶지만 그럴 수 없는 입장이 더 안타깝습니다."

나는 그 여직원들이 증인으로 서 준 것과 다름없이 고마웠다. 마지막 변론일이 다가오자 모든 서류는 구비하여 준비해 놓았지만 증인채택이 필요했다. 생각다 못해서 그이를 누구보다도 잘 알고 있을 것 같은 그이의 하숙집 주인인 마 씨에게 부탁을 했더니만 기꺼이 응해 주셨다.

그분은 의성군청에 근무하는 공무원인데 "최 계장님의 증인이라면 몇 번이라도 떳떳하게 이야기할 수 있지요." 하면서 서울의 고등법원에서 증인이 되어 주었다.

그 후 나는 초조한 마음으로 판결문이 도착하기만을 학수고대하고 기다렸다. 드디어 집배원이 세 명이나 함께 와서는 판결문이 들어 있는 봉투를 가지고 와서는 개봉해 주겠다고 한다.

나는 불안한 마음으로 조바심을 냈지만 사실은 여유가 있었다. 재판장님 앞에서 이야기했듯이 만약에 패소할 경우에는 지난 1980년 8월 5일로 다시 돌아가서 열 번이고 백 번이고 이 목숨이 다할 때까지는 물러서지 않겠다는 각오가 돼 있으니까 마음에 여유는 생겼다.

집배원들이 손뼉을 치면서 "기뻐하십시오. 재판에 승소하셨습니다. 재판에 이겼단 말입니다." 하지 않는가.

나는 태연하게 당연한 승소라고 생각했다. 그렇지만 이런 기쁘고 장한 일을 했는데도 나는 크나큰 방 한가운데 홀로 앉아서 지난날을 회상하면서 중얼거렸다.

"여보, 나는 해냈어요. 당신을 위해서 나 혼자 힘으로 승소했단 말입니다."하고는 아이들에게 사실을 이야기하고는 또 다음 단계를 기다렸다. 고등법원에서 잠깐 다녀가라는 통지가 왔다.

나는 법원 사무실이 있는 서울에 갔다. 그동안 낯익은 얼굴들이 재판할 때와는 다르게 훨씬 부드러운 모습들로 나를 반가이 맞아주면서 칭찬을 아끼지 않는다.

"부인, 축하합니다. 이 세상의 모든 공무원 부인들이 다들 부인 같다면야 얼마나 좋겠습니까?"

"그동안 변호사 없이 직접 남편을 애타게 변론하여 승소를 하였으니까 훨씬 더 의의가 깊습니다."

하면서 수입인지 몇 장이 쓰고 남은 것이 있다면서 준다.

다음은 패소한 총무처장관이 상고할 경우를 생각해서 미리 마음의 준비는 하고 있는 것이 유익할 것이라면서 각별히 인사들을 하신다. 그 길로 나는 총무처에 드나든 탓으로 나를 알아보는 직원들이 많았기에 모두들 조심스럽게 인사를 하면서 내가 써서 올린 탄원서를 보았다고 했다.

"그 탄원서 내용은 도저히 믿기지 않을 만큼이나 읽는 이마다 놀랄 만큼 많아서 너도 나도 앞을 다투어서 읽어 보았어요. 부디 부인이 탄원서의 내용들을 잘 정리하여 책을 만들어 펴낸다면 모든 공무원의 아내들이 읽어 감동을 줄 수 있다면 얼마나 좋은 일이겠어요."

그 후 얼마간을 지나서 총무처로부터 대법원으로 상고를 재기했다는 상고장이 왔다. 나는 결국은 또 올 것이 왔다는 생각을 하고서 그 답변서를 쓰기 위하여서 여러 변호사 사무실을 찾았다. 그러나 변호사 없이 직접 고등법원 재판을 했기 때문에 누구도 답변서를 쓸 수가 없다고 했다.

그래서 또 나는 그 답변서를 쓰기 위하여서 짧은 글이지만 며칠을 두고 밤샘을 해야 했다. 그런 다음은 처음으로 동사무소에 가서 글씨를 타이프로 찍었다. 직접 가지고 서울의 대법원 사무실 접수부해서 내용에 대한 심사를 먼저 좀 해주십사 하고 보였다.

어떤 판결이 날지는 알 수 없지만 그 어느 변호사인들 이보다 더 잘 쓸 수 있겠느냐면서 지금까지 고생을 많이 했으니, 끝까지 희망을 가지고 기다려 보라면서 위로의 말들을 하고서 그 답변서는 그대로 접수를 시켰다.

그로부터 1년 5개월 후에 대법원으로부터 최종판결이 났다. 엄숙하고도 위엄 있는 재판장님은 승소했다는 판결 선포와 함께 땅 땅 땅! 재판 종결을 알렸다. 나는 그간에 내가 힘껏 가지고 다니던 그 무엇을 잃어버린 듯 종잡을 수 없이 허무감에 간신히 몸을 지탱했다.

재판장을 나와 그동안 가보지 못한 서울의 남산공원에 가 터벅터벅 돌계단을 올라갔다. 예전에 그이가 그토록 구경시켜 주신다던 남산공원에 나는 혼자서 왔다.

명예로운 순직

까맣게 눈들을 깜박이면서 이 못난 엄마를 기다리면서 공부에 열중하는 우리 아이들을 번갈아 둘러보았다.

"그동안 아빠는 돌아가시고 3년 5개월이란 세월 동안에 이 엄마는 오직 아빠의 그 억울한 변사를 명예로운 순직, 공인으로 세우기까지 너희들이 아무런 말썽없이 열심히 공부만 잘 해준 덕이라는 것을 잘 안다. 지금부터 맨주먹으로 다시 삶을 개척해나가야 하는 엄마는 지금 막연하구나."

모두를 다 털어버린 것 같은 텅 빈 허전한 마음을 달랠 구실을 찾아서 전방고지에 있는 큰아이 면회를 가려고 밤 열차를 탔다.

착잡한 마음은 외로움으로 전달되고 있었다. 아들을 만난다는 기대는 컸지만 옆자리에서 함께 동행해야 할 남편이 없어 허전한 마음 가눌 수 없었다. 차창에 기대어 바깥을 내다보았더니 밤하늘에는 별들이 반짝이고 있었다. 차창 정면 앞쪽에서는 달이 출발지에서 도착지까지 동행을 해주어서 비록 혼자서 가는 길

같지만 혼자는 아니구나 생각했다.

병희가 근무하는 부대를 찾아 아들을 만났다. 병희는 나를 보더니 엉엉 목놓아 울었다. 반가움과 서러움으로 더 울어야 할 것 같은 나는 정작 울 수가 없었다. 영영 세상을 등진 남편을 생각하면 그보다 더 울어야 할 일이 있을 수 없기 때문이다. 하룻밤 면회를 마치고 하행 열차를 타고 오다 지난날의 그이와 꿈을 설계하고 추억이 서린 영주를 찾았다.

벌써 20년의 세월이 흐르고 난 탓인지 시골동네 같던 영주 시가는 산뜻한 신축건물들로 꽉 차 있었으며 짜임새 있는 도시로 변해 있었다. 우리가 살던 폭포수 옆 재민루 뒷산 기슭에 소나무 숲들만은 어리던 솔가지들이 낙락장송으로 자라서 묵묵히 그 자리를 지키고 있었다. 나는 그 재민루 뒤 소나무 밑에 솔갈비랑 솔방울을 끌어 모으고 그 자리에 앉았다.

아득한 옛날만 같은 지난날들이 눈에 아른거린다. 단칸방 비좁은 데서 겨우 지내는 처지에 작은오빠가 결핵으로 신음하시는 것이 안타까워 우리와 함께 지낼 때 우리 두 사람은 가끔씩 이곳에 와서 미래의 아름다움을 꿈꾸면서 사랑의 애무를 즐기던 자리가 되어 주었었다. 지금은 추억의 성터로 남아 있는 이 자리를 나 혼자서 외롭게 거닐 줄이야.

옛날 이곳을 둘이서 거닐던 그때는 지금의 이 쓸쓸한 산책을 짐작인들 했으랴. 착잡한 생각을 하면서 산을 내려와 여름밤을 즐기던 모래사장도 터벅터벅 걸어 보았다. 그리고 상주행 차에 몸을 싣고 상주를 찾았다. 그이가 신경쇠약으로 괴로워할 때 어린아이처럼 달래면서 함께 나들이로 나와서 동두까리(소꿉놀이)

를 동개던(쌓던) 개운 못둑을 올라가서 거닐었다. 그곳 역시 20년 세월이 흐른 다음이니 많이 변해 있었다.

이것으로 남편에 대한 아내의 도리도 다한 것은 아니었다. 국가를 상대로 소송해서 승소판결은 났지만 그로 인하여 용기를 얻어서 살아가는 나에게는 산전수전이 끝이 없다는 생각이 든다.

지난번 총무처 법무관실에서 승소했으니 보상과 소송비용을 청구하라고 했지만 사양하고 왔었다. 그랬더니 순직부조금으로 4백60만 원이 송금되어 왔기에 그 돈으로 지금 이 미장원을 장만하고 수리를 하고 하던 일이 떠오른다.

조금도 흐트러짐 없이 집으로 돌아온 나는 수면제 열여덟 알을 먹었다. 이틀 동안이나 혼자서 혼수상태에 빠졌다가 다시 깨어났던 나의 질긴 운명을 되새기며 생각에 잠겨있는데 "아줌마, 내 머리 드라이 좀 해주이소." 하고 예쁜 대학생이 들어온다.

생각에서 화들짝 깨어나 최선을 다하여 그 아가씨 머리를 손질해 주었다.

"얼마예요?"

"천 원입니다."

남편의 순직 이후 7년 만에 내 생활을 찾아서 노력한 대가로 한두 푼씩 벌어서 대학에 다니는 삼 남매를 뒷바라지 하고 있다. 착한 우리 아이들에게 마음껏 용돈도 주지 못하는 내 마음이 아프기만 한데 1992년도에는 시장님으로부터 '장한 어머니' 표창을 받았다. 어디까지나 아이들이 착하게 자라 준 덕분인데 장한 어머니라고 누가 추천을 했던지 표창까지 받은 엄마로서는 부족한 것이 너무 많다.

그런데 세상에는 인정보다 돈이면 다인 줄 알고 사는 이들이 허다한 것 같았다. 승소했다는 방송을 듣고 혹은 신문에서 보았다면서 전국 각계각층에서 사람들이 찾아왔다. 그들 대부분은 자기 남편의 죽음보다 공무원의 가족으로 부끄러운 줄도 모르고, 보상금에만 급급하여서 총무처로부터 보상을 얼마나 청구해서 받았는지를 알고 싶어했다. 나의 대답은 늘 한가지였다.

"저는 보상보다는 오직 남편의 지난 공직생활과 죽음이 당연히 순직이 될 만한 사인이기에 그분의 명예를 찾았을 뿐이지, 순직한 사람도 있는데 산사람이 어떻게 지내면 못 살려고요. 노력과 땀이 없는 보상을 바랄 수 있습니까?"

하면서 돌려보내기는 했지만 막상 생활현실에 부딪치고 보니 너무나 힘이 들었다. 보훈청으로부터 살고 있는 집을 담보로 하고 4백50만 원을 융자받아서 부서진 집수리를 하여 재복구하고, 지금 경영하는 미용실 시설비로 유용하게 잘 이용했다. 그러나 막상 융자금을 연부금으로 갚아 나가면서 세 명의 대학생 뒷바라지하기에는 혼자서 너무 힘겨웠다.

아무리 쪼들리는 생활을 한다 해도 사람과 사람 사이에 사랑이 있다면 부러울 것도 아쉬울 것도 없으리라 생각한다.

산전수전(山戰水戰) 못 다한 것이 있다면 나보다 더 불행에 처해 있는 이에게 작은 도움이라도 주면서, 항상 감사하면서 남은 꿈을 실현하고 싶다. 혼자서라도 앞으로 계속 걸어 갈 수밖에 없는 내 운명을 거뜬히 헤쳐 나갈 힘과 용기를 잃지 않으련다.

아내 그 끝나지
않은 사랑

초판 찍은 날 | 2013년 7월 10일
초판 펴낸 날 | 2013년 7월 18일

지은이 | 정애경
펴낸이 | 곽선구
펴낸곳 | 늘푸른소나무

주소 | 서울시 종로구 연건동 44-10
전화 | 02-3143-6763
팩스 | 02-3143-6742
출판등록 | 1997년 11월 3일 제 307-2011-67
이메일 | ksc6864@naver.com

ISBN 978-89-97558-14-8 03800